Martin Griffin

Die Insel der Angst

Weitere Titel des Autors:

Zwei Fremde

Über den Autor
Bevor **Martin Griffin** Schriftsteller wurde, war er stellvertretender Schulleiter und ein dem Untergang geweihter Sänger, der einmal sogar die britische Rockband *THE FALL* auf ihrer Tour begleiten sollte – ein Gig, den er absagen musste, weil er nur zwei gute Songs geschrieben hatte. Griffin lebt mit seiner Frau und Tochter in Manchester.

MARTIN GRIFFIN

DIE INSEL DER ANGST

THRILLER

Aus dem Englischen von Angela Koonen

Lübbe

NACHHALTIG PRODUZIERT

Die Bastei Lübbe AG verfolgt eine nachhaltige Buchproduktion. Wir verwenden Papiere aus nachhaltiger Forstwirtschaft und verzichten darauf, Bücher einzeln in Folie zu verpacken. Wir stellen unsere Bücher in Deutschland und Europa (EU) her und arbeiten mit den Druckereien kontinuierlich an einer positiven Ökobilanz.

FSC www.fsc.org MIX Papier | Fördert gute Waldnutzung FSC® C014496

Vollständige Taschenbuchausgabe

Deutsche Erstausgabe

Titel der englischen Originalausgabe:
»The Last Visitor«
Originalverlag: Sphere

Textredaktion: Ralf Reiter, Köln
Umschlaggestaltung: zero-media.net, München
Einband-/Umschlagmotiv: © Getty Images / Noval Nugraha Photography; Getty Images / Krzysztof Browko; Getty Images / timandtim; FinePic®, München; FinePic®, München
Satz: Dörlemann Satz, Lemförde
Gesetzt aus der Adobe Garamond
Druck und Verarbeitung: GGP Media GmbH, Pößneck

Printed in Germany
ISBN 978-3-404-19433-9

2 4 5 3 1

Sie finden uns im Internet unter luebbe.de
Bitte beachten Sie auch: lesejury.de

Für Jo

PROLOG

Deine Partnerin filmt draußen in der Dunkelheit und hat ihr Handy bei dir im Wagen gelassen.

Du machst eine Pause, lässt deine Augen ausruhen und streckst die Beine. Dabei leuchtet es auf und reißt deine Aufmerksamkeit an sich. Beim Aussteigen hat sie es mit dem Display nach unten aufs Armaturenbrett geworfen, und du siehst Lichtschein an den Rändern, weil eine Nachricht eingeht. Du hast deinen Laptop auf den Knien, die Heizung läuft, und du hast dir mit eingesteckten Ohrhörern eine kürzlich fertiggestellte Sequenz angesehen. Doch jetzt legst du deine Sachen beiseite.

Seit Wochen bist du ihretwegen nervös.

Da war nichts Konkretes, aber Unbehagen verstärkte sich zu Misstrauen und wurde so real wie eine heraufziehende Wolkenbank, die Regen verspricht. Als ihr vor einem Jahr anfingt, an dem Dokumentarfilm zu arbeiten, betrachtete sie dich mit Ehrfurcht – lernbegieriger Blick und gefurchte Stirn, so prägte sie sich jede hingeworfene Beobachtung von dir ein, als wäre sie das Evangelium. Und sie teilte noch alles mit dir. Rohschnitt und Filmmaterial vom Vortag wurden geteilt, Ideen freimütig ausgetauscht, sie hat dir uneingeschränkt vertraut. Deshalb kannst du jetzt ihr Handy entsperren.

Du neigst dich über den Fahrersitz, schaltest die Scheibenwischer ein. Da ein Bogen funkelnder Regentropfen weggewischt ist, siehst du im Scheinwerferlicht des Mietwagens das schwarze Band der Straße und den Maschendrahtsicherheitszaun. Dahinter die Tintenfleckschatten der Bäume. Die gedrungene Silhouette des einstigen Gasterminals vor dem Nachthimmel. Sie ist irgendwo jenseits des Zauns. Noch ist von ihr nichts zu sehen.

Es wird nur eine Minute dauern nachzusehen. Du nimmst ihr Handy und tippst den Code ein.

Da ist eine SMS gekommen. Von einer unbekannten Nummer. Und sie besteht aus einem kurzen Satz, aber wenn zehn Jahre journalistischer Ermittlung dich auf etwas trainiert haben, dann darauf, zu erkennen, wann du belogen wirst. Das – was du vor deinen Augen hast – beweist ihren Verrat. Angst regt sich, als dir nach und nach klar wird, was das bedeutet. Sie hat sich auf einen Deal eingelassen. Hat dich ausgeschlossen. Ein Kribbeln jagt über deine Kopfhaut, und mit zitternden Händen klappst du den Laptop zu. *Fahr weg, solange dazu noch Zeit ist.* Du manövrierst dich ungeschickt hinters Lenkrad und greifst, ohne hinzusehen, zum Zündschlüssel.

Er fehlt.

Sie hat dich hierher mitgenommen, ist die einsamen Wege durchs Moor gefahren, während du neben ihr gearbeitet hast. Sie hat den Zündschlüssel eingesteckt. Die Angst in dir streckt ihre Finger aus und packt deine Eingeweide. Die nächste Ortschaft ist acht Kilometer weit weg. Bis zur nächsten Straßenlaterne fährt man bestimmt zehn Minuten. Du atmest beruhigend ein und aus, zählst jeweils bis vier, und gerade als du dich fragst, ob du überreagierst, leuchten in der Schwärze vor dir zwei Scheinwerfer auf. Es gibt keinen Grund, warum jemand mitten in der Nacht hier draußen sein sollte, außer … in deinem Magen öffnet sich ein kalter Schlund.

Das ist übel.

Du darfst hier nicht erwischt werden. Mit weichen Knien schlüpfst du aus dem Wagen. Der Atem kondensiert. Du hängst dir deine Tasche um und drückst so leise wie möglich die Wagentür zu. Denk nach! Das Waldgelände hinter dem Zaun würde dir Deckung geben, doch Richtung Terminal zu laufen brächte dich in ihre Nähe – und sie hat dich verraten. Ringsherum gibt es nur überschwemmte Felder. Die Schotterstraße, auf der du hergekommen bist, liegt erhöht zwischen Abflussgräben. Deine Besucher nähern sich, das Scheinwerferlicht hüpft, als das Fahrzeug über Bodenfurchen fährt. Jede Wette, dass sie zu dritt oder viert sind – harte Typen, die gleichen harten Typen, auf die du in Kalifornien gestoßen bist.

Du fragst dich, ob das Rauschen, das du von Weitem hörst, das Meer ist, und ein verrückter Plan springt dir in den Kopf. Sich durch die Getreidehalme schlängeln, das Sumpfland bis zur Küste durchqueren, dann am Strand entlang zurück in die Zivilisation.

Ist kein toller Plan, aber der einzige.

Hinter dem Mietwagen als Deckung ziehst du dich zurück und rennst los.

Was hast du mir angetan, Tess?, denkst du bei deiner Flucht. Du weißt es noch nicht – vermutest es allmählich, während die Scheinwerferkegel näher kommen –, aber das wird einer deiner letzten Gedanken sein. *Herrgott, Tess, was hast du mir angetan?*

Was hast du getan?

1

In meiner Branche dauert es bei manchen Jobs lange, bis man sie sicher in der Tasche hat, andere bekommt man urplötzlich. Und eines haben mich die zehn Jahre in dem Geschäft gelehrt: Schnell ist nicht immer auch gut. Ein Job, der einem in den Schoß fällt, bringt meistens Ärger.

Das waren jedenfalls meine Bedenken, als Seawild an mich herantrat.

Sie waren große Fans von mir – so stand es jedenfalls in ihrer ersten E-Mail – und wollten sofort ein Online-Treffen, um ein aufregendes Projekt zu besprechen. Vor acht Jahren hatte ich Pocket Films, mein Ein-Frau-Unternehmen, gegründet und arbeitete in einem umgebauten Schiffscontainer in Canning Town, dem billigsten Mietobjekt, das ich hatte finden können. Darin gab es gerade genug Platz für einen Schreibtisch und einen Laptop, ein paar gerahmte Stillleben und ein paar Kinkerlitzchen, Erinnerungen an die Tage, als ich noch Preise gewann. Pocket Films hat mittlerweile seine Nische gefunden und bringt Naturdokus heraus, auch Kurzfilme für die Webseiten von Wohlfahrtsverbänden, Spendenveranstaltungen von Umweltorganisationen und TV-Montagen. Doch anfangs war das anders gewesen.

Seinerzeit war ich die aussichtsreichste junge Filmemacherin Großbritanniens, wurde sogar bejubelt. Doch bei meinem ersten karriereträchtigen Projekt passierten üble Dinge, und nach *Spill* konnte ich zwei Jahre lang keine Kamera in die Hand nehmen. Als ich das endlich wieder tat – nach viel Überredung –, war ich nicht mehr dieselbe. Vielmehr war ich jemand geworden, den man mied, eine wandelnde Warnung vor den Gefahren, die einem zu schnell aufsteigenden Stern drohen konnten. Ich hatte nicht mehr die Kraft für investigativen Journalismus. Den musste ich hinter mir lassen.

In der Hinsicht zumindest wirkte der Seawild-Auftrag vollkommen vernünftig.

Laut ihrer Website war Seawild eine Meeresforschungseinrichtung mit dem Auftrag, Biodiversität und Korallenbänke im Pazifik zu schützen. Auf der Startseite verkündete ein Banner ihren jüngsten Erfolg: *Wir geben stolz bekannt, dass wir mit der Verwaltung der Ilhas Desertas betraut wurden!* Bei einer schnellen Suche erfuhr ich, dass die Desertas vier Inseln im Atlantik sind, eine einsame Inselkette zwei Stunden von der Küste Madeiras entfernt, auf der niemand lebte außer einer geschützten Population von Mönchsrobben. Bei den Jobangeboten auf der Website stand tatsächlich, dass sie einen kreativen, talentierten und erfahrenen Videofilmer suchten, der Erfolge mit Kampagnen und dokumentarischen Interviews nachweisen könne.

Ich entsprach den Anforderungen. Dennoch war es seltsam, dass sie mich direkt anschrieben.

Sie mussten Hunderte Bewerbungen erhalten haben. Vielleicht hatten sie daraus den geeignetsten Bewerber ausgewählt, und der war vorzeitig ausgeschieden. Vielleicht suchten sie jetzt schnellen Ersatz, und die E-Mail an mich war eine von mehreren Initiativanfragen.

Oder, so sagte ich mir, sie arbeiteten einfach schnell und wussten genau, wen sie wollten.

Was zutraf, ließ sich nur auf eine Weise herausfinden.

Das erste Gesicht, das am nächsten Nachmittag zu dem Zoom-Meeting auf meinem Laptop erschien, kannte ich von der

Seawild-Seite, auf der die Mitglieder von Vorstand und Kuratorium vorgestellt wurden. Leo Bodin. Er sah gut aus, war Anfang vierzig, drahtig und dynamisch, ein dunkelhaariger Franzose, der in gestreiftem Oberhemd und Blazer vor einer Bücherwand saß.

Er stellte sich vor und strich dabei mechanisch seine Krawatte glatt. »Director of Operations, Paris«, sagte er mit leichtem Akzent. »Es ist großartig, dass wir uns kurz zusammensetzen können. Alex wird auch gleich zu uns stoßen, und dann können wir … ah, da ist sie schon.«

Das zweite Gesicht war anders, wettergegerbt und schweißglänzend. Es gehörte einer Frau mit kurzen blonden Haaren, gelb lackierten Fingernägeln und Bandana. Kurz erstarrte sie mit aufgestützten Ellbogen, bis ihr Feed aufholte und sie uns zuwinkte. »Hi! Ich bin Dr. Alex Dahlberg. Hi, Leo, wie geht's? Und du bist Tess, nicht wahr?«

»Tess Macfarlane«, sagte ich. »Pocket Films.«

Leo stellte mir die Arbeit des Instituts vor. »Wir legen leidenschaftlichen Wert darauf, die Ilhas Desertas zu schützen, sie sachgemäß zu verwalten. Die portugiesische Regierung wollte sie für den Tourismus öffnen und Hunderte Besucher pro Jahr zulassen.« Er schüttelte angewidert den Kopf. »Eine verrückte Idee. Bei der Übergabe war von einer Kolonie von über vierzig Robben die Rede«, erklärte er. »Aber als wir unser erstes Team hinschickten, um die Tiere zu beobachten, wurde klar, dass man sich schwer verzählt hatte. Wir schätzen die Kolonie auf etwa zwanzig. Navigaceo erscheint am vielversprechendsten.«

Ich hatte mich gut vorbereitet. »Navigaceo. Das ist die letzte der vier Inseln. Die am weitesten draußen liegt.«

»Ganz recht.« Leo zählte die Inseln an den Fingern ab. »Chão, Deserta Grande, Bugio liegen recht nah beieinander, erst zehn Kilometer weiter kommt Navigaceo.«

»Und laut Ihrer Website hat die Insel seit über fünfzig Jahren niemand mehr betreten?«

»Genau«, warf Alex ein. Ihr Akzent war eine wilde Mischung aus London, Lissabon und Bergen. »Die Genehmigungen da draußen werden sehr streng gehandhabt. Auf Navigaceo ist keiner gewesen, seit sie neunzehnhunderteinundsiebzig umgewidmet wurde.« Sie grinste. »Wir dürfen die Ersten sein!«

»Ein halbes Jahrhundert lang unberührt.« Ich lächelte zurück.

»Der Film ist die Idee meines Chefs«, warf Leo ein. »Er möchte einen umfassenden Bericht über Brutplätze und die Populationsdichte der Mönchsrobben und eine Kurzdoku für die Webseite. Viele visuelle Beweise, die unsere Politik der fortgesetzten Sperrung unterstützen«, sagte er. »Die Insel ist einzigartig, die Robbenpopulation gefährdet. Wir dürfen keine Touristenschiffe erlauben.«

»Klingt nach der Arbeit, die ich gewohnt bin zu liefern.« Ich teilte meinen Bildschirm und zeigte ihnen mein Showreel, meine jüngste Arbeit für den Rivers Trust und eine, die ich gerade für ein italienisches Renaturierungsprojekt fertiggestellt hatte. Dabei wurde viel gelächelt und einiges gefragt.

»Ein paar praktische Informationen«, sagte Leo anschließend. »Auf den Inseln ist der Internetzugang sehr eingeschränkt, es gibt kaum Handyempfang. Und wie Sie wissen, ist Navigaceo völlig verlassen. Daraus ergeben sich einige Herausforderungen.«

»Damit komme ich zurecht.«

Leo machte sich Notizen außerhalb des Blickfelds, dann sah er mich wieder an. »Großartig. Ich weiß, das ist sehr kurzfristig, aber wenn Sie interessiert sind, möchten wir, dass Sie morgen Abend nach Madeira fliegen.«

Die Schnelligkeit des Angebots überraschte mich, und in

mir regte sich ein leichtes Unbehagen. Sie waren ungewöhnlich erpicht auf meine Teilnahme. Obwohl hochgradig nervös, lächelte ich höflich und machte eine launige Bemerkung, die die beiden zum Lachen brachte. Die Sache war die: Ich brauchte Arbeit.

Eine Stunde später erhielt ich die Zusage per E-Mail.

Sie kündigten an, mir die Flugtickets zu schicken. Das Honorar war doppelt so hoch wie das, was ich verlangt hätte, und wie ich feststellte, hatte man die Stellenausschreibung bereits von der Webseite genommen. Obwohl es sicher unmöglich war, jetzt noch abzulehnen, antwortete ich nicht sofort. Stattdessen nahm ich mir den restlichen Nachmittag frei, räumte meinen Schreibtisch auf, schrieb eine Packliste und machte meinen Laden dicht. Dabei ging ich in Gedanken immer wieder das Gespräch durch und horchte auf Alarmglocken.

Ich bin mir ziemlich sicher, dass sie weit entfernt läuteten, aber ich fand keinen Grund, Nein zu sagen.

2

Als ich schließlich das Büro verließ, war es draußen fast dunkel. Die Kailampen leuchteten, der Himmel über den Lagerhäusern schwankte zwischen Orange und Blau.

Ich bog am Orchard Place rechts ab und lief zur Bushaltestelle vor dem Switch House. Gleich hinter der abblätternden Reklamewand von Whale Oil, in den dreißiger Jahren auf den Backsteingiebel eines Industriebaus gemalt, gab es ein verwahrlostes Grundstück mit einem Dickicht mannshoher Büsche und dem verrottenden Lagerhaus eines Schiffsbauers. Da hielt sich nie jemand auf, schon gar nicht an einem Freitagabend.

Außer an diesem.

Ein Mann mittleren Alters mit grau meliertem Vollbart und einer Windjacke fotografierte mich.

Trotz des Verkehrs auf der East India Dock Road hörte ich den Auslöser klicken. Ein paar Schritte weiter schaute ich zurück. Er untersuchte den Fotoapparat, einen digitalen SLR, als würde er sich damit nicht auskennen. Ich drehte mich noch einmal um. Er hielt das Objektiv auf die Straße gerichtet und guckte durch den Sucher wie ein Anfänger. Ein Waitrose-Lieferwagen rauschte vorbei und brachte das Gefühl von Normalität zurück.

Bis ich an der Bushaltestelle ankam, war der Mann vergessen.

Jedoch sah ich ihn dann wieder, und zwar in meinem Bus.

Er saß fünf oder sechs Reihen hinter mir auf einem Gangplatz neben einer Frau, die schlafend den Kopf an die beschlagene Fensterscheibe lehnte. Wieder beschäftigte er sich mit seinem Fotoapparat, und sein Bart verdeckte die untere Gesichtshälfte. Während der Produktion von *Spill* recherchierten Gretchen und ich ein Jahr lang zu Ölgesellschaften, für die es offenbar Standardpraxis war, Filmemacher beschatten zu lassen. Durch diese schreckliche Erfahrung war meine Aufmerksamkeit derart geschärft, dass ich selbst jetzt noch, zehn Jahre später, nicht glaubte, der Mann mit dem Fotoapparat könnte nur zufällig im selben Bus sitzen wie ich. Ich beschloss umzusteigen. Ich könnte am Billingsgate Market rausspringen, über die Fußgängerbrücke auf die andere Straßenseite laufen und an der Poplar die DLR nehmen.

Wenn er mir folgte, hätte ich den Beweis.

Erst in letzter Sekunde verließ ich meinen Sitzplatz. Draußen hastete ich davon. Es ist unmöglich, die Straße zu überqueren – vier Fahrspuren, abgesperrt durch Geländer –, doch voraus führte eine Treppe zu dem überdachten Überweg, der mich zur Bahnstation brachte. Es wimmelte von Fußgängern; ringsherum nur Herbstmäntel, schwankende Regenschirme, pfützennasse Büroschuhe und Einkaufsbeutel. Geschützt in dem Gewoge, stieg ich die Treppe hoch, ohne zurückzublicken. Auf dem Bahnsteig würde ich mich in eine Nische drücken und sehen, ob der Mann mich verfolgte.

Auf dem Weg durch die Glasröhre der Brücke vibrierte mein Handy in der Manteltasche.

Froh über die Gelegenheit zu reden, zog ich es heraus. »Hallo. Ich fürchte, ich bin gerade nicht im Büro. Wenn Sie über einen Auftrag …«

»Spreche ich mit Tess Macfarlane?«

»Ja.«

»DCI Rafiq, Metropolitan Police.« Die Stimme einer Frau, und sie klang routiniert. »Ich rufe an, um eine Befragung zu vereinbaren. Es geht um den Gretchen-Harris-Fall. Ich leite jetzt die Ermittlungen, und wir untersuchen die Vorfälle noch mal.«

Mein Magen sackte schlingernd ab. Irgendwie gelang es mir weiterzugehen. »Wie bitte?«

»Wir haben alle Beteiligten angeschrieben und angekündigt, dass wir uns melden. Haben Sie den Brief erhalten?«

»Hab ich.« Er war vor zwei Wochen im Büro eingegangen. Ich hatte ihn überflogen und in den Papierkorb geworfen. Seitdem hatte ich die tragischste Art magischen Denkens praktiziert: totale Leugnung.

»Ich möchte mit Ihnen einen Termin ausmachen, der Ihnen passt.«

»Ich bin im Begriff zu verreisen.« Mit zitternden Beinen kam ich auf dem Bahnsteig an und schlängelte mich zwischen den Leuten durch. »Ich fliege morgen Abend. Bis dahin habe ich noch viel zu erledigen.«

»Darf ich fragen, wohin und für wie lange?«

Ich räusperte mich und nannte ihr die Details. »Hören Sie. Ich bin damals mit dem Ermittler alles durchgegangen. Ich bin mir nicht sicher, ob ich noch etwas Nützliches hinzufügen kann.«

»Sie werden überrascht sein«, sagte DCI Rafiq behutsam. »Erneute Befragungen bringen oft neue, wertvolle Erkenntnisse. Also, Sie sind nächsten Donnerstag wieder zurück …« Ich hörte Finger über Tasten streifen. »Wie wär's, wenn wir Sie für Freitag um neun vormerken? Können Sie zu dieser Zeit ins Polizeirevier Brixton kommen?«

Was blieb mir anderes übrig, als zuzusagen? Ich beendete das Telefonat und steckte mit zitternden Fingern das Handy weg. Obwohl ich meine Geschichte damals endlos wiederholt hatte, wusste ich nicht mehr, was ich im Einzelnen gesagt hatte.

Würden sie mich bitten, alles noch mal zu erzählen, und das mit meiner vorigen Aussage vergleichen? Aber dann mussten sie doch mit zwei stark differierenden Versionen rechnen. Niemand kann sich über Jahre hinweg an genaue Einzelheiten erinnern, nicht mal bei traumatischen Erlebnissen. Ich strich mir eine schweißfeuchte Locke von der Schläfe hinters Ohr und versuchte, mich zu beruhigen. Vielleicht war das nur eine Routineangelegenheit, und ich wäre nach einer Stunde wieder draußen.

Es gelang mir, mich auf den Moment zu konzentrieren, fand eine Bank mit Aussicht auf die Menschenscharen und betrachtete die Passanten. Von dem Typen mit dem Fotoapparat war nichts zu sehen. Allerdings – der Gedanke flammte mit heller Gewissheit auf, war fast körperlich spürbar – könnten der Mann und Rafiqs Anruf zusammenhängen. Was, wenn mein Verfolger ein Polizist in Zivil war und mich beschattete? Ich schaute suchend in die Menschenmenge, und plötzlich beneidete ich sie alle um ihr unbescholtenes Leben.

Geh nach Hause, sagte ich mir. Sag bei Seawild zu, pack die Reisetasche und nimm den Flieger. Lass alles hinter dir, wenn auch nur für eine Woche. Konzentrier dich auf das Projekt – die Schönheit der Insel, die Geschichten des Forschungsteams, die Robbenkolonie.

Ich bahnte mir einen Weg zwischen den Leuten durch und sprang in die nächste Bahn. Ich wollte bis Limehouse fahren und mir die Sache solange überlegen. Wie immer gab es nur noch Stehplätze. Nachdem sich die Türen hinter mir geschlossen hatten, atmete ich auf. Der Zug verließ die Station.

Während der Bahnsteig davonglitt, sah ich den bärtigen Mann mit dem Fotoapparat, wie er suchend über die Köpfe schaute.

Am nächsten Abend verzögerte sich mein Flug nach Funchal wegen Nebels.

Noch nervös wegen des Beschatters, versuchte ich den Samstagabend über mit meinen Taschen im Arm auf den Sitzen in der Abfluglounge zu schlafen. In den Monaten nach unserer gemeinsamen Produktion von *Spill* hatte ich oft von Gretchen geträumt, seit über einem Jahr jedoch nicht mehr. Der Anruf von DCI Rafiq musste jedoch mein Unterbewusstsein angekurbelt haben, denn bei einer der wenigen Schlafphasen legte meine alte Mentorin einen verstörenden Auftritt hin.

Zuerst glaubte ich, wach zu sein.

Mit schmerzendem Nacken schwang ich die Beine auf den Boden. Meine Füße fühlten sich in den Turnschuhen heiß an. Gretchen saß mir gegenüber in hochhackigen Stiefeln, Jeans und einem Regenmantel mit geschlossenem Gürtel. Ihre Sonnenbrille hatte sie wie immer auf den Kopf geschoben. Ihre Stimme klang sentimental und fern, gefiltert durch den Schlick der Jahre. Sie sagte: »Du hast angerufen, aber ich kam nicht an mein Handy ran.«

Mein Kehlkopf bewegte sich, als ich antworten wollte, doch meine Zunge klebte an der Rückseite meiner Zähne.

Gretchen war dunkel und verschwommen, doch ich konnte ihre Augen erkennen – sie hatte immer einen durchdringenden Blick – und die Locken rings um das Gesicht. »Ich habe dich vom Straßengraben aus gesehen«, sagte sie. »Du standest auf der Straße.«

Mein zweiter Versuch zu sprechen geriet genauso tonlos wie der erste.

»Du hast angerufen«, sagte sie wieder. »Aber ich kam nicht an mein Handy ran.«

Ich hustete meine Kehle frei und brachte meine Stimme zum Klingen. »Lass uns über etwas anderes reden.«

»Du standest im Regen auf der Straße.«

»Gretchen, lass uns über etwas anderes reden.«

Sie zog einen Schmollmund und faltete die Hände. Aufgrund der seltsamen Traumlogik waren ihre Hände jetzt nass. Die Kleidung auch. Ihr Gesicht zog sich zusammen, und ich dachte, sie fängt an zu weinen.

»Hey«, sagte ich sanft. »Lass uns über etwas anderes reden. Wie geht es dir inzwischen?«

Sie nahm sich zusammen und verlor den Ausdruck der Verletzlichkeit. Ich sah sie kühl und hart werden. »Ach, du weißt schon«, antwortete sie und deutete auf ihre Beine. »Wie immer.«

3

Am folgenden Tag war es in der Ankunftshalle auf Madeira brechend voll. Ich half einer älteren Portugiesin mit ihrem Gepäck und wartete bei ihr, bis sie ihren Mann entdeckt hatte, dann ging ich Richtung Ausgang.

Eine Frau mit Acrylfingernägeln kontrollierte meinen Reisepass. Draußen standen Fahrer, die Pappschilder mit Namen hochhielten. Meiner war ein junger Mann in einem Ramones-T-Shirt und Sandalen. Er führte mich in eine Wand siedender Luft und öffnete den Kofferraum eines zitronengelben Mercedes, der unter Palmen in einer Wagenschlange stand.

»Funchal, ja?«, fragte er, als ich einstieg. Ich nannte ihm den Namen des Hostels, und er nickte in den Rückspiegel und reihte sich in den Verkehr vor der Schranke ein. »Urlaub?«

»Nein, Arbeit. Ich drehe einen Film.«

Ich schaute auf gepflegte Rasenflächen, Palmen und Kakteen, Felsbrocken, einen Schwarm Möwen. Der Himmel war kräftig blau und wolkenlos. Ein Schauder der Erregung durchlief mich. Draußen auf den Ilhas Desertas würde es wenig Komfort geben, nur Zelte und Isomatten, Dosengerichte und lange Tage. Aber wenigstens ließe sich dabei ignorieren, was in England auf mich wartete.

»Casablanca neunhundert Kilometer in dieser Richtung«, sagte mein Fahrer. »Gran Canaria fünfhundert in dieser Richtung.« Er zeigte mit dem Daumen über die Schulter, während er auf der ER 101, Madeiras einziger Autobahn, einen Lkw überholte. Die steilen grünen Berghänge zu unserer Rechten waren mit Häusern gesprenkelt. Erste Eindrücke der Insel flogen vorbei; Plakatwände vor einem Dorf namens Santa Cruz; ein Springbrunnen mit Regenbogenfontänen. Wir überquerten eine tiefe Schlucht, bei der mir mulmig wurde, dann stießen wir in einen Tunnel. »Und Lissabon liegt tausend Kilometer in dieser Richtung. Filmen Sie das Festival in Funchal? Das Zuckerrohrfest? Kuchen, Wein?«

»Nein. Ich fahre raus zu den Desertas.« Von der fernen Inselgruppe war noch nichts zu erkennen, aber sie sei ein permanenter dunkler Fleck am Horizont, stand im Reiseführer.

Darauf zog er die Brauen hoch und schwieg für ein paar Augenblicke. »Zu den Ilhas Desertas? Sind Sie verrückt?«

Ich begegnete seinem Blick im Rückspiegel. »Wieso?«

»Die sind menschenleer. Da spukt es. Da ist nichts. Nur Felsen und ein Leuchtturm, das ist alles. Den Männern da ist viel Schlimmes zugestoßen …«

»Klingt großartig«, meinte ich trocken.

»Aber Sie filmen die Robben, ja?« Sein Gesicht hellte sich auf. »Schöne Tiere. Wir nennen sie *lobo do mar*, Wolf des Meeres.« Er grinste und stimmte zur Veranschaulichung ein Wolfsgeheul an, während wir über eine weiße Brücke fuhren, unter der sich Funchal bis zum Meer hinunter erstreckte.

Draußen am Busbahnhof und der wimpelgeschmückten Uferpromenade hob er meinen Rucksack aus dem Kofferraum und sah mir väterlich ernst in die Augen. »Da draußen, das ist kein Urlaub. Gefährliche Strömungen. Überhaupt nicht sicher. Und in der Festwoche ist es für Retter schwieriger, Sie rauszuholen. Seien Sie vorsichtig.«

»Keine Sorge«, sagte ich lächelnd. »Mir passiert schon nichts. Ich habe ein erfahrenes Team bei mir.«

Ich fand mein Hostel, duschte, zog mich um und ging mit der Kamera los, um in der Stadt ein paar Aufnahmen zu machen.

Ich filmte die Seilbahn und wie ihre Kabinen ratternd den langen Aufstieg über die Dächer zum Botanischen Garten begannen, Touristen-Tuk-Tuks, die sich durch den Verkehr fädelten, Imbisswagen, die Churros anboten, Skateboarder, die im Schatten von Palmen vapten. Als Alex mir am frühen Abend geschrieben und vorgeschlagen hatte, mich mit ihnen in der Altstadt zu treffen, hatte ich zugesagt und folgte nun ihrem Standort-Pin zum *Revolucion*, einer zweigeschossigen Cocktail- und Tapasbar.

Bis ich dort ankam, stand die Sonne tief über dem Hafen. In den belebten Gassen war es noch warm, und die Tische der Bar waren selbst draußen dicht besetzt. Drinnen roch es nach Knoblauch und gebratenen Sardinen. Die Kellner servierten Cocktails mit Salzrand und Schälchen mit Oliven.

Ich entdeckte Alex, die mich an ihren Tisch winkte.

»Tess! Schön, dich endlich in natura zu sehen!« In ihren kurzen Haaren zeigte sich das erste Grau. Ihre Goldrandbrille hatte kreisrunde Gläser. Sie deutete auf ein Glas mit Saft. »Ich habe dir einen Poncha bestellt. Rum, Rohrzucker, Honig und Orangensaft. Ein traditioneller Cocktail. Den trinken wir immer, wenn wir hier arbeiten. Und nimm dir ein Sweatshirt!« Sie deutete auf einen Stapel. Meins war das unterste.

Ich hielt es mir an. *Seawild* stand darauf, über einer weißen Welle mit einem springenden Delfin. Ich lächelte ihre Kollegen an. »Tess Macfarlane«, sagte ich. »Ich übernehme das Filmen.«

»Es steht dir«, meinte der Mann neben mir, ein Schwarzer, der mit Anfang dreißig ein paar Jahre jünger war als ich, ein Londoner mit gepflegtem Bart. »Mike Woods-Hughes, Seawild. Schön, dich kennenzulernen.« Er zog an seinen Manschetten unter dem Leinenjackett und neigte sich zu mir. In seinen

Augen funkelte Begeisterung. »Du hast *Spill* gedreht, stimmt's? Fantastischer Film. Hätte einen Preis der BAFTA gewinnen müssen. Man hat dich übergangen. Diese Sequenz in den Ölfeldern? Wunderschön fotografiert. Du bist ein Superstar.«

»Danke. Sehr nett.«

Ein Mann mittleren Alters mit einer Trucker-Kappe auf den schulterlangen Haaren und einem Pullover mit ausgeleiertem Ausschnitt stellte sich ebenfalls vor. »Vincento Perriera.« Er hatte spröde Haut, einen südländischen Teint, und wenn er lächelte, zeigten sich Krähenfüße an seinen rastlosen Augen. »Freust du dich auf den Trip?«

»Sehr.«

Alex breitete die Arme vor uns dreien aus wie eine stolze Mutter. »Endlich treffen wir uns persönlich. Auf die Ilhas Desertas.« Wir stießen miteinander an. Mike jubelte gut gelaunt, und Alex lächelte. »Ich habe großes Glück, euch dabeizuhaben. Was für ein großartiges kleines Team! Ich bin schon heiß darauf, loszulegen.« Ich fragte mich, ob sie sich absichtlich so begeistert gab, doch ihr lebhaftes Lächeln schien mir ehrlich zu sein. »Vielen Dank, dass ihr unserem Projekt eure Zeit opfert. Cheers!«

Wir stießen ein zweites Mal an. Alex bestellte Tapas und mehr zu trinken.

Vincento beugte sich beim Essen zu mir. »Freust du dich auf die Robben?«

»Absolut. Leo ist sehr erpicht darauf, die Insel zu schützen, keine Touristen zuzulassen.«

Vincento schluckte Bier und wischte sich den Mund ab. »Da bin ich ganz seiner Meinung. Achtsamkeit ist jetzt entscheidend. Die Population wächst langsam, aber sie wächst.« Er winkte einen Kellner heran, und einen Moment später goss er uns allen dunklen Rotwein ein. »Probiert den«, befahl er uns.

Mike lachte. »O Gott. Vinny hält uns wieder einen Vortrag.«

Wir hoben die Gläser und kosteten. Das Zeug schmeckte wie süßer Kaffee und Zigarrenrauch.

»Das ist Bual«, sagte Vinny. »Süßer als Verdejo. Fassgereift …« Er hielt grinsend inne, weil Mike ihn bejubelte, und redete dann weiter. »Tolle Farbe, komplexes Aroma. Ein schöner Wein, nicht?« Ich trank noch einen Schluck. Vinny fing meinen Blick ein. »Rauchst du?« Er schwenkte eine Schachtel Chesterfields. Ich schüttelte den Kopf. »Gute Antwort«, sagte er und erhob sich ächzend. »Teure Angewohnheit. Ich bin auf eine am Tag runter. Habe mir vorgenommen, vor der Hochzeit aufzuhören.«

»Hochzeit.« Ich prostete ihm zu. »Herzlichen Glückwunsch.«

Er verneigte sich dankend. »Die Liebe meines Lebens.« Er zeigte den schlichten Ring an seiner Hand. »Wieder.«

Lächelnd verfolgte ich, wie er sich zwischen den Gästen durchschlängelte und jemandem auf die Schulter klopfte, worauf sie laut zusammen lachten. Er war gut fünfzehn Jahre älter als ich. Also durfte ich noch hoffen. Nach *Spill* war ich in meiner Branche zu einem Geist geworden, jene Art Person, in deren Nähe Gespräche verstummen. Damit wurde es nicht einfacher, jemanden zu daten. Nach den Monaten mit Gretchen Harris war ich verschlossen und schuldbewusst, und es kostete jahrelange Aufmerksamkeit, meine Karriere wieder aufzubauen. Im Lauf der letzten zehn Jahre hatte ich schrecklich viele Samstagabende allein zu Hause verbracht und immer nur nach links gewischt. Wenigstens erzählte Vincentos Verlobungsring eine optimistischere Geschichte.

Nachdem unsere Gläser neu gefüllt waren, reichte Alex ihr Handy herum, und wir schauten uns Fotos von Navigaceo an.

»Die Robben versammeln sich an der Nordspitze.« Sie hielt

das Display hoch, als Mike und ich uns zu ihr hinbeugten. »An der Südspitze steht der Leuchtturm. Die Insel hat zwei Gesichter. Im Westen nackte Steilfelsen. Dagegen ist die Ostseite durch frühere Erdrutsche weniger steil.« Sie zeigte uns Aufnahmen von dem zugänglichen Küstenstreifen, einer Landzunge aus rostrotem Gestein, überragt von einem Berg, dessen untere Hänge dicht bewaldet waren.

Wir unterhielten uns, aßen, und zum ersten Mal, seit mir der Mann mit dem Fotoapparat aufgefallen war, konnte ich mich entspannen. Nachdem eine weitere Flasche von Vinnys Bual auf dem Tisch stand, brachte ich die drei dazu, ihre Sweatshirts anzuziehen, und filmte meine neuen Kollegen, die in ihrem Marken-Outfit in die Kamera winkten.

Das Essen war gut, die Gesellschaft locker, die Musik laut, und allmählich wurde der Gedanke an das Polizeirevier Brixton zu einem Wehwehchen im Hintergrund wie ein leichter Kater, eine ferne Gefahr, die sich gut ignorieren ließ.

Um halb elf umarmten wir uns. Ich war so spät engagiert worden, dass im Hotel der anderen für mich kein Zimmer mehr zu bekommen war. Darum machten sich die drei gemeinsam auf den Weg, während ich die andere Richtung einschlug und auf unsicheren Beinen zu meinem Hostel ging. Aus einer Bar hörte ich Fadomusik. Vor einem Tätowierstudio erzählte eine Gruppe Freunde lärmend Witze. Über mir stand die Seilbahn still, die Kabinen hingen als starre Flecken über den Dächern.

Auf den Straßen wurde es ruhig, und von einer Sekunde auf die andere fühlte ich mich wieder allein.

Während ich mich anhand eines unklaren Stadtplans auf dem Handy unsicher orientierte, kam ich mir plötzlich vor wie am Rand der Welt, und wenn ich zu weit in die falsche Richtung ginge, würde ich fallen und auf Nimmerwiedersehen verschwinden.

ERSTER TAG

4

Um acht Uhr erwachte ich mit einem Brummschädel. Mein Laptop stand aufgeklappt auf dem Nachttisch.

Im ersten Moment wusste ich nicht mehr, was ich vor dem Einschlafen getan hatte. Ich starrte auf den schwarzen Bildschirm, bis mir eine verschwommene Erinnerung kam, die langsam klar wurde. Ich hatte auf der Seawild-Webseite recherchiert.

Ich schaltete das Gerät wieder ein. Genau – ich hatte ein überraschendes Bild von Alex entdeckt, auf dem sie in der Tür einer Forschungsstation stand, Gasbetonwände mit einem rostigen Blechdach an einer nackten Felswand. Ich betrachtete es erneut. Unter dem Foto stand: *Teamleiterin Dr. Alex Dahlberg auf Deserta Grande.* Grande war die zweite der vier Ilhas Desertas. Also hatte Seawild schon einmal ein Team da rausgeschickt. Komisch, dass sie das nicht erwähnt hatte. Und noch etwas hatte mich am gestrigen Abend verblüfft – der Text unter dem Foto. *Photo credit: Lukas Larsen.*

Die Naturdoku-Branche ist eine kleine Szene. Ich kannte Lukas.

Auf einmal fiel mir alles wieder ein. In der Nacht hatte ich ihn kontaktiert. Lukas Larsen war ein brillanter Filmemacher. Seawild hatte ihn sicher gebeten, auch bei dieser Expedition zu filmen. Es gab jede Menge Gründe, warum er abgelehnt haben könnte, doch sicher nicht wegen des Honorars. Lukas' Absage würde zumindest die Hast erklären, mit der man mich ins Boot geholt hatte. Ich fand seine Nummer und schickte ihm eine kurze SMS: *Rufen Sie mich an, wenn Sie einen Moment Zeit haben.* Dann erst fiel mir ein, dass ich nicht so unvergesslich war wie er, und schickte eine zweite SMS hinterher: *Tess Macfarlane, erinnern Sie sich?* Dann schrieb ich noch einen Gruß in das Kontaktformular seiner Webseite. Er war mir einen oder zwei Gefallen schuldig und könnte mich darüber aufklären, womit bei der Arbeit für Seawild zu rechnen wäre. In der Nacht hatte er nicht mehr geantwortet, und auch jetzt war noch nichts von ihm gekommen. Doch wie ich ihn kannte, wunderte mich das nicht. Ich hatte ihn vor fünf Jahren bei der Berlinale kennengelernt, ein freischaffender Videofilmer mit kunstvollen Tattoos, der unter dem Radar lebte, stets in Militärklamotten, und ständig irgendeinen Film über Kleinbauern in Waldhütten drehte oder monatelang allein einer Rentierherde folgte. Die meisten Webseiten von Dokumentarfilmern waren sorgfältig kuratierte Präsentationen von Pitch-Tapes und Referenzen, aber Lukas war anders. In seinen Blogbeiträgen vertrat er klar seine Meinung und nahm multinationale Konzerne und Regierungen aufs Korn.

Ich setzte mich auf und scrollte noch mal durch seine Webseite. Dabei wurde ich auf seinen jüngsten Post aufmerksam. Er war zwei Jahre alt, lohnte aber genaueres Hinsehen. Seawild wurde darin nicht namentlich genannt, doch bei der Erwähnung von Daten und Orten war Lukas nicht zurückhaltend gewesen. »Stellt euch vor«, schäumte er, »ich arbeite wieder für eine dieser unechten gemeinnützigen Organisationen, die nur wegen der Steuererleichterungen dabei sind.« Der Text war geschrieben worden, kurz nachdem das Foto von Alex Dahlberg auf die Seawild-Webseite gestellt worden war. Er bezog sich ganz sicher auf Seawild. »Mir tun die Leute leid, die für diese Firmen schuften müssen«, fuhr er fort. »Das kann einen guten Ökologen schon stocksauer machen, was btw tatsächlich passiert ist.« Die Teammitglieder wurden auch scharf kritisiert: »Ich höre sie laut streiten. Einer trinkt SEHR VIEL, der andere ist ein Fake. Einer wird einen Nervenzusammenbruch haben, bevor das Jahr um ist. Atmosphäre unheimlich und wütend.« Und er schloss mit: »Ein Job, den ich nur zu gern hinter mir lassen werde.«

Der gute alte Lukas, dachte ich und las den Post noch einmal mit nüchternerem Blick. Hat noch nie ein Blatt vor den Mund genommen. Ich fragte mich, ob er Mike, Vincento und Alex meinte. Mein Seawild-Team war mir am gestrigen Abend ganz okay erschienen, und trotzdem fand ich das beunruhigend. Wenn sie tatsächlich so waren, wie Lukas sie beschrieb, dann standen mir ein paar schwierige Tage bevor.

Gerade kam es für mich knüppeldick.

Ich war aus London abgehauen, um auszublenden, dass ich noch immer Zeugin in einer polizeilichen Ermittlung war. Vor drei Tagen war mir ein Mann von meiner Wohnung zur Arbeit gefolgt, und ich konnte von Glück reden, dass ich ihn abgeschüttelt hatte. Jetzt würde ich auf einer Insel über tausend Kilometer von Afrika entfernt mit einem potenziell toxischen Team arbeiten. Da wünschte ich mir nicht zum ersten Mal, ich hätte damals die Ermutigung meiner Dozenten an der Westminster ignoriert, *Spill* nicht gedreht und Gretchen Harris nicht kennengelernt.

Ich wusste noch, wie verwirrt ich antwortete, als einer meiner Tutoren mich beiseitenahm und mir sagte, wie sehr ihm meine Semesterarbeit gefallen habe.

Mir war klar gewesen, dass ich mein Handwerk nicht vollständig beherrschte und nur durch Zufall bei etwas Gutem gelandet war. Doch Zufall hin oder her, im Lauf der nächsten zwei Jahre tat ich mich weiter hervor. Ich gewann einen Preis für einen Monolog, einen Geldpreis für einen Wettbewerbsbeitrag und kam häufig auf nationale Auswahllisten. Alles, was ich einreichte, wurde ein Erfolg, und ich brauchte mich nicht anzustrengen wie meine Kommilitonen. Wenn die von Schaffenskrisen, fehlendem Filmmaterial und Katastrophen am Drehort erzählten, tat mir das für sie natürlich leid, aber ich musste mir Probleme ausdenken, um zu den Gesprächen etwas beizutragen. Allerdings änderte sich das bald. Im letzten Studienjahr musste man einen fünfzehnminütigen Film für die Abschlussveranstaltung produzieren, und das spielte eine große Rolle während der letzten Semester. Wir alle konnten über nichts anderes reden – Talentscouts und Fernsehleute würden sich im Auditorium drängen, und unsere Arbeit wäre unsere Visitenkarte. Es stand viel auf dem Spiel. Also arbeitete ich neun Monate lang an *Spill* und erfuhr zum ersten Mal, was es hieß, sich einer Sache obsessiv zu widmen. Das Objekt meiner Fixierung? Chase Industries, eine Ölgesellschaft mit Sitz in Großbritannien, die ein Greenwashing-Projekt betrieb und durch die betrügerische Verwendung von staatlichen Geldern finanzierte. Schicht um Schicht deckte ich Falschinformationen und Lügen auf, grub tief unter der Oberfläche der Hochglanzbroschüren und Presseverlautbarungen. Die Story nahm mich vollständig in Anspruch. Ich trieb mich bis an den Rand des Zusammenbruchs an, folgte einem Instinkt, über den ich keine Kontrolle mehr hatte. Als die Abschlussveranstaltung kurz bevorstand, fand ich nachts keinen Schlaf mehr.

Die Redakteure der Sender drängten sich an dem Abend im Auditorium. Während andere froh waren, relativ anonym zu bleiben, hatte ich das Gefühl, dass alle Augen auf mich gerichtet waren. Meine Tutoren waren gekommen, um mir Glück zu wünschen. Kommilitonen, die mich neidisch abwerteten, waren ferngeblieben, und ich konnte es ihnen nicht verdenken, denn viele waren genauso gut wie ich und einige sogar besser –

es war mir ein Rätsel, warum gerade mir so viel Aufmerksamkeit zuteilwurde. Der Abend war unangenehm und unbehaglich, doch am Ende bekam ich ein mündliches Angebot von Channel 4. Die Mitarbeiter des Seminars waren hocherfreut. Sogar meine Kommilitonen gratulierten mir zähneknirschend.

Ich fragte mich, was sie jetzt wohl dachten, meine Kommilitonen von damals. Manchmal stellte ich mir vor, wie sie bei ihren Jahrestreffen darüber redeten. Über meinen frühen Erfolg, der so viel versprach, über die junge Frau, die mit Gretchen Harris arbeiten durfte, und wie schnell ihr Stern verglühte. Dann die reumütige Wo-steht-sie-jetzt-Unterhaltung zum Abschluss. Wie einfach das Leben hätte sein können, wenn ich nicht diesen unangemessenen Erfolg gehabt hätte, sondern einen, den meine Arbeit tatsächlich verdiente. Wenn ich den fünfzehnminütigen Kurzfilm nicht gedreht, mich nicht mit Gretchen zusammengetan hätte … und nicht in den Kern County-Ölfeldern gewesen wäre.

Ich trank zwei Tassen Kaffee, aß zu jeder ein Pastel de nata, dann kehrte ich auf mein Zimmer zurück und packte mein Zeug zusammen, um auszuchecken und zum Hafen zu gehen.

Vor dem Hostel fegte ein Mann in weißer Kochkleidung den Platz. Organisatoren des Festivals spannten Wimpelketten und bauten Stände auf, und über allem funkelten die verspiegelten Fenster der Seilbahnkabinen, die, in ihrem endlosen Kreislauf gefangen, durch den Morgenhimmel schwebten. Diesmal nahm ich eine andere Route zum Hafen, an den Geschäften und Bars vorbei zum Busbahnhof, wo mein Taxifahrer mich abgesetzt hatte. Gefährliche Strömungen, hatte er gesagt. Überhaupt nicht sicher. Seien Sie vorsichtig.

Auf dem Weg durch die Kopfsteinpflastergassen zum Markt, das Meer ein Stück entfernt linker Hand, wurde ich allmählich gespannt. So abgelegen Madeira war, es war bunt und sprühte vor Lebendigkeit. Gleich würde ich zwei Stunden auf einem Boot fahren. Drüben angekommen, wären wir seit einem halben Jahrhundert die Ersten, die einen Fuß auf die Insel setzten, und würden dort in den vier Tagen Forschungsarbeit allein sein.

Als ich an einem Zebrastreifen am Fluss wartete, schaute ich zu den Tischen eines Cafés am Marktplatz. Eine Warteschlange vor einem Eisstand, ein Lkw-Fahrer, der Kisten mit grünen Bananen auslud, breitkrempige Sonnenhüte und knallige T-Shirts. Ich ließ den Blick schweifen und verweilen und erlebte einen jener Momente zufälligen Blickkontakts.

Der Mann, der mich angesehen hatte, schaute bereits woandershin. Er studierte eines der Festivalprogramme, die überall verteilt wurden.

Ein, zwei Augenblicke lang beobachtete ich ihn, und nach dem ersten Erschrecken flackerte Gewissheit auf. War das mein Beschatter aus London? Unmöglich. Und dennoch war es der gleiche Bart. Und etwas an seinem Benehmen – wie sorgfältig er es vermied, meinem Blick zu begegnen – richtete mir die Nackenhaare auf. In Canning Town hatte er die zweckmäßige Kleidung des Großstädters getragen: Chinos und ein gebügeltes hellblaues Hemd. Das war sicher ein anderer Mann. Die Londoner Polizei würde keinen Cop bis nach Madeira schicken, damit er eine Zeugin im Auge behielt. Es sei denn, sie wäre mehr als das, eine Verdächtige. Trotz der warmen Luft überlief es mich kalt.

Dann sprang die Ampel um, und die Fußgänger trugen mich mit fort.

Taumelnd schaute ich zurück. Der Mann blickte von seinem Faltblatt nicht auf.

Im Hafen lag die *Auk.* Ihr silberner Rumpf schimmerte in der Morgensonne, Masten sangen im Wind, ein Möwenschwarm zog seine Kreise. In einer der Straßen am Hafen spielte eine Band zum Auftakt des Festivals. Ich war sicher, dass mir niemand zum Wasser gefolgt war, doch anscheinend wirkte ich gestresst, denn Alex fragte lebhaft und gut gelaunt, ob es mir gut ginge. Ich nickte so überzeugend wie möglich und rang mir ein Lächeln ab.

»Großartig. Da liegt unser Boot«, verkündete sie, als wir alle eine Leiter zum Schwimmdock hinuntergestiegen waren und das Gepäck abgestellt hatten. »Ich liebe die *Auk.* Die haben wir schon mal genommen.«

Das Boot war größer als die Bowriders, die ich mal gefilmt hatte. Ich schätzte es auf fünfzehn Meter. Es hatte auf dem Achterdeck eine Winsch mit Trommel, einen kleinen Lastkran, eine Sechs-Mann-Spiere, die auf dem Deck festgezurrt war, und ein Beiboot, das am Bug über dem Wasser hing.

Im Kreis meiner Kollegen konnte ich mich ein bisschen entspannen. Bald würden wir ablegen und vierzig Kilometer weit nach Südosten fahren.

Und wen immer ich in dem Café hatte sitzen sehen, er würde dort bleiben.

5

An der Treppe am Heck kam ein glatzköpfiger Mann in abgeschnittenen Jeans und mit nackten Füßen zum Vorschein, der eine Kiste mit Ausrüstung trug. »Hallo!«, rief er mit starkem portugiesischen Akzent.

»Arnaldo!«, rief Alex zurück. »Schön, dich zu sehen!« Sie drehte sich zu mir um. »Arnaldo wird uns zu den Inseln bringen und dort absetzen. Dann haben wir vier Tage Zeit, um Peilsender anzubringen, die Aufnahmen zu checken und Daten zu sammeln. Am Donnerstag holt er uns wieder ab.«

»Wir können gleich ablegen«, sagte er, sprang träge auf das Schwimmdock und kam zu uns, ein erfahrener Seemann um die fünfzig, dem ein Schneidezahn fehlte. »Kommt an Bord. Es sind nur noch ein paar Dinge zu checken.«

Wir stiegen aufs Achterdeck und deponierten dort unser Gepäck. Blinzelnd schaute ich über den Hafen. Es wurde bereits heiß. An den seichten Stellen war die Bucht karibisch blau.

»Das wird eine gemütliche Fahrt«, sagte Arnaldo. »Ein paar Wolken, etwas Wellengang, aber meistens ruhig. Ich habe eure Ausrüstung verstaut. Das ist ganz schön viel Zeug!«

»Satellitenkommunikation«, erklärte Alex. »Ein PVC sollte auch dabei sein, und eine Powerbox. Zelte, Vorräte. Es ist alles da. Wie es aussieht, können wir losfahren.«

Während wir auf die Bucht hinausfuhren, verschwamm Funchal zu einem weiß gesprenkelten Fleck am Hang des Berges. Die Leute am Strand schrumpften zu Punkten, die Autos auf den Brücken funkelten wie Juwelen. Ich fragte mich, ob der bärtige Mann mit dem Fotoapparat irgendwo dort an der Uferpromenade nach mir suchte. Nein, ich hatte mich bestimmt getäuscht. Zwar hatte man die Ermittlungen wieder aufgenommen, aber man würde keinesfalls einen Kollegen über den Atlantik schicken, damit er mich beobachtete. Folglich war ich nur nervös, das war alles. Ich hielt nach Bedrohungen Ausschau, die es nicht gab.

Je kleiner Madeira wurde, desto besser ging es mir. Während die kühle Meeresluft mich von meinen Sorgen befreite, nahm ich mir vor, alles zu vergessen. Es wäre nichts damit gewonnen, wenn ich grübelnd an den Freitagmorgen auf dem Polizeirevier dachte oder an einen eingebildeten Beschatter.

Während wir über die Wellen ritten, verbrachte ich eine halbe Stunde mit heftiger Übelkeit an der Reling. Mit tuckerndem Motor stieg die *Auk* die grauen Flanken hinauf und über den Kamm, dann stürzte sie ins Tal, um die nächste in Angriff zu nehmen. Ich hörte das unverwechselbare Geräusch der Seekrankheit und drehte mich zur anderen Seite um, wo Vinny den Kopf übers Wasser beugte.

Mit zitternder Hand wischte er sich den Mund ab. »O mein Gott«, sagte er, als er mich bemerkte, blass, dunkeläugig und trotz der Kühle schwitzend. »Es scheint nie leichter zu werden.«

»Das hält mindestens einen Tag an.«

Er lachte verbissen. »Und der Boden schwankt danach noch einen Tag lang.«

Ich nickte, den Blick auf die Horizontlinie geheftet, und hielt mit tiefen Atemzügen meinen schlingernden Magen in Schach. Die Klippen von Chão, der ersten Insel der Kette, wurden langsam größer.

Mike kam unter Deck hervor und bewegte sich mit zur Seite gestreckten Armen wie ein Seiltänzer auf uns zu. »Das wird unglaublich«, sagte er und lehnte sich neben uns an die

Reling. »Die Ersten zu sein, die auf Navigaceo an Land gehen, seit – wann? Neunzehnhunderteinundsiebzig?«

»Ich werde zusehen, dass ich dabei ein paar gute Aufnahmen von euch mache«, sagte ich zu ihm.

»Ein kleiner Schritt für einen Menschen«, witzelte er und lachte. Dann ging er an seinen Rucksack, als wäre ihm etwas eingefallen, und öffnete ihn. »Das wird dich vielleicht interessieren.«

»Was ist das?«

»Ein Peilsender für die Robben.«

Er gab ihn mir. Größe und Gewicht erinnerten mich an meine erste Digitalkamera, nur dass er aus strapazierfähigem, durchsichtigem Kunststoff bestand. Dadurch sah man die Komponenten: eine Batterie, einen Sender. »Was für ein Teil ist das?«

»Der Nass-Trocken-Sensor«, sagte er. »Er zeigt an, ob die Tiere im Wasser sind, sodass wir ihre Gewohnheiten studieren können, also wo sie an Land gehen, wie lange sie da bleiben.«

Er hielt ihn mir hin. »Sieh ihn dir an. Ein raffiniertes Gerät.«

Ich nahm es und betrachtete den glatten Kunststoff. In London war es mir vorgekommen, als hätte ich einen Peilsender an mir, den ich nie loswerden würde.

Hier draußen würde ich vier Tage lang frei sein.

Der erste Punkt auf meiner Liste: vom Heck aus die näher kommenden Inseln filmen.

Ich war froh, den hauseigenen Führer gelesen zu haben, den Seawild geschickt hatte. Ich erkannte jede Insel, die sich vor unserem kleinen Schiff aus dem Dunst schälte, und konzentrierte mich zuerst auf Chão. Die Aussicht auf unser Reiseziel brachte das Team an Deck. Alex und Mike, die die Campingausrüstung ordneten, hielten dabei inne, und wir standen zusammen an der Backbordreling, als wir an Deserta Grande, der zweiten der vier Inseln, vorbeifuhren. Bei Sonnenschein hätte sie kräftig orange geleuchtet, doch jetzt war sie braun, und ihre von Gestrüpp bewachsenen Felshänge wirkten düster. Bei ihr war es am leichtesten, an Land zu gehen, und beim Näherkommen sah ich, warum. Eine Landzunge erstreckte sich ins Meer und bot Zugang zu einem flacheren Landstreifen, auf dem die Forschungsstation unter einem wirbelnden Trichter von Möwen stand.

Das war eindeutig das Gebäude von dem Foto, auf das ich am Abend gestoßen war. Also war Alex definitiv schon mal hier gewesen, vermutlich mit ein paar anderen. Seltsam, dass sie das nicht erwähnt hatte.

Bald ragte Bugio vor uns auf, eine weitere unwirtliche Felsklinge, diese lang und gebogen. Dann blieben die drei hinter uns zurück, während wir langsam die zehn Kilometer bis Navigaceo zurücklegten.

Als wir am Ufer längsseits gingen, hatten sich die Wolken verzogen, und die Sonne schien wieder. Diese Insel bestand aus dem gleichen rotbraunen Gestein, aber im Gegensatz zu ihren Nachbarn war sie bewaldet. Dort würden wir die nächsten vier Tage wohnen. Ich hätte mir keinen entlegeneren Flecken aussuchen können. Es gab jedoch ein Zeichen früherer Besiedlung: die weiße Kuppel eines Leuchtturms am südlichen Ende, die sich gegen den Wind duckte. Von da oben könnte ich filmen, wenn der Weg dorthin noch passierbar war, und mir ausmalen, wie die Crews vor einem Jahrhundert Baumaterial ausluden und mit Packpferden den Berg hinaufbrachten. Eine kräftezehrendere Aufgabe konnte ich mir kaum vorstellen.

Vinny balancierte zu uns herüber. »Fantastische Landschaft«, sagte er.

»Geht es dir besser?«

»Ein bisschen. Kann es kaum erwarten, festen Boden unter die Füße zu kriegen.«

»Wie es aussieht, wird das nicht leicht werden«, sagte ich filmend.

Das Ufer war von Geröllfeldern gesäumt. Wie bei Grande gab es einen ebeneren, offenen Abschnitt – von den Portugiesen *faja* genannt –, wo der Felshang abflachte und robuste Sträucher wuchsen, doch es war noch nicht erkennbar, wo man an Land gehen könnte. Diese Insel schien mir ein Ort zu sein, der sich dem Eindringen widersetzte und jegliche Kolonisierung beharrlich vereitelte. Ich konnte mir gut vorstellen, wie erleichtert die letzten Leuchtturmwärter gewesen sein mussten, wenn sie am Ende ihrer Schicht dem Berg den Rücken kehren und zu ihrem Boot hinuntergehen durften.

Vinny deutete voraus. »Da ist eine geeignete Stelle.«

Die *Auk* bremste, der Motor wechselte die Tonart. Kurz darauf verharrte sie auf der Stelle. Da der Schub fehlte, wirkte die Kraft der Wellen. Das Boot rollte, und mir wurde schwummrig vor Übelkeit.

Arnaldo kam aus dem Ruderstand hervor. »Näher dürfen wir nicht ran!«

Er stieg die Treppe hinunter, überquerte das Deck und ankerte, während Alex und Vinny das Beiboot losmachten. Die Sonne hatte inzwischen den Zenit überschritten und warf grelle Streifen aufs Wasser. Wir versammelten uns an der Leiter.

»Okay, sind wir alle gut drauf?«, fragte Alex mit erwartungsvollem Blick. Mike stieg als Erster ins Beiboot und stellte sich in die Mitte. Wir reichten die Ausrüstung zu ihm hinunter, die Vorräte zuerst, dann die Rucksäcke und die elektronischen Geräte. Unter dem Rumpf glitzerte das Wasser kalt wie geschliffene Diamanten, klar und tief. Ich ging als Letzte von Bord.

Alex warf den Außenbordmotor an, Mike und Vinny stießen uns vom Schiff weg, und das war's. Wir waren zu viert allein auf dem Wasser.

Langsam legten wir die kurze Strecke zurück. Alex bremste, sodass wir auf das Ufer zutrieben.

Von hier aus gesehen war Navigaceo ein nackter Felsrücken, der sich aus dichtem Wald erhob. Als wir näher kamen, sah ich den rotbraunen Grund im Wasser ansteigen. Voraus bestand das Ufer aus glitschigen, steil geneigten Felsplatten. Wasser gluckerte und klatschte gegen ein beeindruckendes Blechschild. Im oberen Bereich noch lesbar stand: *Anuncio. Propiedade Privada: Prohibido, Secretaria Municipal de Conservaçao.* Darunter hatte das Salz einen Teil weggerieben, und dann las man: *Autorizado Emmy Decembro 1971.*

Über fünfzig Sommer und fünfzig stürmische Winter hindurch hatte das Schild mit der schwindenden Botschaft der einsamen Wasserfläche gegenübergestanden und jene gewarnt, die an Land gehen wollten. Vielleicht waren wir in all der Zeit die Ersten, die sich so weit genähert hatten, dass sie es lesen konnten.

Wir fuhren weiter heran und schaukelten in einer glasigen Zone zwischen zwei Welten.

Alex warf eine Seilrolle nach vorn. Mike fing sie auf, befestigte sie an einer Klampe und wickelte ein Stück in seinen Händen ab. »Soll ich gehen?«, rief er nach hinten und ging in eine tiefe Hocke.

»Na klar«, rief Alex zurück. »Ich halte das Boot ruhig.«

Ich ging mit laufender Kamera zum Heck. Wir streiften den Felsen, Alex stellte den Motor ab, und Mike machte sich bereit und sprang. Er schaffte es nur knapp. Mit einem Fuß fand er Halt, mit dem anderen landete er im seichten Wasser. Schnell war er auf dem Trockenen, eilte hinauf und legte das Seil um den Anlegepfosten, prüfte, ob er hielt, und schlang einen Knoten.

Wir jubelten. »Erster auf Navigaceo!«, rief ich und vergewisserte mich, dass ich eine gute Aufnahme hatte. »Wie fühlt sich das an?«

Mike hob die Arme zur Siegerpose und lachte. Dann kam er an den Wasserrand und streckte Vinny eine Hand entgegen.

Ich bedeutete Alex voranzugehen. »Ich werde dich filmen.«

Sie grinste. »Bist du sicher?« Ihre Augen waren nass, vielleicht von der salzigen Gischt, aber in dem Moment glaubte ich, das sei für sie ein emotionaler Augenblick.

Später stellte ich das infrage.

6

Welchen Eindruck machten die Landschaft und die Atmosphäre auf mich, nachdem die Kollegen mich aufs Trockene gezogen hatten?

Verlassenheit war das Wort, das mir als Erstes in den Sinn kam, ein Stück Land aus schräg geschichteten Felsplatten wie riesige, wahllos zusammengeschobene Terracottafliesen. Das Meer saugte sich unter die vordersten und schlängelte sich durch Lücken. Weiter innen waren die Spalten zwischen den Platten mit Kies gefüllt und beherbergten Pflanzenkolonien. Dahinter begann der Wald, und über uns erhob sich der Berg mit seinen gezackten Gipfeln, während seine Flanken uns einen stürmischen Wind entgegenschickten, der an unserer Kleidung zerrte und uns Salz in die Haare trieb.

Nach Norden hin erstreckte sich der Küstenstreifen unter dem Gipfelkamm einen Kilometer weit und fiel allmählich zu einer Reihe von Höhlen am Fuß des Berges ab. Die Robben im Norden, der Leuchtturm im Süden, hatte Alex gesagt. Im Norden schäumten weiße Wellenkämme, jeder Schub des auflaufenden Wassers drängte in die Höhlen, um sich wieder zurückzuziehen.

»Mein Gott«, sagte Mike gegen den Wind. »Was für eine Landschaft! Und unberührt!«

Zu unserer Linken setzte die *Auk* zum Wenden an, um nach Funchal zurückzufahren. Ich winkte. Ich konnte Arnaldo zwar nicht sehen, stellte mir aber vor, dass er zurückwinkte. Zwischen uns und dem fernen schimmernden Grün Madeiras konnten wir die übrigen Ilhas sehen. Sie kamen uns weit weg vor.

»Jetzt sind wir allein«, sagte Alex, als sie der *Auk* hinterherschaute. Sie lachte. »Benehmt euch bloß.«

Ich filmte weiter und bat das Team, sich nebeneinanderzustellen und ihre wasserdichten Jacken zu öffnen, damit ihre Seawild-Sweatshirts zum Vorschein kamen. Mit dem rauschenden Ozean im Hintergrund machte ich meine Kameradschaftsaufnahme, und die drei reckten dabei begeistert die Daumen.

Alex trommelte alle zusammen, um die GPS-Geräte zu verteilen. »Also«, sagte sie, »sobald wir unser Zeug hergeschafft haben, sehen wir uns nach einem guten Lagerplatz um und werfen einen ersten Blick auf die Robbenkolonie. Vorerst unternehmen wir nichts weiter oben, die Bergpfade könnten erodiert sein. Für heute bleibt jeder da, wo ihn die anderen sehen können. Verstanden?«

Unsere erste Aufgabe war die Ausrüstung. Wir bildeten eine Kette, und Mike reichte die Kisten vom Ufer aus weiter. So dauerte es eine halbe Stunde, bis wir alles zusammenhatten. Nachdem das erledigt war, stellten wir uns wie Sargträger rechts und links neben das Boot und hoben es so gut es ging an, um es an Land zu ziehen. »Wir wollen nicht, dass es durch einen Sturm verloren geht und wir hier stranden«, erklärte Vinny.

»Lassen wir erst mal alles hier«, sagte Alex, nachdem wir es auf den Bauch gedreht hatten, »bis wir uns für einen Lagerplatz entschieden haben.«

Wir stapften aufgeregt in wechselnder Formation am Ufer entlang in Richtung Norden. Durch Wind und Salz hatte sich auf den Felsen eine federnde Schicht aus Kies, Kriechpflanzen und Moos gebildet. Gräser hatten sich angesiedelt, und auf verrottendem Holz gedieh neues Leben.

Alex stieß eine Stiefelspitze in den Boden. »Sieht gut aus«, sagte sie. »Tief genug für Heringe.«

Auf dem weichen Boden landeinwärts ging es sich leichter, und Vinny war mit Mike ein gutes Stück vorausgelaufen. Mir fiel das erst auf, als sie riefen. Vinny winkte uns vom Waldrand aus zu. »Kommt mal her!« Die beiden hatten die Hände in die Seiten gestemmt und betrachteten etwas auf dem Boden.

»Was haltet ihr davon?«, fragte Mike, als wir zu ihnen stießen.

Sie standen vor einer Felsmulde, in der eine Handvoll Asche lag. Durch Sonne und Regen war sie flach zusammengebacken und schwarz geworden. Es sah aus, als hätte hier irgendwann jemand Feuer gemacht. In jeder anderen Umgebung wäre uns das nicht aufgefallen, aber hier draußen hatte es eine seltsame Bedeutung. Ich ging in die Hocke, um mir die geschwärzte Erde rund um die Mulde genauer anzusehen. Wenn dort mal Zündhölzchen oder Scheite gelegen hatten, waren sie längst verschwunden, aber einige winzige Fragmente waren geblieben, fingernagelgroße verkohlte Holzstücke und geschwärzte Krümmungen härterer Wurzeln.

»Die gehören wohl nicht so ganz hierher«, sagte Alex und schaute sich nach allen Seiten um, als erwartete sie von der reglosen Einöde eine Erklärung.

»Tja, das ist ein guter Platz für ein Lagerfeuer«, meinte Mike grinsend. »Hat jemand Marshmallows dabei?«

»Guter Punkt«, sagte Alex und trat mit ihren Stiefeln auf den Boden. »Relativ eben, nicht zu exponiert.« Sie hatte recht. Wer das Feuer gemacht hatte – wie lange das auch her sein mochte –, hatte die Stelle gut gewählt. Doch dieser kleine Beweis menschlicher Existenz mitten in der Wildnis hatte auch etwas unsagbar Düsteres.

Es ist immer erstaunlich, wie schnell ein Kreis aus hastig errichteten Zelten zu einem Zuhause werden kann.

Schon bald hatten wir ein Lager mit einer klar definierten Grenze, an der die Wildnis endete und unsere kleine Zivilisation begann. Wir legten die Zeltböden rings um die alte Feuerstätte. Die Heringe ließen sich mühelos in den Boden drücken, und kurz darauf errichtete Alex das Versorgungszelt, in dem wir die wasserdichten Geräte, die Powerbox und die Laptops unterbrachten. Mike und Vinny widmeten sich abwechselnd dem Satellitentransceiver und bauten die Komponenten auf, und ich packte die Antenne aus, während sie sich um das Solarpanel kümmerten. Wir wickelten Koaxialkabel ab und schlossen Laptops an.

Vinny prüfte die Stromversorgung. »Die Batterie reicht für ein kurzes Gespräch mit Leo«, sagte er zu Alex und schaltete das Gerät ein.

Mike machte Feuer, dann schüttete er Dosensuppe in einen Topf und erhitzte sie über einem Gasbrenner. Ich blieb eine Weile in meinem Zelt und reinigte meine Objektive, dann setzte ich mich zu den anderen ans Lagerfeuer zu einem frühen Becher Wein. Ich wollte gerade den ersten Schluck trinken, als Alex mich zu sich winkte. »Der Boss will dich sprechen!«

Im Versorgungszelt stand ein Laptop auf einer leeren Kiste, abgeklebte Kabel schlängelten sich zum Transceiver. Telefone lagen in einem Kabelgewirr und luden an der Powerbox.

»Schön, Sie wiederzusehen«, sagte Leo, als ich mich vor den Bildschirm hockte. Seine Haare waren grauer, als ich sie in Erinnerung hatte, und er wirkte hager wie ein Langstreckenläufer. »Ich bedaure sehr, dass ich nicht bei Ihnen sein kann, aber …« Er zuckte die Achseln, rückte seinen Schlips zurecht und deutete auf sein Büro. Licht von Straßenlaternen – großstädtisch, staubig, mit dem Rauschen des Verkehrs – schien in den hohen

Raum und auf die Bücherwände. Meine Fantasie stattete den Raum weiter aus. Sicher gab es eine Kaffeemaschine, einen Sessel mit einem Tisch zum Lesen und Parkettboden. »Ich muss leider in Paris bleiben«, sagte er. »Aber ich freue mich, Sie für das Projekt gewonnen zu haben. Ich weiß, das stand schon in meiner E-Mail, ich möchte aber noch mal betonen, dass ich ein großer Fan von *Spill* bin. Ein so gelungener Film, so kraftvoll.«

Anscheinend ging jedes Gespräch über meine Arbeit unweigerlich nach ein oder zwei Sätzen zu diesem Projekt über. In dem Augenblick wurde ich abgelenkt, weil das Display meines Handys aufleuchtete, das sich durch den Transceiver mit dem Internet verband, eine flüchtige Erinnerung an die Außenwelt. »Danke«, sagte ich, ignorierte es und wechselte das Thema. »Morgen helfe ich beim Markieren der Robben. Später werde ich den Berg erkunden und versuchen, über die Bucht zu gelangen.«

»Haben Sie unser Informationspaket dabei?« Zur Antwort nickte ich. »Nun, Sie werden sehen, was da über die Wege gesagt wird. Sie wurden seit einem Jahrhundert nicht mehr genutzt, und es gab Erdrutsche. Es ist gefährlich da oben. Wenn Sie unbedingt dort raufwollen, dann seien Sie vernünftig und gehen zu zweit. Und seilen Sie sich an.«

»Machen wir.«

»In Ordnung. Wir sprechen uns morgen wieder«, sagte er und schaute bereits woandershin. »Viel Glück.«

Ich schaltete ab und betrachtete mich im dunklen Spiegel des Bildschirms. Paris war weg und ich wieder weit draußen umgeben von Meer, nur einer von vier Menschen auf einer von vier einsamen Inseln.

»Ich schalte ab!«, hörte ich Vinny rufen. »Sind wir fertig?«

Draußen war es weiter abgekühlt, und die Sterne gingen auf. Ich stand vor meinem Zelt und legte den Kopf in den Nacken, um zu sehen, wie Tausende schwacher Lichtpunkte erkennbar wurden. Seit Stunden schon hatte ich nicht mehr an die Polizei gedacht. Das fiel mir gerade auf, und es war ein gutes Gefühl.

Vinny hatte gerade das Solarpanel nach der Morgensonne ausgerichtet und gesellte sich zu mir. »Ein schöner Abend.« Er schaute zum Himmel, die Hand unter dem Kinn, sodass die Glut seiner Zigarette sein Gesicht beschien. Er formte mit den Lippen einen Kreis und stieß einen Rauchkringel aus. Grinsend zog er seine Kappe ab und strich sich die Haare hinter die Ohren.

»Krass«, sagte ich. »Das lernt man nicht, wenn man nur eine am Tag raucht.«

»Stimmt. Früher waren es viel mehr.« Er zupfte sich einen Tabakkrümel von der Zungenspitze. »Aber dann lernte ich Sofia kennen. Sie stammt von Madeira. Und sie wollte immer dahin zurück. Du weißt schon, Familie, Freunde, die Umgebung.« Er zeigte zum Himmel, wo immer mehr Sterne leuchteten.

Ich deutete ein Achselzucken an und sagte: »Na ja, es ist ganz okay, nehme ich an.«

Er lachte, drückte seine Zigarette an der Ferse seiner Wanderstiefel aus und barg den Stummel in der Hand, um ihn in den Mülleimer zu werfen.

Als er zurückkam, lächelte ich ihn an.

Die Geschichte einer Rettung, dachte ich. Ich hatte auch mal jemanden wie Sofia gekannt. Reece und ich waren während des Studiums zwei Jahre zusammen gewesen. Ein großartiges Team. Während ich mich in meine Projekte vertiefte, sorgte er gelassen und humorvoll für Perspektive. Ich verstehe inzwischen, dass ihn meine unerbittliche Hingabe ausgelaugt haben muss. Im Nachhinein erscheint seine sanfte Geduld umso beeindruckender, ein gesunder Gegenpol zu meiner Besessenheit. Am Ende zerbrach unsere Beziehung an *Spill*.

Aber das wundert mich nicht. *Spill* hat alles kaputt gemacht.

7

Wir aßen am Lagerfeuer, während es hinter uns dunkel wurde. Die Suppe war warm und gut. Wir tunkten Knäckebrot hinein und löffelten den Rest direkt aus dem Topf. Nach dem Essen packte Mike vier dicke Kerzen aus und gab jedem eine.

»Die halten die Mücken fern«, sagte er.

Wir zündeten sie an, und er streckte die Beine von sich. »Was erzählt man sich über den Leuchtturm?«, fragte er. »Vinny, du bist der Einheimische. Du kennst die Geschichten.«

Vinny aß den letzten Löffel Suppe und wischte sich mit dem Handrücken den Mund ab. »Tja«, begann er und schaute zum Berg hinauf, als wollte er das Gebäude in der Dunkelheit ausmachen. »Er wurde in den siebziger Jahren aufgegeben. Früher gab es hier eine Handelsroute in die Staaten.« Er hob seinen Plastikbecher. »Damals ging viel Wein aus Madeira direkt nach Amerika, aber heute wird alles zuerst nach Portugal verschifft. Große Tanker fahren von Sines aus. Das ist viel billiger.«

»Also ist er seitdem nicht mehr in Betrieb?«, fragte Alex.

Vinny schüttelte den Kopf. »Er war nicht automatisiert und verursachte hohe Personalkosten. Dazu kam das Wetter, die Einsamkeit. Und er hatte einen schlechten Ruf.« Er trank von seinem Wein, und seine Augen funkelten über dem Becherrand im Feuerschein.

Mir schien, dass er die Geschichte schon öfter erzählt hatte. Ich biss an, zumal mir gerade der Rat meines Taxifahrers einfiel. »Was ist passiert?«

Vinny nickte nachdenklich. »Die Einsamkeit war zu viel für

die Männer. Die machte sie verrückt. Es gibt eine berühmte Geschichte über die letzten Leuchtturmwärter.«

Alex sagte: »Oh-oh. Ist sie gruselig?«

Er grinste. »Selbstverständlich! Schließlich erzähle ich sie am Lagerfeuer, hm?«

Ich überlegte, die Kamera zu holen. Bei dem Licht zu filmen mochte schwierig werden, aber die Szene würde Spaß machen. Doch am Feuer war es warm, ich glühte vom Wein und hatte außerdem Feierabend. Also beschloss ich, lieber die nächste Gelegenheit abzuwarten.

»Sprich weiter, Vinny«, sagte ich und trank den nächsten Schluck. »Lass hören.«

Und so neigte er sich nach vorn.

Leider bekamen wir die Geschichte aufgrund der Umstände nur das eine Mal zu hören.

»Damals hatten die Leuchtturmwärter hier draußen lange Schichten«, begann er, das zerfurchte Gesicht im Feuerschein. »Man setzte sie mit ihren Vorräten etwa dort ab, wo wir jetzt sind, und holte sie erst nach drei, vier Monaten wieder ab.«

Mike schüttelte den Kopf. »Stellt euch vor, so lange hier draußen.«

»Ein Segen«, erwiderte Alex grinsend.

»Neunzehnhunderteinundsiebzig waren drei Männer auf Navigaceo. Ich glaube, ich weiß ihre Namen noch.« Vinny schloss die Augen und bemühte sein Gedächtnis. »Reveles, Carras – wie hieß noch mal der dritte? Montalvo, so hieß er. Diese drei wurden also hier abgesetzt. Reveles, Carras, Montalvo. Erfahrene Männer mit Familie, gute Katholiken, die jeder kannte.«

»Sind mir sympathisch«, sagte Mike und stocherte mit einem Stock am Rand des Feuers.

»Fühl dich ihnen nicht zu sehr verbunden«, riet Vinny plötzlich düster.

»Jetzt kommt's.« Alex zwinkerte mir zu.

»Sie waren schon lange Zeit hier draußen«, fuhr Vinny fort und fand seinen Erzählrhythmus. »Einen Monat oder zwei. Eines Nachts, es war März, zieht ein dichter Nebel auf. Auf den Inseln kann ganz plötzlich Nebel aufkommen aufgrund der hohen Berge und des Klimas, denn die Meeresströmungen bringen kalte Luftmassen heran. Der Leuchtturm ist wichtig für die vorbeifahrenden Schiffe, also sorgen Carras und Montalvo dafür, dass das Leuchtfeuer stark ist, und Reveles stellt entlang der Küste Fackeln auf.«

Ich dachte an die Strandräuber, von denen in Cornwall viel erzählt wird.

»Carras und Montalvo arbeiten solange sie können beim Leuchtfeuer, Reveles an der Küste, aber es bleibt die ganze Nacht neblig. Und alle drei sind übermüdet, arbeiten in Schichten und patrouillieren am Wasser. Es ist unklar, was dann passierte, wessen Fehler es war, aber am nächsten Morgen …«, hier hielt er kurz inne, um die Spannung zu steigern, »… liegt ein Schiff auf den Felsen. Die *Bernadina.* Es heißt, sie war ein kleines Handelsschiff aus Port Elizabeth in Südafrika, das die Western Cape Brandy Route befuhr, aber auf See verschollen war. Sie war meilenweit vom Kurs abgekommen. Und das Seltsame ist, es war keine Besatzung an Bord.«

»Klassiker«, sagte Mike händereibend. »Ich stehe auf *Mary-Celeste*-Geschichten.«

Vinny schüttelte den Kopf. »Die *Mary Celeste* war eine große Brigg, dreißig Meter lang. Die *Bernadina* war klein. Aber wie auch immer, das Schiff war leer, also haben wahrscheinlich Piraten die Crew ermordet und die Fracht gestohlen. Die Leuchtturmwärter sehen sich die Sache näher an. Reveles geht als Erster auf das Wrack und durchsucht es. Es ist nichts mehr da.«

Ich trank von meinem Wein und genoss das warme Gefühl. »Was passierte dann?«

»Das weiß keiner so genau. Nur dass die Männer das Schiff fanden und die Geschichte einen üblen Verlauf nahm.«

»Welchen?«, fragte Mike.

»Da hört man verschiedene Varianten, je nachdem wer sie erzählt. Manche sagen, die Männer sind wahnsinnig geworden. Vielleicht haben sie sich um etwas gestritten, das sie auf der *Bernadina* fanden. Oder sie sind betrunken aufeinander losgegangen … das Entscheidende ist, als man von der Hauptinsel kommt, um die Männer abzuholen, ist nur Carras noch übrig. Reveles und Montalvo sind verschwunden.«

»Sie sind nach Amerika geschwommen«, witzelte Mike.

Wir lachten, aber in mir zog sich etwas zusammen, und ein leises Unbehagen machte sich unter uns breit, bis jeder den Blickkontakt mit den anderen mied. In dem anschließenden Schweigen wurde die Flasche wieder herumgereicht. Ringsum knackte es in der Dunkelheit, Wellen brandeten gegen die Felsen, die Zeltplanen schlugen im Wind. Orangefarbene Gesichter, vom Wein gerötete Wangen, flackernder Lichtschein. Ich hätte doch filmen sollen.

»Und was sagte er?«, fragte Alex. »Der Mann, der noch übrig war?«

Vinny antwortete leise. »Du weißt, wie das manchmal ist. Er hat kein einziges Wort darüber verloren, nicht mal gegenüber seiner Familie. Der Vorfall wurde untersucht, aber man fand keine Leichen. Danach wurde das Betreten der Insel verboten, und Carras ist vor ein paar Jahren gestorben.« Er zuckte die Achseln. »Niemand weiß, was da wirklich passiert ist.« Wieder unbehagliches Schweigen, bis unser Geschichtenerzähler die leere Flasche gegen seinen Becher stieß und sagte: »Eine Katastrophe, Freunde. Der Wein ist alle.«

Der Bann war plötzlich gebrochen. Mike lachte auf und stimmte einen kleinen Applaus an, um die düstere Stimmung zu vertreiben.

»Tja.« Alex stützte die Hände auf die Knie und erhob sich. »Das ist wahrscheinlich ganz gut so. Wir brauchen morgen einen klaren Kopf.«

Und so löste sich die Gruppe auf. Ich winkte den anderen, ging in mein Zelt und ließ mich auf meiner Isomatte nieder. Ich zog mir gerade die Jeans aus, als mir auffiel, dass ich vergessen hatte, mein Handy im Versorgungszelt aufzuladen. Ich angelte es aus der Hosentasche hervor.

Es meldete eine neue E-Mail.

Natürlich. Als wir kurz mit dem Internet verbunden gewesen waren, hatte es aufgeleuchtet. Ich schaute in den Posteingang, sah den Absender und bekam eine Gänsehaut. Eine Terminbestätigung von DCI Rafiq. Ich zwang mich, die E-Mail zu lesen, und verzog das Gesicht bei den unverblümten, teilnahmslosen Formulierungen. »… um Ihre Teilnahme an der Befragung zu bestätigen … wichtige Hilfe bei unserer Ermittlung …«

Mein Hals kribbelte unangenehm, und ich wischte mir die Augen. Vor zehn Jahren war mein Verhör nach zwei Stunden vorbei gewesen, und obwohl die Ermittler damals andeuteten, dass sie vielleicht noch einmal mit mir sprechen müssten, riefen sie nie wieder an. Allmählich löste sich meine Anspannung. Ein Jahr nach dem Verhör glaubte ich, es sei vorbei. Noch ein Jahr später gründete ich Pocket Films und führte mein Leben weiter. Offenbar war es ein Fehler gewesen zu glauben, die Sache sei ausgestanden. Vielleicht waren solche Angelegenheiten nie ausgestanden. *Melden Sie sich auf dem Polizeirevier Brixton um 9.00 Uhr an der Rezeption … wir bitten Sie, pünktlich zu erscheinen … laufende Befragungen … Gretchen Harris …*

Mit einem Wisch schloss ich das Postfach. An dem Abend brauchte ich lange, um einzuschlafen.

Während ich wach lag, dachte ich an Gretchen.

8

Während meines Filmstudiums an der Westminster bin ich auf dem Weg zu den Vorlesungen oft an der Skulptur vor dem Channel-4-Gebäude vorbeigegangen. Aber als ich im Sommer 2011 als angehende Dokumentarfilmerin davorstand, einundzwanzig Jahre alt, voller Ängste und Vorfreude, kam es mir vor, als stünde ich an einer Schwelle, als würde ich gleich hinter den Vorhang treten.

Drinnen, in einem minimalistisch eingerichteten Büro, das zur Straße rausging, stellte sich Patrick Hannah vor, der Mann, der die Auftragsvergabe für *Spill* organisiert hatte, ein kompakter, dynamischer Typ mit ordentlicher, aufrechter Haltung. Wir tranken eisgekühltes Wasser und sprachen wie alle in dem Sommer über die Unruhen. Das war der August, in dem die Polizei in Tottenham einen Vierundzwanzigjährigen erschossen hatte. Die Proteste begannen friedlich, weiteten sich schnell aus, und schließlich kam es zu Plünderungen in Tottenham, Walthamstow und Brixton. Einen Tag später dann in Bristol, Manchester und Liverpool.

Nachdem wir das Thema oberflächlich gestreift hatten, stellte Patrick sein Glas hin und faltete die Hände. »Es gibt aufregende Neuigkeiten. Wir haben jemanden ins Auge gefasst, der an *Spill* mitarbeiten kann.« Er hatte mir in einer E-Mail geschrieben, wie kompetent der Sender bei der Suche nach neuen Talenten war, und erklärt, dass ich mit einer bereits etablierten Filmemacherin zusammenarbeiten würde, um unter Anleitung einen Nachdreh des gesamten Films zu absolvieren und mein

Material zu einer vollen Stunde auszubauen. »Derzeit ist sie noch mit etwas anderem beschäftigt, arbeitet an einem Film über die Unruhen, neben einem weiteren Projekt. Aber wir konnten Ihnen eine Zeitspanne mit ihr für Anfang nächsten Jahres sichern. Wir sind hocherfreut.« Zur Betonung hielt er kurz inne. »Sie werden mit Gretchen Harris arbeiten.«

Ich fühlte mich sonderbar leicht, so als ob ich mich langsam in Luft auflöste. »O mein Gott«, stotterte ich. »Sie meinen *die* Gretchen Harris? *Shortie, Hoodie and Mr. Average?*«

In den vergangenen fünf Jahren, also seit meinem sechzehnten Lebensjahr, hatte ich für Gretchen Harris jene schwärmerische Bewunderung gehegt, die nur auftritt, wenn man in diesem leicht zu beeindruckenden Alter steckt. Ich war siebzehn, als *Shortie, Hoodie and Mr. Average* herauskam, eine anderthalbstündige Doku, die die Geschichte einer Diebesbande erzählt – sie verschleierten ihre Identität mit Spitznamen, daher der Titel. 2006 hatten sie drei Millionen Pfund in bar aus einem Tresorraum gestohlen. Die Teenager-Tess – und ich zucke noch immer vor Peinlichkeit zusammen, wenn ich daran denke – mailte tatsächlich ihrer Produktionsfirma und sprudelte vor Begeisterung, wie gut der Film sei. Als das Britische Filminstitut ihn in die engere Auswahl für die Gattung Dokumentarfilm nahm, er aber nicht gewann, war ich so erregt, dass ich nicht schlafen konnte. Ihr nächster Film, *Twenty-Five*, untersuchte den Aufstieg rechtsextremer Parteien bei einer Nachwahl in England. Noch heute betrachtet man diesen Film als ein übersehenes Meisterwerk, die Momentaufnahme einer Gesellschaft vor der Social-Media-Zeit und ihrer wachsenden Spaltung, die die Kultur in den folgenden Jahrzehnten prägen sollte.

Damals kopierte ich Gretchens Stil schamlos in meinen frühen Arbeiten: verwackelte, körnige Aufnahmen, schnelle Schnitte, natürliches Licht. »Also hat sie *Spill* tatsächlich gesehen?«, fragte ich, weil ich befürchtete, dass sie den Film als Plagiat empfinden könnte.

Er nickte entschieden. »Sie findet ihn fantastisch. Sie hat ein paar wirklich aufregende Ideen, wie Sie ihn weiterentwickeln könnten. Ich habe schon einen Termin für ein Treffen arrangiert.«

Und so saß ich in jenem Jahr Ende November in einem Café in Camden Market.

Ich war eine halbe Stunde zu früh da, weil ich mich den ganzen Vormittag über herumgequält hatte, angefangen bei der Frage, was ich anziehen und wie ich meine Haare zusammenbinden sollte, bis zu der Überlegung, wie ich das Gespräch beginnen könnte. Ich weiß nicht mehr, für welches Outfit ich mich entschied. Allerdings trug ich während des Studiums jeden Tag dieselbe Second-Hand-Lederjacke, also hatte ich wahrscheinlich die und eine Jeans an. Woran ich mich erinnere, ist der Spickzettel, auf dem stand, was mich beeinflusst hatte, nur für den Fall, dass Gretchen tiefschürfende Fragen stellte.

Nervös durch zu viel Koffein, las ich abwechselnd den Zettel und beobachtete die Tür. Ich wartete fast eine Stunde, und endlich kam Gretchen Harris herein.

Da war sie.

Groß, scharfe Gesichtszüge, hochhackige Stiefel, Blazer und Faltenrock. Sie ging zum Tresen und schaute wachsam über den ganzen Raum. Ein kurzes Wort mit dem Barista, während sie eine SMS schrieb, dann drehte sie sich um, stützte die Ellbogen hinter sich auf und zupfte an den Knöpfen ihres Mantels, auf der Schulter eine übergroße Tasche und auf dem Kopf eine Fliegersonnenbrille. Zuerst glaubte ich, sie suche den Raum nach mir ab, und hob die Hand wie ein unsicherer Studienanfänger. Zum Glück bemerkte sie das nicht, sondern betrachtete die Marktstände draußen, aber so nachdenklich und gespannt, dass ich neugierig hinüberschaute, um zu sehen, was mir entging. Doch ich sah nur ganz normale Leute auf einem ganz normalen Bürgersteig.

Sie sah die Welt mit den Augen eines Filmemachers.

Sie nahm sich ihren Kaffee von der Theke – einen Becher zum Mitnehmen, wie mir auffiel – und sah mich dann winken. Und plötzlich wurde es real: Gretchen Harris saß leibhaftig vor mir. Ich weiß nicht mehr, was ich gesagt habe. Von diesem rauschhaften ersten Gespräch fallen mir immer nur Bruchstücke ein. Aber eins vergesse ich nie, nämlich wie nett sie tatsächlich war.

»Ich freue mich riesig, dass Pat mich hinzugeholt hat«, begann sie. Dabei schob sie den Kopf verschwörerisch nach vorn, sodass ihre langen Haare über die Schultern glitten, und ihr Blick wurde durchdringend. Der warme Duft ihres Parfüms wehte mich an. »Ich habe *Spill* bewundert. Wirklich starke Arbeit.«

»Vielen Dank«, sagte ich hingerissen. Erst später kam mir der Gedanke, dass in ihrem »stark« auch ein »schwach« stecken könnte. Aber was wusste ich schon? Ich war noch völlig unbeleckt, ein Neuling mit einer Glückssträhne. Und Gretchen hatte sich *Spill* mehrmals angesehen. Sie lobte die Szenen, die ihr am besten gefielen, und brachte das Gespräch geduldig darauf zurück, sobald ich es auf ihre Arbeiten lenken wollte.

Immer wieder mussten wir unterbrechen, weil sie Anrufe entgegennahm. Offenbar war sie so beschäftigt, wie Patrick gesagt hatte. »Dir steht eine glänzende Zukunft bevor«, meinte sie zu mir. Ich krümmte mich auf meinem Platz und freute mich wahnsinnig. »Ich bin da schon etwas weiter«, sagte sie – sie war gerade dreißig geworden –, »aber ich weiß noch genau, wie herausfordernd der Start ins Berufsleben war. Und deshalb bin ich hier, nicht wahr? Um dir die Anleitung zu geben, die man auf der Filmhochschule nicht bekommen kann. Manches muss man eben in der wirklichen Welt lernen.«

»Auf jeden Fall«, sagte ich. Dabei ahnte ich nicht im Geringsten, was das letztendlich für mich, meine Sicherheit und mein Leben bedeuten würde.

»Nun ja«, fuhr sie fort. »Eins der Dinge, die mich wirklich nachdenklich machen, ist, dass deine Recherche zu den kalifornischen Ölfeldern führt. Dazu hatte ich etwas Filmmaterial erwartet, aber es gibt keins. Am Ende hatte ich das Gefühl, du hältst dich zurück.«

Sie bezog sich auf Chase Industries, die britische Ölgesellschaft, über die ich recherchierte, und sie hatte recht.

Jede Ölgesellschaft hatte eine katastrophale Umweltbilanz, aber nicht alle bemühten sich so sehr wie Chase, einen wohlwollenden Eindruck zu machen. Sie behaupteten, das bei der Ölförderung entstehende Kohlendioxid könne aufbereitet und unterirdisch gelagert werden – Carbon Capture Storage nannte sich das –, gut für die Umwelt, meinten sie, und gut für den Profit. Damit das funktionierte, brauchte man allerdings große Verdichter und riesige unterirdische Speicher. Chase hatte für seine Pilotanlage in Kalifornien enorme Summen von der britischen Regierung bekommen. Meine Recherchen ergaben jedoch, dass alles nur erfunden war, dass nichts passierte und das Geld einfach nur auf der Bank lag oder investiert wurde.

Kalifornien war das nächste Glied in der Kette, aber ich hatte die Sache aus einem einfachen Grund nicht weiterverfolgt. Ich versuchte, das lachend abzutun. »Hast du gesehen, was Flüge nach Los Angeles kosten?«

Sie runzelte die Stirn. »Sicher nicht mehr als ein paar Hundert. Außerdem müssen wir dorthin, egal wie teuer das ist. Pat wird die Kosten übernehmen.«

»Wirklich? Was ist mit der Unterkunft? Essen?«

Sie lachte. »Das zahlt er auch. Und wenn du neue Ausrüstung brauchst, setzen wir die mit auf die Rechnung.«

Erst später fand ich heraus, dass ich das Geld vorstrecken, dann eine Rechnung stellen und monatelang auf die Erstattung warten musste. Um mit *Spill* so weit zu kommen, belastete ich meine Kreditkarte bis zum Anschlag. Allein das Einreichen bei Pitch-Events kostete jedes Mal fünfhundert Euro. Daher musste ich mir schließlich Geld von meinem Vater leihen.

Das war ein folgenreicher Fehler.

Mit diesen Erinnerungen quälte ich mich, bis ich endlich einschlief.

ZWEITER TAG

9

Draußen war die Sonne aufgegangen, und der Himmel war kräftig blau. Also würde es heiß werden. Vinny saß an der Feuerstelle und frühstückte. Mike hatte sich auf einen Stein am Wasser gesetzt und sah zu, wie der Wind weiße Schaumkronen aufpeitschte.

Er drehte sich um, winkte mir und zog den Reißverschluss seiner Jacke zu. »Gut geschlafen?« Er hatte einen Skizzenblock auf den Knien und neben sich auf dem Stein eine Auswahl von Tuschefedern. »Bin zu alt für Isomatten«, meinte er, als ich mich näherte, und legte den Block beiseite, um mit einer Schulter zu kreisen. »Nächstes Mal verlange ich ein Klappbett.«

»Vinny scheint klarzukommen«, sagte ich.

Der grinste uns an. »In den Vierzigern wacht man morgens mit Schmerzen auf, selbst in einem guten Bett.«

Mike raffte ein paar Federzeichnungen zusammen. »Ich packe das jetzt mal weg.«

»Deine? Die sind gut.« Es waren Landschaften, Felsen am Meer, ein schwarzer Vogel auf einem Felsvorsprung, Inseln.

Er zuckte die Achseln. »Ich bemühe mich. Wenn man so viel reist wie ich, reichen einem Fotos nicht mehr. Ich möchte die Dinge anders einfangen.«

»Das ist auch schön.« Ich deutete auf das Porträt einer Frau mit einem Kind. »Deine Tochter?«

Er nahm das Blatt in die Hand und betrachtete es lächelnd. »Ja, Ella. Sie ist sieben. Keine großartige Zeichnung, aber ein großartiges Kind. Ich bring die mal weg.«

»Ich wollte dich nicht stören …«

»Kein Problem.« Er legte die Blätter in den Skizzenblock. Kein Ehering, fiel mir auf. »Sie fehlt mir, wenn ich unterwegs bin«, sagte er zärtlich. »Natürlich bringe ich ihr immer etwas mit. Im Moment steht sie auf Muscheln, also halte ich danach Ausschau. Auf Muscheln und Erdbeerschnüre.«

»Ich werde daran denken, wenn ich welche sehe«, sagte ich. »Muscheln meine ich.«

»Leute!«, rief Alex. Mike und ich schlenderten zum Lager zurück, und Vinny kam von den Solarmodulen des Transceivers. »Ich möchte daran erinnern, dass wir heute Vormittag die Peilsender anbringen wollen. Danach gibt es Essen.« Sie bezog sich dabei auf den Zeitplan in ihrem Notizbuch. »Mike, hast du das Mid?«

»Alles parat. Midazolam«, erklärte er mir. »Es lässt sich leicht verabreichen, wird direkt ins Muskelgewebe gespritzt und hält sie ruhig, solange wir die Sender anbringen.«

»Das wird sie beruhigen, nicht betäuben«, sagte Alex. »Nachtschwester für Robben. Wir wollen, dass sie so schnell wie möglich wieder munter sind. Tess, du kommst mit und filmst alles?«

Ich nickte. Robben in großen Netzen zu fangen würde beim Publikum vielleicht nicht so gut ankommen, dachte ich, aber Peilsender anzubringen und die Tiere dann in die Wildnis zu entlassen würde sich gut machen. »Ich dachte, ich soll morgen ein paar Aufnahmen vom Leuchtturm aus machen«, erinnerte ich sie.

»Stimmt.« Sie schaute in ihren Plan und notierte sich etwas. »Dann setzen wir das heute Nachmittag fort, sodass wir am Ende des Tages zwei oder sogar drei Tiere markiert haben. Ich habe später zwei Stunden dafür vorgesehen, die Daten zu überprüfen, sobald wir welche haben – Vinny, sind wir dafür gerüstet?«

»Ja. Wir sollten unser erstes Paket am frühen Abend bekommen, wenn sie ihren Liegeplatz aufsuchen. Ich schalte uns für etwa eine Stunde ein, sobald die Batterie voll ist.«

»Okay. Lasst uns loslegen.«

Wir schlossen unsere Jacken und machten uns auf den Weg.

Alex voran, Mike und Vinny hinter ihr, so gingen sie mit den Netzen auf das Rudel zu. Ich filmte sie, während sie besprachen, wie sie vorgehen wollten. Soweit ich verstand, schauten sie sich nach einem postadoleszenten Tier um, eins mit einem großen Bewegungsradius, an dem sich das Jagdverhalten am besten ablesen ließ, das aber auch klein genug war, um es schnell ruhigzustellen. Die Robben sonnten sich zufrieden in kleinen Gruppen, bellten und brüllten. An ihrem kieselfarbenen Fell glänzten Wassertropfen. Als wir uns näherten, spürten sie Gefahr, und die vordersten bäumten sich auf und verließen ihre Plätze. Andere folgten ihrem Beispiel und brüllten zur Warnung, bis das ganze Rudel zum Wasser robbte, eine plumpe Schar, die von drei Forschern mit Netzen verfolgt wurde.

Vinny verfehlte seine Robbe, doch Alex warf ihr Netz gekonnt über die Schnauze eines aufgebäumten Tieres, und plötzlich zappelte es im Netz. Während sich die Geflüchteten ins Wasser warfen und es in weiße Gischt verwandelten, sah ich zu, wie die drei Wissenschaftler das Medikament mit einem raschen Stich verabreichten. Sobald das Tier ruhig war, ging ich zu ihnen. Draußen im seichten Wasser tauchten neugierige Köpfe auf und verfolgten das Geschehen.

Die Robbe war gedämpft und gefügig, ein großes weiches Geschoss mit feuchten schwarzen Augen und marmoriertem Fell. Alex und Vinny knieten mit Handschuhen neben ihr und behandelten sie sanft. Ich filmte, wie Mike das Epoxidharz mit einer Druckpistole auftrug.

»Erzähl mir, was ihr tut«, bat ich und nahm das Tier auf,

das unter Alex' sanftem Streicheln friedlich die Augen schloss. »Denk daran, mich anzusehen. Nicht in die Kamera schauen.«

»Es geht ihr gut«, sagte Alex. »Die Sache dauert nicht lange, und in ein paar Augenblicken wird das Beruhigungsmittel nachlassen, und sie wird zum Wasser robben, um mit der Familie zu schwimmen.« Sie gab sich vor der Kamera nicht so freundlich und natürlich wie ihre Kollegen, sondern ein wenig steif und ernst. Aber richtig bearbeitet, würde auch das gut ankommen. Ich reckte ermutigend die Daumen, bevor sie zum nächsten Schritt übergingen.

»Ich bin gerade mit dem Abmischen fertig«, sagte Mike und pumpte eine dicke Schicht Harz auf das Nackenfell. Alex und Vinny richteten den Peilsender vorsichtig aus und hielten ihn fest, solange der Kleber aushärtete.

»Die Daten werden uns allerhand verraten«, fuhr Mike fort. »Wo das Tier jagt und wie lange es im Wasser bleibt, die Temperatur und Tiefe, Liegeplätze …«

Einen Moment später ließ Alex das Tier los. Es regte sich, und wir wichen zurück. Langsam und unbeholfen robbte es los und tauchte kurz darauf ins Wasser.

Alex und Vinny steckten die Köpfe zusammen und prüften, was der Laptop anzeigte. Ich steckte meine Ohrhörer ein und sah mir meine Aufnahmen an.

»Zufrieden?«, fragte Mike, der zu mir kam.

»Du bist ein Naturtalent.«

»Na so was.« Er tat, als würde er erröten und verlegen herumzappeln.

Ich deutete zu den Felsöffnungen. »Ich gehe jetzt dort rüber. Leo will, dass ich da drinnen filme.«

»Kann ich mitkommen? Ally und Vin werden ewig mit dem Auslesen beschäftigt sein.«

»Klar«, sagte ich. »Warum nicht.«

Die Höhleneingänge befanden sich am Fuß der Felswand über dunkelgrauem Sand, Spitzbögen wie Kirchenportale, aber von Wind und Wasser geformt.

Im Schatten der Steilwand blieb ich stehen und überlegte, welche Belichtung ich brauchte, wenn die Robben sich durch die halbdunkle Höhle wälzten und das Meerwasser über sie hinwegspülte. Die Flut war gerade abgelaufen, und wir fanden einen Weg ins Innere, ohne pitschnass zu werden. Bald senkte sich die Decke ab und bildete einen niedrigen Raum, der dicht mit leuchtend grünem Moos bewachsen war. Felsvorsprünge warfen eckige Schatten auf nassen Seetang.

Mike trat mit seinen Stiefeln in den weichen Sand. »Hier drinnen filmen? Viel Glück!« Sein Lachen hallte durch die Höhle, und zur Antwort verzog ich das Gesicht. »Meinst du, du kommst hier klar?«

»Ich werde mit der GoPro etwas hinbekommen.«

Mike schlenderte weiter hinein. Die Hände an den Hüften, schaute er sich im Halbdunkel um. Da ich eine längere Belichtungszeit erwog, überlegte ich, mein Stativ zu benutzen. Doch die Beine würden in den weichen Sand einsinken, wenn ich nicht aufpasste. Also wäre eine feste Unterlage vonnöten. Ich hielt Ausschau nach einem flachen Stein, auf dem ich es aufstellen könnte. Das Meer hatte ein Labyrinth in den Fels gewaschen.

»Pass gut auf!«, rief Mike. »Ich wette, hier drin kann es gefährlich werden, wenn das Wasser steigt.«

»Manche dieser Gänge sind endlos.«

Ich stellte mein Ministativ dort auf einen Sims, befestigte meine GoPro an der Halterung, schaltete das batteriebetriebene Lichtmodul ein und richtete den Bewegungssensor aus. Ich würde sie ein paar Nächte lang da stehen lassen, um genügend Filmmaterial zu bekommen. Also sollte eine Aufnahme alle dreißig Sekunden genügen. Ich überprüfte den Sensor, fuhr mit der Hand am Objektiv vorbei und beobachtete, wie die Kamera aufblinkte und die erste Aufnahme machte. Es konnte losgehen.

»Hey, weiter hinten gibt es Licht«, sagte Mike und drehte sich dorthin um. »Guck mal.«

Er hatte recht. Die wellige Struktur der Gangwand war dort schwach zu erkennen. »Sehen wir uns das an.«

Wir ließen meine GoPro auf dem Felssims stehen und folgten dem Gang, der nach rechts um die Landzunge führte. Die Luft war kalt und feucht, aber vor uns wurde es heller, und die Wasserlachen deuteten darauf hin, dass die Flut regelmäßig bis hierher vordrang. Das Licht auf dem nassen Fels wurde wärmer, je näher wir dem Ausgang kamen. Wir wateten durch schlüpfrige Pfützen, in denen ein kleinblättriges Kraut wucherte.

Bald mussten wir die Augen gegen grelles Tageslicht zusammenkneifen. Blauer Himmel wurde sichtbar, und ich hielt mir die Hand über die Augen.

Wir standen auf schwarzem Sandstrand auf der anderen Seite der Insel. Klares Wasser saugte und schwappte, die Wellen schäumten über Lavaklippen heran.

Das waren genau solche, an denen unachtsame Schiffe leckschlugen.

10

Ein Schwarm Seevögel stieg auf und stob unter weißen Flügelschlägen auseinander. Ich sah zu, wie sie an den grünen Hängen kreisten, aber Mikes Aufmerksamkeit war nach vorn gerichtet. Ich hörte seinen Atem stocken.

»Das sieht alt aus«, sagte er. »Sehr alt.«

Im seichten Wasser lag etwas Großes. Das umgedrehte Gerippe eines Schiffsrumpfs. Zwanzig Meter vom Strand entfernt auf die Seite gekippt, festgehalten von aufgeschwemmten Kieseln.

Ich zog neben ihn. »Wow. Ich wette, du denkst dasselbe wie ich.«

Er drehte den Kopf zu mir und grinste. »Das ist das Schiff aus Vinnys Geschichte.« Wir lachten. »Wir sind alle verflucht!«

Wir wateten zu dem Wrack, um es uns näher anzusehen. Ich schätzte es auf dreißig Meter. An den hölzernen Rippen glänzten Algen. Wenn sich das Wasser zurückzog, war das Rückgrat zu sehen, überzogen mit einem sattgrünen Algenteppich. Die Reste der Rumpfplanken waren grau von Flechten und an aufragenden Felsen zersplittert. Da waren sogar noch Reste eines Decks vorhanden. Das Wrack lag uns zugeneigt, sodass ich hineinblicken konnte. Ich sah eine Ladeluke, und aus dem Kies ragte die Spitze des Ankers.

»Willst du näher ran?«, fragte Mike.

Das Wasser schien flach genug zu sein, um bis auf ein, zwei Schritte an die Backbordseite heranzugehen. »Auf jeden Fall«, sagte ich.

Ich hängte mir die Kamera um und filmte.

Das Wrack glitzerte wie eine Schatzkiste, schimmerte verzerrt im spiegelnden Wasser. Ich filmte Krabben, die von den Wellen angehoben wurden und wieder zum Boden sanken, sich drehten und vor unseren Füßen krabbelten. In einem besser erhaltenen Abschnitt ließ sich eine Frachtluke öffnen, hinter der Wasser eingeschlossen und ein schwankender Kelpwald entstanden war. Darin waren Formen auszumachen, ein algenbewachsener Tontopf. In den Ecken hatte sich Treibgut gesammelt, Fische flitzten zu einer alten Kassette. Mir war durchaus bewusst, wie kindlich ich dabei grinste.

»Faszinierend«, rief Mike durch das Meeresrauschen. »Wie ein Museum. Lass uns die anderen holen!«

Wir wateten zurück an Land. Während Mike über den schwarzen Sand in Richtung der Höhlen stapfte, blieb ich auf dem Strand und spürte die willkommene Sonnenwärme, die mein T-Shirt und meine Shorts trocknete.

»Kommt her! Hier gibt es was zu sehen!«, rief er zu den Kollegen hinüber.

Kurz darauf erschienen die anderen beiden in der Sonne, um unsere Entdeckung anzusehen.

»Das muss schon seit Jahrzehnten hier liegen«, staunte Alex. »Seien wir vorsichtig. Da könnten scharfkantige Steine und Scherben im Wasser liegen. Ich weiß nicht, ob die Erkundung von Wracks von unserer Versicherung abgedeckt ist.«

»Wir sind schon hingewatet«, sagte ich. »Das ist halbwegs sicher. Und schön.«

»Klingelt bei euch was?«, fragte Mike die anderen scherzhaft lächelnd.

Wir drehten uns nach Vinny um. Er zog seine Kappe ab und fächelte sich damit Luft zu. »Was, etwa die *Bernadina?* Aus der alten Geschichte?« Er lachte. »Wer weiß?« Er gab sich lässig, aber ich hatte den Eindruck, dass er das Wrack gierig musterte, als wäre es eine Fundgrube neuer Geschichten. »Habt ihr etwas Interessantes darin entdeckt?«

Ich beschrieb ihm den algenbewachsenen Innenraum.

»Wir sollten es erst mal nur von Weitem betrachten«, sagte Alex. »Ich will nicht den Rettungshubschrauber rufen müssen, weil sich jemand das Fußgelenk gebrochen hat. Das Ding sieht aus, als wäre es lange vor den letzten Leuchtturmwärtern hier gewesen.«

»Das ist die *Bernadina*«, sagte Mike lachend. »Sie muss es sein.«

Vinny zog sich die Stiefel aus. »Ich wate hin.«

Alex sah auf die Uhr und tippte auf ihr Notizbuch. »Vinny.«

»Ach, komm. Ich werde vorsichtig sein.« Er warf die Stiefel zur Seite und streckte die Hand zu ihr hin. »Jetzt vergiss mal den Zeitplan für einen Moment und komm mit.«

Alex lächelte angespannt und gab nach. »Na gut«, sagte sie. »Eine kurze Erkundung.«

Mike und ich blieben auf dem Strand und sahen von dort aus zu. Die Entdeckerfreude war bei allen deutlich spürbar. Alex und Vinny wateten zum Wrack hinaus wie Pioniere, angetrieben von gespannter Neugier. Ich sah sie lebhaft reden und ungeduldig waten. Gelächter und Gesprächsfetzen trieben zu mir, während sie bis zu den Oberschenkeln im Wasser auf die verfallenen Schiffsteile zeigten, ihre Beobachtungen austauschten und mit dem ganzen Arm ins Wasser griffen, um etwas zu ertasten.

Ich fühlte mich wieder genauso befreit wie am Tag zuvor. Das Polizeirevier Brixton war weit weg. Ich war Tausende von Kilometern und unzählige Stunden davon entfernt, mich dem elenden Verhörraum stellen zu müssen. Ich hätte in South London festsitzen, die Topfpflanzen in meiner Drei-Zimmer-

Wohnung gießen, im Viertel herumlaufen können. Stattdessen war ich hier und beobachtete zwei Meeresbiologen, die ein altes Schiffswrack untersuchten. Ich dachte an Lukas Larsens Blogeintrag und schaute, was mir von dem Text noch einfiel. *Sie haben gestritten. Einer trank zu viel, einer war ein Fake. Es herrschte eine angespannte, wütende Stimmung.*

Tja, wenn ich sie so sehe, wie sie das Wrack erkunden, dachte ich, dann spüre ich von alldem nichts.

11

Vinny, der sich ins Wasser gebeugt und im Bauch des Wracks gegraben hatte, richtete sich plötzlich auf. Das Wasser lief von seinen ausgestreckten Armen. Es war ihm gelungen, die Kassette zu bergen, die ich zuvor gesehen hatte, und brachte sie nach Jahrzehnten ans Licht.

Er trat damit den Rückweg zum Strand an, und ich watete ihm über den felsigen Grund entgegen.

Wir umringten ihn und seinen Fund. Angerostetes Blech mit verstärkten Scharnieren, das schien mir aus dem zwanzigsten Jahrhundert zu stammen, vielleicht vom Militär. Vinny fuhr sich durch seine salzdurchsetzten, zerzausten Haare. »Wer es findet, darf es behalten«, meinte er grinsend, dann bückte er sich, um die rostigen Schnappverschlüsse zu öffnen. »Vielleicht kann ich damit beim Século Passado etwas Geld machen.«

Er klappte den Deckel hoch. Da lag ein langer Lauf ähnlich dem eines Gewehrs mit einem Griff und einem Auslöser. Der Lauf war fleckig, aber es war kaum Wasser in die Kassette eingedrungen. In der Mitte des Laufs war ein zweiter Griff angebracht. Die mit Widerhaken besetzte Speerspitze, die aus der Mündung ragte, und das Gummiband zum Zurückziehen gaben den Zweck zu erkennen.

»Das ist eine Harpune«, sagte ich. »Also diente das Schiff dem Fischfang?«

Vinny zuckte die Achseln, nahm die Harpune heraus und betrachtete sie von allen Seiten. »Vielleicht für Dornhaie. Soweit ich weiß, halten Boote entlang dieser Inseln nach großen Fischen Ausschau. Ich nehme an, man zieht das hier zurück …« Er strich über das dicke Gummiband und untersuchte den Mechanismus. Am Ende des Schafts nahe dem Auslöser befand sich ein Haken. Vinny probierte herum und dehnte das Gummiband. »Wie ein Katapult«, sagte er. »Man befestigt es an diesem Haken. Dann schießt man.«

Alex war sofort alarmiert. »Halte sie nach unten gerichtet. Da steckt immerhin noch der Speer drin.«

»Keine Sorge«, sagte er beruhigend. »Ich bezweifle, dass das Gummi noch stark genug ist.«

Alex stand auf und klatschte sich den Sand von den Handflächen. »Kommt, Leute. Gehen wir wieder an die Arbeit. Vinny, wenn du das wirklich behalten willst, dann muss es im Versorgungszelt sicher verstaut werden.« Sie sah wieder auf die Uhr. »Zeit für die Zählung am Liegeplatz.«

Wir gingen durch die Höhle zurück, Vinny mit seinem Fund unterm Arm, und kehrten zu der Stelle zurück, wo sich die Robben auf nassen Felsen sonnten. Ihr Gebrüll und die Brandung empfingen uns, als wir aus der Höhle traten.

»Ich überlasse das euch«, sagte ich, sobald wir zusammenstanden, und musste die Stimme heben. »Ich will Eröffnungsszenen von der Insel filmen.«

»Okay. Aber denk dran, was Leo gesagt hat«, mahnte Alex, als die anderen sich ihren Aufgaben zugewandt hatten. »Nicht den Berg hinauf, okay? Bleib auf den ausgetretenen Wegen. Ernsthaft.«

»Ich bleibe an den unteren Hängen«, versprach ich.

Ich war mir nicht sicher, wie ernst ich das meinte, aber ich wusste, ich brauchte nicht weit zu laufen, um genügend Höhe für klare Panoramaaufnahmen zu erreichen. Mein Plan war, die Bergpfade zu meiden und zurück zu sein, bevor mich jemand vermisste.

Ich ging landeinwärts und bergan. Das Gehen wurde leichter, sobald ich das Buschland auf den Ausläufern des Bergrückens erreichte, aus dem die Insel bestand. Ich war seit einem halben Jahrhundert der erste Mensch, der hier von Fels zu Fels kletterte.

Ich verschnaufte einen Moment lang, beschirmte meine Augen und betrachtete die Aussicht. Ringsherum rauschte und wogte der Atlantik glitzernd bis zum Horizont. Das Licht war gut. Ich beschloss, ein paar Aufnahmen von weiter oben zu machen, mit der Vegetation als Rahmen, die verschlungenen Äste der Sträucher im Vordergrund, das trockene Laub, die Wurzeln, die sich durch den rotbraunen Kies schoben, eine Prozession von Wanzen an einer rissigen Rinde.

Als ich weiterging, bemerkte ich etwas Unerwartetes, einen Trampelpfad, der sich zwischen den Felsen durchschlängelte. Vielleicht stammte er von den Leuchtturmwärtern vor den siebziger Jahren. Oder von portugiesischen Marineoffizieren während des Zweiten Weltkriegs. Ich folgte ihm. Er wurde immer steiler, war mal deutlich zu erkennen, mal verlor er sich, und schließlich gelangte ich zu einem Aussichtspunkt auf einem flachen Felsen. Da legte ich eine Pause ein. Ich stellte meine Kameratasche hin und trank einen großen Schluck Wasser. Mein T-Shirt klebte an mir. Nur noch ein bisschen höher, beschloss ich, trotz Alex' Ermahnung. Bald konnte ich das ganze Archipel aufnehmen: das moosgrüne Bugio im Vordergrund, nur ein paar Kilometer entfernt, dahinter die Deserta Grande und weiter weg Chão.

Ich würde wieder am Ufer sein, ehe die anderen sich fragten, wo ich bliebe.

Ich steckte die Flasche weg und baute die Kamera auf, befestigte und justierte den Monitor, reinigte das Objektiv und schloss die Kopfhörer an. Ich machte ein paar Probeaufnahmen und sah sie mir an. Nur noch ein bisschen höher. Den nächsten Abschnitt meines Aufstiegs filmte ich, bis ich eine Anhöhe erklommen hatte und vor einer Baumgruppe stand.

Ich näherte mich. Nach ein paar Schritten zwischen die Bäume sah ich wieder etwas Unerwartetes: einen verwitterten, eingesunkenen Zaun, der von hohen Gräsern und Baumschösslingen überwuchert war. Ursprünglich aus stabilen Pfosten gebaut, standen davon jetzt viele schief, weil die Querlatten eingebrochen waren. Hinter dem Zaun fiel der Boden ab.

Da hatte es einen Erdrutsch gegeben. Ich näherte mich und wurde mit einer atemberaubenden Aussicht über das Meer belohnt. Der Hang war steil, voller Felsen und freiliegender Wurzeln. Ich ging ein Stück weiter und entdeckte einen unwiderstehlichen Pfad, der an dem Steilhang hinunterführte. Ich dachte an Alex' Mahnung, aber die Aussicht lockte mich wie Sirenengesang.

Natürlich wusste ich es da noch nicht, aber kurz darauf nahm die Katastrophe ihren Lauf.

12

Ich stieg auf den Pfad hinunter, und den Oberkörper zum Hang geneigt und die rechte Hand am Fels, bewegte ich mich vorsichtig abwärts. Der Blick war mehr nach Osten als nach Westen gerichtet, also lag irgendwo jenseits des wogenden Blaus die marokkanische Küste. So gesehen empfand ich die Isolation Navigaceos als beklemmend.

Der Pfad wurde steiler, und auf dem felsigen Boden lagen immer mehr rutschige Felssplitter, die in den Schaft der Wanderstiefel sprangen und Wolken von Staub aufwirbelten, der sich auf die schweißfeuchte Haut setzte. Die Sonne beschleunigte den Puls, der Geruch von Löwenzahn und Meer erschien mir reinigend. Der Pfad wurde zur Felstreppe, die zu einer Bucht hinabführte. Meerwasser fand den Weg in meine Stiefel. Ich ging um einen Felsvorsprung herum, die Sonne als heißes Band in meinem Nacken, und sah, wie weit meine Entdeckung reichte. Ein zwanzig Meter breiter Streifen Sand mit dicht verschlungenem Gebüsch am Fuß des Steilhangs.

Und überall Plastikmüll. Ein Wellenbrett mit verblasstem Logo, eine Taucherbrille, Wasserflaschen voller Schlick, eine Supermarkttasche, die im Seichten wie eine Qualle hin und her wogte. Die Strömung zog anscheinend südwärts an dem Archipel vorbei und schleifte die Küsten der anderen Inseln.

Ich schaute über eine Stelle voller Muschelschalen – keine war es wert, sie für Mikes Tochter Ella mitzunehmen –, dann stapfte ich zum hinteren Teil der Bucht und sah etwas Sonderbares. Meine erste Reaktion war ein verwirrtes Lächeln.

In den Ranken der Büsche hatten sich Kleidungsstücke verfangen.

Ich ging näher ran. Da lag eine wasserdichte Hose unter einem Käfig aus Zweigen. Und waren das dort Wanderstiefel? Zwischen den kreuz und quer gewachsenen Büschen war auch eine Hoodiejacke zu erkennen. Der Reißverschluss glänzte noch. Und eine große Taschenlampe mit gesprungenem Glas. Ich richtete die Kamera darauf und zoomte heran. Auf keinen Fall lagen die Sachen seit den Siebzigern dort. Ich untersuchte die Stiefel, die unter den Hosenbeinen lagen. Dicke Sohlen, gelbe Schnürsenkel, technisches Gewebe. Obwohl verwittert, war doch leicht erkennbar, dass sie aus dem einundzwanzigsten Jahrhundert stammten.

Inzwischen sehe ich mir die Aufnahmen so gut wie nie an. Doch bei den seltenen Gelegenheiten, da ich das tun muss, überrascht es mich noch immer, was ich dabei höre. An dieser Stelle lache ich, es klingt seltsam, verblüfft. Der Klang unbekümmerter Unkenntnis eines Menschen, der sieht, was er zu sehen erwartet. Ich greife nach dem Stiefel – meine Hand erscheint im Bild –, und dann kommt das Begreifen. Das scharfe Luftholen zu hören ist quälend. Meine Stimme, belegt und kratzig, sagt »Gütiger Himmel!«, und dann stoppt die Aufnahme.

Ich konnte den Stiefel nicht aufheben. Etwas hielt ihn fest. Die Schuhe, die Hose, die Hoodiejacke offen über einem Toastständer freigelegter Rippen, all das miteinander verbunden, zusammengehalten von dem Gewebe ausgedörrten Fleischs. Ich blickte auf einen toten Menschen. Da lehnte der Kopf am Stamm eines niedrigen Buschs, das Gesicht glich einer festen Maske. Lippenloses Grinsen und Haarflaum. Schreiend wich ich zurück und stieß die Hacken in den Sand, bis ich im Freien stand.

Die Zeit erlahmte. Mein Herz hämmerte in der aufgeladenen Stille.

Schließlich drehte sich die Welt weiter – Wellen leckten über den Sand hinter mir, durchnässten den Hosenboden meiner Shorts. Das Kältegefühl trieb mich hoch, und ich zwang mich, mir das Ding im Gebüsch noch mal anzusehen. Ein Gefühl des Unheimlichen durchlief mich.

Die Natur agierte langsam, Tag um Tag. Durch die Jahreszeiten im Freien bei Sturm und Sonnenschein war das Leder an den Stiefeln verzogen, das Gewebe des Schafts von Salz geschmirgelt, und Schmutzschichten hatten sich darauf abgelagert. Doch ich sah die Augenhöhlen, gefletschte graue Zähne, zusammengekrümmte skelettierte Finger.

Ich schaltete die Kamera ein. Filmen beruhigte meinen Puls. Vielleicht erfasste ich da etwas, das vor Jahren passiert war, und war nun die Erste am Ort des Geschehens, seit derjenige hier gestrandet war. Ich schob mich so nah heran, wie ich es wagte. Ich filmte die Zähne, die vom Salz konservierte Haut, die zäh und dunkel wie Dörrfleisch aussah. Zwischen den Vorderteilen der offenen Hoodiejacke und dem zerrissenen T-Shirt filmte ich durch die Rippen eine graue Brusthöhle, wo einmal Organe gewesen waren. Tiere hatten das weiche Gewebe entfernt. Der Oberkörper war ausgehöhlt und steif geworden. Käfer und Würmer hatten das verwesende Gewebe gefressen und der salzige Wind das Übrige konserviert.

Da stand ich, tausend Kilometer von der nächsten größeren Landmasse entfernt, und filmte in einer Bucht eine Leiche.

Eine Leiche, die eigentlich nicht dort sein durfte.

Ich musste die Szene jetzt aufnehmen, denn es gab nur ein erstes Mal. Ich würde möglichst viel filmen und auf die Festplatte in meinem Zelt übertragen müssen, aber die hatte viel Speicherplatz.

Ein seit zehn Jahren schlummernder Instinkt erwachte.

Ohne weitere Überlegung begann ich zu sprechen. Der Klang meiner Stimme – körperlos und fern, als gehörte sie Gretchen – überraschte mich. Ich weiß nicht, ob ich Kontrolle über mein Handeln hatte, als ich anfing, das Entdeckte zu deuten. Aus mir sprach ein Teil meiner Persönlichkeit, von dem ich geglaubt hatte, er gehöre längst der Vergangenheit an, die Tess von früher, bei der Instinkt und Gier und Muskelgedächtnis beherrschend gewesen waren. »Der Tote wurde angeschwemmt«, erzählte ich. »Die Strömung hier ist stark, geht nach Süden, also kam der Tote von Norden.« Ich richtete die Kamera auf die grünen Bergschultern von Bugio.

Dann knickte ich ein. Angst durchfuhr mich, als mir ein plausibler Gedanke kam.

Aus der Sache könnte sich etwas machen lassen. Eine echte Story. Wenn ich jetzt das entsprechende Filmmaterial sammelte, gezielte Aufnahmen machte und nach der Rückkehr nach London recherchierte, dann ließe sich ein Dokumentarfilm produzieren. Ein richtiger, der erste nach zehn Jahren.

Vielleicht hatte ich mein altes Leben hinter mir gelassen, doch in dem Moment entfaltete sich das Projekt vor meinen Augen: eine Reportage über den Fund und die anschließende Aufdeckung der Wahrheit. Ich könnte das Interesse von Produktionsfirmen wecken, eine zuverlässige Finanzierung bekommen, die schöpferische Kontrolle behalten. Ich schüttelte mich. Dieser Weg führte erfahrungsgemäß in die Obsession. Ich musste vorsichtig vorgehen, auf Anzeichen achten. Wenn ich mich darin verlor wie damals, dann war nicht abzusehen, was für ein Mensch ich werden würde.

»Es sieht aus, als wäre er bei einem Sturm hier angespült worden. Aber es ist auch denkbar, dass die Person sich hierher retten konnte und sich in das Gebüsch geschleppt hat.«

Wenn ja, dann hatte sie es nicht weit geschafft. Ich wandte mich den Gegenständen zu, die unmittelbar neben dem Toten lagen. Eine Brille mit eingeklappten Bügeln, als wäre sie sorgfältig zur Seite gelegt worden, das Plastikarmband einer Uhr, ein hingeschlängelter Schnürsenkel. »Da liegt eine Taschenlampe. Eine große, mit starkem Lichtkegel, nehme ich an. Ist die Person bei Nacht hier angekommen und hat sich im Dunkeln zu dem Gebüsch geschleppt?« Ich ging so nah heran, wie es mein Ekel zuließ, sodass ich den Schmutz unter den Stiefelsohlen und in den Falten der Hose aufnehmen konnte. »Moderne Outdoor-Funktionskleidung, aber kaum Gebrauchsspuren, keine Risse. Vielleicht extra für diese Reise gekauft?«

Ich bewegte mich weiter zum Kopf hin, und da erst sah ich die Hoodiejacke richtig. Unter einer modernden Laubschicht war ein Schriftzug zu erkennen. Mit angehaltenem Atem griff ich zwischen die Ranken – da war wieder meine Hand im Bild, zerkratzt von Dornen und zitternd – und schob sie zur Seite. »O mein Gott«, hauchte ich beim Zurückweichen.

Das war ein Seawild-Hoodie.

Genauso einer, wie ich ihn trug.

13

Ich wartete, bis meine Lunge kooperierte, richtete die Kamera auf mich selbst und sammelte mich.

Als ich wieder sprechen konnte, klang meine Stimme heiser. »Seawild«, sagte ich. Dabei zeigte ich auf das Logo an meinem Oberteil. »Das wundert mich.« Als ich die Kamera wieder umdrehte, wackelte die Aufnahme wie in Found-Footage-Filmen. »Der Tote befindet sich schon länger im Zustand der Verwesung. Muss herausfinden, wer der Tote ist. Nachsehen, ob er ein Portemonnaie oder einen Ausweis bei sich hat.«

Ich unterbrach meine Rede, um wieder näher ranzugehen, und entdeckte, was mir bisher entgangen war. Da steckte etwas in der Tasche, das war deutlich zu sehen. In der rechten zeichnete sich ein kompakter Gegenstand ab.

Nun musste ich eine Entscheidung fällen. Eine gute Story zu bringen bedeutet manchmal, in das Geschehen einzugreifen, selbst wenn es dadurch einen anderen Verlauf nimmt. Verborgene Instinkte traten wieder zutage, stark und scharf. Ich bezwang meine Angst und griff zwischen den Zweigen durch in die Tasche. Heraus kam ein Portemonnaie aus technischem Gewebe mit einem Reißverschlussfach und einem Klettverschluss. Es enthielt eine Handvoll Kleingeld, ein zusammengefaltetes Blatt Papier und eine Plastikkarte.

Ich wandte mich zuerst der Plastikkarte zu und zog sie mit zitternden Fingern aus dem Schlitz. Es handelte sich um einen Ausweis mit Magnetstreifen, den man an Schlüsselbünden sieht und der an Lesegeräte gehalten wird, um Türen zu öffnen.

Ständige Feuchtigkeit hatte die Oberfläche angegriffen und nahezu unkenntlich gemacht. Als ich die Karte hin und her neigte, fand ich einen Neigungswinkel, bei dem sie ein paar Geheimnisse preisgab: einen Anfangsbuchstaben, der ein W sein mochte, und einen Nachnamen mit P. Stand da Pen? Ich kniff die Augen zusammen. Ein R am Ende und der letzte Buchstabe möglicherweise ein O wie bei italienischen Namen. WP.

Ich sah mir das Stück Papier näher an. Einst achtsam zusammengefaltet, war es jetzt zusammengepappt, durchnässt und dann hart geworden durch das Salz. Ich versuchte es aufzufalten und konnte es tatsächlich an den Rändern auseinanderziehen und die beschriebene Seite zum Vorschein bringen. Aufgedruckt war ein stilisiertes Auto. Das war die Inspektionsbescheinigung einer Autovermietung.

Mir war bewusst, dass ich den Fundort möglichst wenig verändern sollte, doch etwas trieb mich dazu, den Ausweis einzustecken. Ich hatte hier eine Spur, mit der ich arbeiten konnte. Und ein Projekt. Eine Story. Ich war begierig darauf, die Chance zu nutzen. Alles würde davon abhängen, wohin mich die Spuren führten, wer WP war und wie die Person hierhergelangt war. Ich verließ das Gebüsch und schaute über den einsamen Strand.

Es war nicht das erste Mal, dass ich eine Leiche entdeckt hatte.

Die Umstände mochten anders sein, aber angesichts der Parallelen strömten die Erinnerungen auf mich ein.

Vor zehn Jahren hatte ich einen Toten gefilmt. Ich war damals mit Gretchen Harris unterwegs, um Filmmaterial für *Spill* zu sammeln.

Im Frühjahr nach meinem ersten Treffen mit Gretchen flogen wir nach Los Angeles.

Nachdem wir den Einreiseschalter passiert hatten, fuhren wir durch flache, von Felsbrocken und Sandflecken durchsetzte Landstriche nach Norden. Das Fahren war leicht. Weil Gretchen darauf bestanden hatte, hatten wir einen schnittigen Chevrolet gemietet, einen Automatik mit Ledersitzen, an denen wir uns ohne die starke Klimaanlage die Oberschenkel verbrannt hätten.

Während der ersten Stunde, als wir vom LAX nach Norden durch die kühlen Alleen von Santa Clarita fuhren, glaubten wir fast, wir wären am Mittelmeer. Wir hielten auf einen Kaffee an, fanden ein Eisenwarengeschäft, wo wir einen Drahtschneider kauften, und waren schnell wieder auf der 33. Durch Lebec und Wheeler Ridge waren die Hügel grün, doch sobald wir den Maricopa Highway erreicht hatten, bestand die Gegend aus gebackenem Staub. Weil der Straßenbelag aus Betonplatten bestand, wurde das Geräusch beim Überfahren der Nähte zum Herzschlag der Fahrt. Rechts und links standen Telegrafenmasten am Straßenrand, und das geschwungene Maßwerk der Kabel wirkte hypnotisierend. Ab und zu überholten wir einen Pick-up oder Kipplaster, vielleicht mal einen SUV, aber das war's auch schon. Es waren so wenig Fahrzeuge unterwegs, dass ich ungestört beobachten durfte, wie sich die dunstigen Berge des Sequoia-Nationalparks in der Ferne langsam verschoben.

In einem Kaff namens McKittrick hatten wir ein Motelzimmer gebucht, doch unser erster Stopp war ein Wüstenort namens Dustin Acres, der einem bei der Durchfahrt schon durch ein Blinzeln entgehen konnte. Dort sollten wir uns mit unserem Kontakt treffen.

Wir hatten einen Lokaljournalisten namens Leland Redfern ausfindig gemacht, der sich bereits mit der Chase-Industries-Story beschäftigte, einen Kolumnisten der *Bakersfield*, der Zeitung für das Kern County. Er hatte jahrelange Erfahrung.

Korpulent, wie er war, und mit der dickrandigen Brille auf der Knollennase sah er aus, als hätte er während seiner beruflichen Laufbahn nur flüssige Lunchs zu sich genommen. Doch eine Spur war eine Spur, und Redferns Artikel hatten sich als nützlich erwiesen. Sein Fachgebiet war die Umweltpolitik, die landwirtschaftliche Verschmutzung des Kern River, extreme Wetterereignisse und die Beseitigung von Sturmschäden, außerdem gab es von ihm ein paar spekulative Kolumnen über die Midway-Sunset-Ölfelder, in denen er Verstöße von Chase Industries andeutete.

Das war ein Mann, mit dem wir meiner Ansicht nach sprechen mussten. Gretchen, die gerade mehrere Projekte am Laufen hatte, war anderer Meinung. »Ich habe mit solchen Typen schon gearbeitet«, sagte sie. »Die können nützlich sein, wenn sie jung und ehrgeizig sind. Aber hast du ihn dir angesehen? Er hat sein Leben lang nur bei Lokalblättern im Nirgendwo gearbeitet, der ist nicht gerade spitze in seinem Beruf. Seinem Aussehen nach hat er nur noch ein Jahr bis zur Pensionierung. Der wird nichts mehr riskieren wollen.« Meine alte Obsession, die mich in meinem letzten Uni-Jahr verzehrt hatte, war wieder aufgeflammt. Ich konnte nicht davon ablassen. Redfern könnte uns zum Einstieg wichtige Hinweise geben, argumentierte ich beharrlich, bis sich Gretchen schließlich breitschlagen ließ. »Es ist dein Film, Tess«, sagte sie bei einem kurzen Blick auf ihren Posteingang.

Redfern hatte klar gesagt, dass er Informationen für uns hätte, war aber nicht erpicht, sich in der Zeitungsredaktion in Bakersfield zu treffen. Stattdessen wollte er ungesehen mit uns reden, und zwar bei sich zu Hause. Seine Adresse befand sich am südlichen Rand von Dustin Acres. Die Grundstücke lagen weit auseinander, die einstöckigen Holzhäuser standen von der Straße zurückgesetzt, jedes auf seinem eingezäunten halben

Hektar Wüste. Gegenüber erstreckten sich gepflügte Äcker, so weit das Auge reichte. Wir fuhren an den Straßenrand und stiegen aus der gekühlten Luft im Auto in die flimmernde Nachmittagshitze.

Gretchen betrachtete das Gestrüpp vor dem Haus durch ihre Sonnenbrille. »Kein Wagen in der Einfahrt«, stellte sie fest. »Hoffen wir mal, dass wir nicht umsonst hergekommen sind.«

Ich überquerte die Straße, doch sie rief mich zurück. »Handy.«

Ich seufzte. Eines ihrer Projekte, eine Story über einen Telefonabhörskandal, hatte sie übervorsichtig gemacht. Sie hatte mir bereits einen Vortrag über Big-Tech-Schnüffelei, Satellitenüberwachung, aufgezeichnete Sprachnachrichten und Memos gehalten. Seitdem ließen wir bei sensiblen Aufnahmen unsere Handys im Auto.

Ich ging zurück und übergab ihr das Telefon.

Redfern machte nicht auf.

»Komm, lass uns wieder fahren«, sagte sie. »Er hat gekniffen.«

Doch ich hatte schon vor Augen, was für Material wir durch den Besuch bekommen würden. Ich stellte mir vor, wie ich Redfern auf seinem Sofa filmte, ein Sammelsurium persönlicher Gegenstände um ihn herum, gefaltete Zeitungen, Bücher, Laptop. Ich dachte daran, welchen Einblick er uns als Einheimischer geben könnte, und wollte nicht so einfach darauf verzichten. »Lass uns hinten nachsehen.«

Er hatte ein bescheidenes Beet mit einem Steinkreis eingefasst und drei traurige Sträucher gepflanzt. Der übrige Garten war eine leere Parzelle zusammengebackener Erde.

Dort stand auch sein Auto, ein vom Sand zerkratzter Cruiser, der das Sonnenlicht reflektierte. Ich klopfte an die Verandatür, dankbar für den Schatten. Wieder keine Reaktion.

»Tess«, sagte Gretchen, die bei Redferns Auto stand und sich zur Fahrertür bückte. »Der Schaden ist neu.«

Ich ging zu ihr. Jemand hatte die Tür mit Schlägen traktiert. Das Blech war völlig zerbeult. Und Gretchen hatte recht: Der Lack war abgeblättert, und die Flocken lagen vor unseren Füßen im Sand. Der Angriff war also an Ort und Stelle passiert. Ich hielt eine Hand vor mich, um das reflektierte Licht abzufangen, und spähte in den Wagen.

Ich sah in die Augen eines Toten.

Hastig wich ich zurück. »Herrgott noch!«

Gretchen schaute hinein und fuhr erschrocken zurück. »Mein Gott«, sagte sie, als sie sich neben mich stellte. »Das ist er.«

So war es. Ich hatte ihn sofort erkannt, der Mann hinterm Lenkrad war Leland Redfern. Er sah älter aus als auf seinem Foto und schwerer auch. Der Mund stand offen, sodass man eine geschwollene graue Zunge sah. Stoppelwangen, aufgeknöpftes Hemd, ein aufgeblähter Bauch, der gegen das Lenkrad drückte. Blicklose Augen starrten uns an.

Aufgeregt trat ich wieder an das Fenster. »Was macht er hier draußen in seinem Wagen?«

»Fass nichts an«, sagte Gretchen. Sie überlegte hastig. »Wir müssen hier weg. Aber vorher filmen wir noch. Hol die Kamera.«

Ich rannte an der Hausseite vorbei zur Straße, sah in beide Richtungen. Weit und breit kein Fahrzeug unterwegs. Das nächste Haus stand ein paar Hundert Meter entfernt und wirkte unbewohnt. Jenseits der Äcker verschwamm eine Farm im heißen Dunst.

Ich griff mir die Kamera vom Rücksitz und kehrte zu Gretchen zurück. Inzwischen hatte sie aus den vertrockneten Stängeln einer Staude einen Besen improvisiert und verwischte damit unsere Fußspuren. »Sieht aus, als hätte er einen Herzinfarkt gehabt. Hemd aufgeknöpft, die Hand am linken Arm. Vielleicht hat ihm einer tödliche Angst eingejagt.«

Ich nahm die Objektivkappe ab, prüfte den Sucher und fing an zu filmen. Ich umkreiste Redferns Wagen und nahm dabei auch die zerbeulte Tür auf. Mein Herz pumpte so stark, dass meine Hände zitterten.

»Wir werden das sorgfältig schneiden«, überlegte Gretchen laut. »Nur andeuten, dass er da ist, nur einen flüchtigen Eindruck erzeugen. Hast du genug aufgenommen? Wir müssen los.«

Ich hatte ein paar Minuten Filmmaterial. Auf dem Weg zur Straße fegte Gretchen den Beweis unseres Besuchs weg. Wir eilten zum Auto hinüber und stiegen ein. Beim nächsten Haus regte sich nichts, niemand war auf den Feldern … »Scheiße.«

Im Rückspiegel näherte sich ein Fahrzeug. Mir blieb keine Zeit, um zu erfassen, was für eins da kam, ich sah nur die Windschutzscheibe in der Sonne gleißen.

»Ganz ruhig«, sagte Gretchen, als ich mit schweißnassen Händen um das Lenkrad griff und zum Wenden ansetzte. »Wir sind nur zwei Frauen, die einen Ausflug machen.«

Ich fuhr in Richtung Highway, passierte den Lkw, den wir im Rückspiegel gesehen hatten, einen großen Tieflader mit Aufklebern an der Windschutzscheibe, und gab ordentlich Gas, um uns möglichst schnell auf den Highway 33 zurückzubringen.

Unsere Blicke klebten die ganze Zeit am Rückspiegel.

14

Damals war ich vom Tatort geflohen, doch diesmal konnte ich nirgendwohin – ich musste noch zwei Tage auf der Insel bleiben, ob ich wollte oder nicht.

Ich durfte die Entdeckung nicht für mich behalten. Das Team musste darüber Bescheid wissen. Alex war schon mal hier gewesen, die anderen zwei vielleicht auch. Ihre Erinnerungen an die vorige Expedition könnten entscheidend sein, und ich würde mir dabei nach und nach ein Bild vom Geschehen machen. Die Möglichkeit erschien mir bedrohlich und waghalsig.

Ich rannte durch den Sand und stieg schwitzend und keuchend den Hang hinauf, bis ich die Felskuppe erreicht hatte, dann folgte ich dem Trampelpfad durch die Farne und rief schon von Weitem nach meinen Kollegen.

Sie waren unten im Lager, drei farbige Punkte. Beim Abstieg winkte ich mit erhobenen Armen und hoffte, dass sie die Dringlichkeit des Signals erkannten. Das taten sie. Alex ging voraus, die anderen hinter ihr her, und wir trafen am Waldrand aufeinander.

»Was wurde aus *wir bleiben auf dem Uferstreifen,* Tess?«, rief Alex noch ein paar Meter entfernt. »Weißt du, wie schwierig es ist, für solche Expeditionen eine Versicherung zu bekommen?«

Nickend gab ich ihr recht und hob die Hand. »In einer Bucht liegt eine Leiche.«

Mike holte scharf Luft. »Eine was?« Die Hände an den Hüften stand er da, unter dem Halsausschnitt seines Seawild-Hoodies ein halbrunder Schweißfleck.

»Mein Gott«, sagte Vinny keuchend vom Aufstieg. Er strich sich übers Kinn, die Stoppeln schabten über seine schwielige Handfläche.

»Ihr müsst mitkommen und gucken.«

Alex schüttelte angewidert den Kopf. »Ganz bestimmt nicht. Was denkst du denn?«

»Da ist etwas, das ihr sehen müsst.«

»Tess, das ist Sache der Polizei.« Sie stemmte die Hände in die Seiten und schaute über das glitzernde Meer. »Scheiße. Ich werde mit Leo reden müssen. Wir sollten die Stelle gar nicht betreten.«

Dafür war es zu spät. »Der Tote hat einen Seawild-Hoodie an.«

»Herrje«, kam es von Vinny.

Alex starrte mich mit offenem Mund an. »Wie bitte?«

Ich beschrieb ihn ihr. »Derselbe Schriftzug.« Darauf waren sie erst mal still. Das Meer rauschte in gleichmäßigem Rhythmus. Alex und Vinny wechselten verstohlen einen Blick, den ich nicht deuten konnte. Mike wirkte ratlos. Alex strich mit den Fingerspitzen am Haaransatz entlang, eine beruhigende Bewegung. Ihr Blick war ins Leere gerichtet.

Vinny schaute zu ihr, und da er keinen Fingerzeig bekam, begann er: »Ich glaube nicht, dass es …«

»Nein«, unterbrach Alex. »Das glaube ich auch nicht.«

Mir wurde etwas klar. Lukas Larsen hatte einen guten Grund für seinen wütenden Blogeintrag. »Was ist passiert, als ihr das letzte Mal hier wart?«, fragte ich, und etwas Kaltes glitt langsam durch meinen Körper. »Alex?«

»Hör zu«, sagte sie, zögerte und überlegte, bevor sie weiterredete. »Ich denke, du könntest recht haben. Wir sollten einen Blick darauf werfen.«

Schweigend stiegen wir hintereinander zu der Bucht hinab.

Unten am Wasser folgten mir meine Kollegen nur zaghaft und Alex gar nicht. Dazu brauchte es Vinny, der sich zu ihr neigte und sie mit sanfter Hand am Arm weiterführte wie ein verschrecktes Pferd. Mit gehörigem Abstand blieben wir vor der Fundstelle stehen. Es dauerte eine Weile, bis sie richtig hinsahen. Aus kurzen Blicken wurde längeres Betrachten, sobald sie sich auf die Situation einließen.

»Also«, begann ich schließlich. »Es ist schwer zu sagen, wer das sein könnte, aber … meint ihr, ihr kennt ihn?«

»Ein Fischer? Ein Surfer?«, sagte Mike.

Ein warnender Blick von Alex. Vinny sah den auch. »Wir können das ebenso gut durchsprechen«, sagte sie mit einer hilflosen Geste. »Das muss Steven sein.«

Vinny erstarrte. Dann nickte er.

»Steven?« Das passte nicht zu dem Ausweis aus seiner Tasche. WP.

Alex kaute an einem Fingernagel. »Vor zwei Jahren«, sie klang zittrig, »haben wir drei auf Deserta Grande gearbeitet. Eine Woche lang im Herbst. Es war noch ein Kollege bei uns. Und der verschwand dort.« Sie holte tief Luft. »Seitdem ist er verschollen.«

»Steven Clay«, sagte Vinny. »Das ist er.«

»Okay«, begann ich vorsichtig. »Tja, dieser Fund sagt etwas anderes.« Ich zog die Ausweiskarte hervor und räusperte mich, bevor ich die Wahrheit geringfügig abänderte. »Die lag neben ihm. Aber da steht ein anderer Name drauf.«

»Wie bitte?« Alex, ohnehin schon geschockt, brachte das mühsam hervor.

»Die lag da. Es ist schwer zu entziffern, aber ich bin mir ziemlich sicher, dass da nicht Steven Clay stand.« Alex und Mike neigten sich heran. Vinny starrte mit verhärmtem Gesicht und leerem Blick über ihre Schultern, während ich die

Karte gegen das Licht hielt. Die drei bemühten sich, etwas zu erkennen, und sahen dabei blass und hilflos aus. »Irgendeine Idee?«, fragte ich.

Vinnys Antwort kam als Flüstern. »Das ist meiner.« Er räusperte sich. »Mein Dienstausweis. Ich habe ihn damals verloren.«

Die anderen drehten sich zu ihm um. Dabei entstand ein Schweigen, das niemand brechen wollte, und ich sah, dass Mike kurz die Augen zusammenkniff.

Auf der Karte standen also ein V und ein P, wurde mir klar. Nicht W und P. Vincento Perriera.

»Jetzt fällt es mir ein. Sie mussten dir einen neuen ausstellen«, sagte Alex. »Wie kommt er hierher?«

»Ich bin nicht mal in der Nähe dieser Insel gewesen«, sagte Vinny. Dabei fiel mir die leise Gereiztheit in seinem Ton auf.

Mike schaute suchend über den Strand. »Hier liegt viel Zeug herum. Die Strömung lädt wohl alles hier ab.«

Allerdings hatte die Karte im Portemonnaie des Toten gesteckt. »Das ist also dieser Steven Clay. Aber mit Vinnys Dienstausweis? Was ist damals eigentlich passiert?«

»Gott, es war eine Tragödie.« Alex hob ihre Brille an, um sich in die Nasenwurzel zu kneifen. »Eines Morgens sind wir aufgewacht, und Steven war weg. Seine Sachen lagen in seinem Zimmer, aber eins unserer Boote fehlte.«

»Er muss in der Nacht damit weggefahren sein, ist vielleicht gerudert, statt den Motor anzuwerfen, um uns nicht zu wecken«, meinte Mike.

»Und das war's. Er kam nicht mehr zurück.« Alex' Stimme klang trocken und zittrig. »Keine Spur von dem Boot, keine von Steven.«

»Später kam die Polizei und suchte ihn«, sagte Mike. »Fand aber nichts.«

»Tod durch Unfall aufgrund der Strömung«, hieß es offiziell. Alex fasste sich mit flacher Hand an die Brust.

Ich sah die drei nacheinander an, um abzuschätzen, wie weit diese sauber verpackte Geschichte freigelegt werden könnte. Alle Augen waren auf den Sand gerichtet. Sie verschwiegen mir etwas.

»Steven war ein guter Mann«, sagte Alex. »Prinzipienfest, engagiert. Ein großartiger Ökologe. Hat ständig gelesen, debattiert …« Ihre Stimme schwankte, ihre Augen waren feucht.

Vinny berührte sie am Arm. »Ein großartiger Kerl.«

Wir vier stellten uns im Halbkreis auf einen Streifen aufgewühlten, schwarzen Sand, um Steven Clays Überreste zu untersuchen. Über uns eine Schar Möwen im Aufwind, die einander zuriefen.

Alex räusperte sich. »Vielleicht hat er Vinnys Karte …« Sie zog die Brauen zusammen, noch verblüfft über den Fund. »Hat Steven sie gestohlen?«

Vinny zuckte hilflos die Achseln. »Oder ich habe sie ihm geliehen, kann mich nicht mehr erinnern.«

»Und sie wurde hier angespült?«, fragte Mike.

»Scheint so«, sagte Vinny. »Die Strömungen sind stark.« Er wandte sich Alex zu. »Wir haben letztes Mal eine lange Einführung bekommen, wie man das Boot handhaben muss, weißt du noch?« Wir musterten den Spülsaum von der letzten Flut. Vinny zuckte die Achseln. »Ein Sturm muss Steven hergetragen haben.«

Eine verschwommene Angst regte sich unter meinen Rippen. Hatte der Mann Vinnys Ausweis geklaut und war dann ertrunken? Hatte ein Sturm seine Leiche ins Gebüsch geschwemmt? Es war noch anderes denkbar. Er könnte mit dem Boot gekentert sein, es hierhergeschafft und sich an Land geschleppt haben.

Ich schaute übers Wasser und versuchte, mir das vorzustellen. Diese völlige Isolation. Die Bucht war von Felsen eingeschlossen. Bugio dominierte die Aussicht nach Norden, und dahinter war die Spitze der Deserta Grande zu sehen. Zwischen den zwei Inseln gab es kilometerweit tiefe, wechselhafte Strömungen. Bei den hier herrschenden Gezeiten … ich stellte mir einen bekleideten Mann im Meer vor, für den jeder Schwimmzug ein Kampf gegen die Kraft des Wassers war.

Ich hakte behutsam nach. »Darf ich fragen, wie sein seelischer Zustand war, bevor er verschwand?«

Alex tupfte sich mit dem Handrücken Tränen von den Augen. »Die Polizei hat dasselbe gedacht. Hat ihm etwas zu schaffen gemacht? Hat er sich seltsam benommen? Solche Fragen haben sie gestellt.«

Vinny war der Erste von uns, der sich der Leiche näherte. »So sollte man nicht sterben«, sagte er und deutete auf das herumliegende Strandgut. »Seine Sachen überall verstreut. Der arme Steven.«

»Das hat niemand verdient«, meinte Alex bitter.

Mike zog überrascht die Brauen hoch. Da er sich unbeobachtet glaubte, widersprach er kaum hörbar. »Darüber kann man streiten.«

Ich spürte meine wachsende Obsession. Die Reaktionen der drei erzählten eine Geschichte. Vinny bückte sich nach einem Beanie und trug ihn zu Clay wie eine Opfergabe. Er wirkte schuldbewusst.

»Vielleicht sollten wir die Dinge liegen lassen, wo sie sind«, schlug ich vor.

Sichtlich in Gedanken schloss sich Alex ihren Kollegen an und suchte unter den Büschen. »Ganz allein hier. Wind und Wetter ausgesetzt, von Vögeln aufgerissen …« Sie fand einen Handschuh und gab ihn behutsam seinem Besitzer zurück.

Der Versuch, Clays Ruhestätte zu würdigen, wurde sicher von Schuldgefühlen erzeugt. »Ach, Alex«, sagte ich. »Das ist nicht deine Schuld.«

Sie bemerkte mich und nickte langsam. »Mir tut das leid. Ich will ihn nicht so zurücklassen.«

Vinny nahm ihren Arm. »Wir hätten nichts tun können.« Er zog sie näher heran, und sie standen mit gebeugtem Kopf da. Sicher dachten sie an jene Tage zurück und suchten nach Fehleinschätzungen. Mike verteilte sein Gewicht auf beide Beine, legte die Hände vor dem Bauch ineinander wie ein Trauernder beim Begräbnis. »Und was nun?«

»Wir müssen die PSP anrufen«, antwortete Alex nachdenklich. »Die werden eine Ermittlung einleiten. Ich werde Leo kontaktieren. Dann sehen wir weiter.«

Langsam bewegten wir uns von dort weg. Vinny blieb.

»Alles okay?«, fragte ich ihn.

»Ich dachte, ich nehme mir noch einen Moment«, sagte er zu uns allen. »Wenn ihr nichts dagegen habt.«

Ich wartete ab, wie Alex reagierte. Sie wischte sich die Augen und nickte. »Wir warten oben auf dich.«

Es ist komisch, wie das Gedächtnis arbeitet. Wie bei Filmmaterial entdecken wir oft erst bei späterer Betrachtung, was die Dinge bedeuten. Vinnys Bitte erschien in dem Moment belanglos, doch als er eine Weile danach zu uns kam, dachte ich an die Reaktionen jedes Einzelnen zurück und überlegte, wie sich mehr von ihnen erfahren ließe. Vinnys Bedürfnis, einen Moment allein zu sein, war interessant. Deutete das auf ein engeres Verhältnis zu Steven Clay oder auf stärkere Schuldgefühle oder auf etwas ganz anderes hin? Und was trug die Ausweiskarte zum Gesamtbild bei? Die erschien sicher belastend, und wie Vinny sich bewegte, sprach von einer unterdrückten Panik, die verdächtig wirkte. Doch ich war im Nachteil: Die drei hatten schon vorher zusammengearbeitet, waren ein Team. Sie kannten einander gut und hatten vielleicht auch Steven besser gekannt. Ich dagegen war eine Außenstehende, die den Kontext nicht kannte.

15

Alex telefonierte lange mit Leo.

Eine halbe Stunde saßen Mike, Vinny und ich schweigend an der kalten Feuerstelle. Der vergangene Abend mit Wein und Gelächter, der flackernde Feuerschein und die Geschichten von Schiffbrüchen erschien in der grellen Helligkeit des Nachmittags peinlich. Wir starrten alle drei den Strand entlang nach Norden, lauschten auf Alex' Gemurmel und sahen zu, wie sich die Robben an ihrem Liegeplatz räkelten.

Schließlich kam unsere Anführerin aus dem Versorgungszelt. »Danke für eure Geduld«, sagte sie ernst und setzte sich zu uns. »So etwas ist nie einfach. Also, Leo hat mit der Polizei von Madeira gesprochen. Unser Fall hat jetzt ein Aktenzeichen, ein leitender Ermittler wurde bestimmt und ein Team zusammengestellt.« Sie atmete durch und wischte sich die Augen. »Leider wird in den nächsten drei Tagen keiner herkommen.«

»Was?«, stotterte Mike. »Aber bis dahin sind wir weg.«

»Sie haben wenig Leute. Es gibt zwar auch die Gendarmerie für die ländlichen Gegenden, aber auf den Inseln ist die nur als Küstenwache tätig. Wie es aussieht, haben wir im Moment nur die PSP. Und da das praktisch ein alter ungeklärter Fall ist, priorisieren sie jetzt das Festival«, sagte Alex.

»Wenig Leute«, wiederholte Vinny. »Also sitzen wir hier fest … mit Steven?«

»Ich fürchte, ja. Vorerst.« Wir nickten still, erschüttert von der Neuigkeit. »Okay.« Alex drehte sich zu mir. »Tess, Leo ist jetzt beim CEO. Er möchte als Nächstes mit dir sprechen. Wir haben die Verbindung gehalten.« Ich zögerte ungläubig, bis sie mit dem Kopf zum Versorgungszelt deutete. »Du hast Clay gefunden. Leo ist nur besorgt um dich, mehr nicht. Also geh.«

Ich ging zum Zelt hinüber. Das Gefühl, dass die anderen mich beobachteten, war vermutlich reine Paranoia. Drinnen stand der Laptop aufgeklappt. Ich trat über das Ethernet-Kabel und setzte mich im Schneidersitz vor den Bildschirm. Leo war noch nicht wieder da. Durch die Laptopkamera blickte ich in das Pariser Büro. Während der Pandemie hatten wir uns alle daran gewöhnt, den Raum des Gesprächspartners am Bildschirm zu sehen mitsamt der aufschlussreichen Details. Leos verriet mir, dass sein Computer ein paar Jahre alt war, und dass die Schreibtischlampe trotz der Tageszeit eingeschaltet war, hieß, dass er zusätzliches Licht brauchte. Sein Arbeitsbereich spiegelte auf interessante Weise seine Persönlichkeit wider. Die Topfpflanze in der linken Ecke des Bildes wurde gut gepflegt und hatte glänzende Blätter, der Stapel Papiere auf dem Schreibtisch zeugte von jemandem, der sich noch mit Ausdrucken abgab. In den Bücherregalen im Hintergrund war wenig zu erkennen, aber es sah so aus, als enthielten sie Aktenordner und Dokumentenmappen.

Leo erschien im Bild und zog sich seinen Sessel an den Schreibtisch. Sein besorgter Blick war woandershin gerichtet. Vermutlich auf einen Mitarbeiter. Er nickte zur Antwort, dann wandte er sich mir zu. Ich sah an seiner Mundpartie und an den Augen, wie angespannt er war.

»Tess«, sagte er. »Ich bedaure das. Wie Sie sich vorstellen können, macht uns Alex' Bericht etwas ratlos. Ich bemühe mich gerade …« Er unterbrach sich, weil seine Aufmerksamkeit wieder auf etwas anderes gelenkt wurde. Er nickte – traf eine Entscheidung – und lockerte dann seine Krawatte. »Gut, also ich wollte nur mal sehen, wie es Ihnen jetzt geht. Wie ich höre, haben Sie Stevens Leiche gefunden. Das muss ein furchtbarer Schock gewesen sein.«

»War es. Das ist für uns alle schwer. Haben Sie ihn gut gekannt?«

»Wir haben bei ein paar Projekten zusammengearbeitet, ja. Er half uns mal bei einem Forschungsauftrag in Gran Canaria. Er war ein beeindruckender Mann, ein sehr begabter Ökologe. Es war ein Glück, dass wir ihn engagieren konnten.«

Vinny hatte etwas Ähnliches gesagt. Clay war ein beliebter, geachteter Kollege gewesen. »Ich nehme an, er ist ertrunken«, sagte ich. »Vinny erwähnte, dass die Strömungen hier sehr stark sind.« Ich beobachtete aufmerksam Leos Gesicht.

Er nickte. »Stark und kalt. Sie bringen Wasser aus der Tiefe herauf, was der Grund für die Temperaturen auf den Inseln ist. Er hat eins der Boote genommen, wenn ich mich recht entsinne, obwohl niemand weiß, warum. Alex sagte, Sie hätten ein paar Dinge bei ihm gefunden?«

»Eine Taschenlampe, Handschuhe und eine Mütze. Wir fanden auch Vinnys alten Dienstausweis.«

Das war ihm neu. Sein Blick schnellte zu mir. »Tatsächlich? Vinny Perriera? Alex hat das nicht erwähnt.«

»Sie steht noch unter Schock«, sagte ich. »Hier ist so viel passiert, da vergisst man leicht ein paar Details.«

»Er hatte also Vinnys Dienstausweis ...«

»Ja, und ein Dokument von einer Autovermietung. Das war alles.«

Leo stützte die Ellbogen auf und neigte sich zum Bildschirm. »Tess, ich muss offen sprechen. Das ist eine heikle und sehr traurige Angelegenheit. Ich habe die PSP kontaktiert, aber wie Alex noch erklären wird, können die nicht sofort auf die Insel kommen.« Mit hochgezogenen Brauen und ernstem Nachdruck fuhr er fort: »In der Zwischenzeit müssen Sie Ihre

Arbeit fortsetzen, die ist wichtig, und sich allein darauf konzentrieren. Das ist eine Tragödie, die wir professionell und würdevoll handhaben müssen. Ich muss wohl nicht eigens betonen, dass keiner etwas verlauten lässt, bevor die Polizei die Sache bekanntgegeben hat. Einschließlich Ihnen.« Das strenge Schweigen, das er dem folgen ließ, machte mich unruhig und wirkte unangenehm. Leo räusperte sich. »Ich möchte, dass Sie das bestätigen.«

Meine Güte, dachte ich. *Er nimmt das zum Beweis auf.* Seawild war hauptsächlich darum besorgt, sich abzusichern. Gestern hatte Leo ausdrücklich verlangt, nicht auf den Berg zu steigen, Alex war genauso dogmatisch gewesen, was die Reichweite unserer Spaziergänge anging. Da Menschenleben und Versicherungsverträge auf dem Spiel standen, die einen großen Teil des Jahresbudgets auffraßen, mussten Organisationen wie Seawild ein gewisses Protokoll befolgen. Damit hatte ich keinerlei Erfahrung. »Ich habe verstanden«, sagte ich.

Leo nickte knapp. »Danke, Tess. Sind Sie sicher, dass es Ihnen gut geht?«

»Ich komme zurecht. Wir alle. Keine Sorge.«

Er tupfte sich die Stirn mit einem Taschentuch ab, um sich eine Antwort zurechtzulegen, doch dann wurde er erneut von einem Geschehen außerhalb des Kamerabereichs abgelenkt. Er nickte am Bildschirm vorbei, machte eine vage Geste, dann sah er mich wieder an. »Okay. Gut. Ein abschließendes Wort mit Alex, wenn das möglich ist.«

Ich stemmte mich mit schmerzenden Beinen hoch und winkte Alex heran.

Vinny und Mike erwarteten mich gespannt.

»Was hat Leo gesagt?«

Ich zuckte die Achseln. »Die bemühen sich intensiv, alles zu regeln. Er wirkte abgelenkt und gestresst. Die Polizei wird in den nächsten Tagen kommen.«

Mike zog die Knie an und verschränkte die Arme. »Das ist verrückt.«

»Hört zu. Ich möchte etwas klarstellen.« Vinny kaute am Daumennagel. »Ich verstehe nicht, wieso Steven meinen Ausweis hatte. Keine Ahnung, was der hier zu suchen hat. Es fühlt sich verrückt an, wenn man in einer Bucht, tausend Kilometer von zu Hause entfernt, etwas findet, das einem gehört ...«

Ich nickte und dachte daran, wie viel Wasser zwischen der Insel und Funchal lag, wie viele Seemeilen uns von der Zivilisation trennten.

Mike klopfte ihm sanft aufs Knie. »Keine Sorge, Kumpel. Es wird eine vernünftige Erklärung dafür geben.« Der Körperkontakt wirkte selbstverständlich. Sie schienen sich nahezustehen.

Ein paar Minuten später kam Alex um die Feuerstelle herum und setzte sich zu uns. Vermutlich hatte Leo ihr genaue Instruktionen gegeben, wie sie weiter verfahren sollte, denn Zeitplan-Alex war wieder da, ruhig, professionell, durchsetzungsfähig. »Okay, Leute. Ich weiß, das ist eine tragische und schwierige Situation. Für jeden unangenehm. Doch daran können wir im Moment nichts ändern.« Ihr Gesicht war ein bewegtes Bild aus Schmerz und Reue. »Es war ein furchtbarer Schock. Aber wir haben noch zwei Tage, um die Arbeit zu Ende zu führen, wegen der wir schließlich hier sind.«

Alle wurden still. Mike malte Figuren in die kalte Asche. »Klar«, sagte Vinny.

»Allerdings weiß ich nicht, ob wir dafür in der richtigen Verfassung sind«, fügte sie hinzu. »Vielleicht brauchen wir alle ein bisschen Zeit, um das zu verarbeiten.«

Ich hatte keine Lust auf einen Nachmittag mit brütenden Leuten. »Ich werde zu den Robben laufen und filmen.«

Mike stand von seinem Stuhl auf. »Ich komme mit. Die Bewegung wird mir guttun.«

Ich freute mich im Stillen. In mir reifte ein Plan. Drüben in der kleinen Bucht hatte ich reichlich verstohlene Blicke gesehen und war überzeugt, dass an der Clay-Geschichte mehr dran war, als alle behaupteten. Wenn es mir gelänge, mich mit jedem einmal allein zu unterhalten, könnte ich aus ihnen vielleicht herauskitzeln, was sie verschwiegen.

»Großartig.« Ich lächelte und tat, als müsste ich meine Filmausrüstung überprüfen. Gewöhnlich machte ich beim Filmen auch Tonaufnahmen, um die spätere Synchronisation zu vereinfachen, doch diesmal beschloss ich, einfach das Mikro einzuschalten und die Kamera unterwegs zwischen uns zu tragen.

Mike würde nicht mitkriegen, dass ich ihn aufnahm.

16

»Geht es dir gut?«, fragte er, als wir aufbrachen.

»Es war ein Schock«, sagte ich, dachte aber an sein leises *Darüber kann man streiten!* drüben in der Bucht. »Wie gut kanntest du Steven?«

Er schüttelte den Kopf. »Vinny und Alex kannten ihn besser. Sie haben vorher schon mal mit ihm gearbeitet. Ich habe ihn erst bei der vorigen Expedition kennengelernt.«

Sonderbar. Das hieß, er war im Verlauf weniger Tage zu seinem Urteil über Clays Charakter gekommen. Ich fragte mich, welche Anzeichen er gesehen hatte und warum die anderen nicht derselben Meinung waren. »Ich nehme an, es gab nach dem letzten Trip eine interne Untersuchung. Das muss hart gewesen sein.«

Er nickte, und wir gingen schweigend weiter. Ich sah schon von Weitem, dass nur wenige Robben am Strand lagen, vor allem die älteren Tiere – zwei riesige Bullen brüllten gerade –, die jüngeren waren wohl auf Erkundung oder Beutefang im Wasser.

In der Hoffnung, dass die Geräuschkulisse meine Audioaufnahme nicht störte, versuchte ich, ihm mehr zu entlocken. »Was hältst du davon, dass Vinnys Dienstausweis bei dem Toten lag?«

Mike achtete gerade sehr auf seine Schritte auf den Steinen – oder auf Muschelschalen – und ging leicht gebeugt, daher konnte ich seinen Gesichtsausdruck nicht gut sehen. Ich sah aber, dass er auf der Unterlippe kaute. »Die Strömung könnte ihn von der einen Insel zur nächsten getragen haben, aber das ist unwahrscheinlich, oder?« Ich brummte nichtssagend und wartete, ob er weiterredete. »Ich habe mir auch schon mal einen geborgt«, sagte er. »Man sollte das lassen, damit kann man sich in Schwierigkeiten bringen, aber die Leute werden sorglos.«

»Warum ausborgen?«

»Wegen der Türen«, erklärte er. »Manchmal, wenn man den eigenen im Büro vergessen hat, besorgt man sich den eines Kollegen, damit man ins Labor kann. Außerdem braucht man für manche Bereiche bestimmte Farben. Meine Karte ist violett, also fast nutzlos, reicht nur für Büros, Konferenzräume, Verwaltung.« Er lachte. »Meinen will keiner.«

Ich lächelte. »Welche Farbe hatte Vinnys?«

»Oh, er hat eine höhere Position, sein Ausweis ist gelb. Braucht er für die Laborräume, weißt du. Die Proben dürfen nicht verunreinigt werden, das sind sensible Daten und so weiter. Nichts Großes, da werden keine Schutzanzüge getragen, keine Netzhautscans gemacht, aber trotzdem.«

Wir gingen am Rand des Liegeplatzes entlang. Die Robben brüllten und wälzten sich, wo die Wogen auf die Felsen klatschten. Ein Stück entfernt leuchteten die Hänge voller Bugios in der Nachmittagssonne.

In meiner Vorstellung kristallisierten sich zwei Szenarien heraus: Vinny hatte Clay seinen Ausweis geliehen, um ihm Zugang zu Räumen oder Informationen zu ermöglichen. Oder Vinny war in der Nacht, als Clay starb, dort gewesen, und der Ausweis war ein belastendes Beweisstück, das er beseitigen musste.

Die zweite Möglichkeit machte mir eine Gänsehaut.

Wir gingen zum Ufer. Ich untermauerte meine Tarngeschichte, indem ich die Robben filmte, und schloss mich dann Mike an, der den Strand nach Muscheln absuchte. Die Nachmittagshitze ließ bereits nach, und das Meer wogte und glitzerte. Jede flache Welle lud etwas von ihrer Ladung ab, halb durchsichtige Krabben, kaum größer als ein Geldstück, winzige Kieselsteine, glatt und rund wie Murmeln, und die schwebenden Splitter von Muschelschalen. Es gab kaum welche, die groß oder interessant genug waren, dass sich ein Kind darüber freuen würde. Trotzdem suchte ich beim Gehen die Spalten zwischen den Felsen ab.

»Die arme Alex«, sagte Mike. Ich drehte mich zu ihm, das Kameramikro möglichst gut ausgerichtet, und wartete darauf, was er sagen wollte. Er zuckte die Achseln. »Ich finde nur, sie hat enormes Pech.«

Ich lenkte ihn vom Wasser weg. »Weil sie Steven bei der letzten Expedition verloren hat.«

»Und ihn bei dieser wiederfindet. Das hat sie nicht verdient.«

»Es muss sehr schwer gewesen sein, damit fertigzuwerden.«

Mike ging in die Hocke, um in ein paar Felsspalten hineinzusehen. »Sie hat hinterher eine schlimme Zeit durchgemacht, so viel weiß ich. Während der Befragungen.«

»Das ist hart. Dabei konnte sie anscheinend gar nichts dafür.«

»Sie hätte nichts tun können, um es zu verhindern. Trotzdem wurde sie heruntergeputzt.« Er unterbrach die Muschelsuche und sah mich an. »Die waren der Meinung, dass das Alex' Expedition war, und deshalb wurde sie dafür verantwortlich gemacht. Die Leitung hat sich abgesichert.«

Die Tatsache, dass Alex nichts von der vorigen Expedition erzählt hatte, war mir aufgestoßen, als ich sie auf einem Foto auf der Seawild-Webseite sah. Jetzt verstand ich das. Wer wollte schon an solch eine schwierige Phase erinnert werden? »Es ist mutig von ihr, überhaupt wieder herzukommen.«

Er nickte. »Man hat ihr eine zweite Chance gegeben, das ist also positiv. Vorher hat man sie eine Zeit lang im Regen stehen lassen. Aber sie ist eine ausgezeichnete Ökologin, und ich denke, sie will beweisen, dass sie nach vorn blicken, die Sache hinter sich lassen kann. Deshalb habe ich meine Teilnahme angeboten. Ich wollte ihr helfen, damit abzuschließen.« Es schien, als wäre Mike mit jedem gut Freund. Er lächelte grimmig. »Doch es lief nicht ganz nach Plan.«

»Sie ist ziemlich beeindruckend. Ist ruhig geblieben, hat eine schwierige Situation gut gehandhabt, hat den Vorfall gemeldet. Wir müssen einfach unsere Arbeit fortsetzen.«

»Vor allem weil die Polizei erst in drei Tagen herkommt. Es wird seltsam sein, einfach weiterzumachen, als wäre nichts passiert.«

Da hatte er recht. »Habt ihr das beim letzten Mal versucht? Weitermachen, als wäre alles normal?«

Sein Blick wurde leer. Geistesabwesend strich er mit einem Finger über die Steine und dachte zurück. »An der letzten Expedition war gar nichts normal. Von Anfang an nicht.«

Ich erstarrte, und an meinen Armen richteten sich die Härchen auf. Jetzt kamen wir der Sache näher. »In welcher Hinsicht?«

Er holte tief Luft, zog die Brauen zusammen, und kurz dachte ich, er würde mehr erzählen. Doch er schien sich im letzten Moment zu besinnen und bemerkte meine Neugier, sodass er dicht machte. »Ach, nur die üblichen Nörgeleien unter Kollegen.« Er grinste. »Mieses Essen, schlechte Ausrüstung.«

Er suchte weiter die Felsspalten ab. Ich war mir ziemlich sicher, dass es bei ihm mehr zu holen gab, aber ich musste mich locker geben, unbeschwert. Ich schaute auch in die Felsspalten und hatte Glück. »Wie findest du die?« Ich zog eine hübsche Kaurischnecke aus dem Wasser, so glatt wie polierter Granit, entlang der Öffnung gezahnt. Innen hatte sich schwarzer Sand abgelagert.

Mike freute sich lachend über die Schönheit. »Superstar«, sagte er.

Als wir im Lager ankamen, winkte Alex mich zu sich. »Leo will dich sprechen.«

Schon wieder? Während ich auf das Versorgungszelt zuhielt, blickte ich sie fragend an, doch sie ging nicht darauf ein. Drinnen hockte ich mich vor den Bildschirm, gespannt, was Leo von mir wollen könnte. Diesmal war er nicht im Seawild-Gebäude, sondern führte ein Videotelefonat mit dem Smartphone. Obwohl sein Gesicht den Bildschirm ausfüllte, hatte ich den Eindruck, dass rings um ihn viel Platz war, ein Raum mit hoher Decke und Lichtleisten und andere Leute. Vermutlich rief er aus dem Fast-Food-Restaurant eines Bahnhofs an, auf dem Heimweg vom Büro.

»Tess. Ich werde ein Dokument in unser Netzwerk stellen«, sagte er. »Und ich möchte, dass Sie einen Blick darauf werfen. Wir haben es eigens für Sie aufgesetzt. Ich weiß, das klingt ungewöhnlich, ist aber nicht so gemeint, das versichere ich Ihnen. Wir brauchen von Ihnen jedoch eine rasche Antwort.«

Ich atmete tief durch, um diese Überraschung zu begreifen. »Okay. Worum handelt es sich?«

»Wir brauchen nur Ihre Unterschrift am Ende jeder Seite. Sie klicken in das Kästchen, und ihr Name wird eingefügt. Ganz einfach.«

»Was unterschreibe ich da?«

»Eine Vereinbarung, wie Ihre Filmaufnahmen genutzt werden, mehr nicht.«

Durch meine Unterhaltung mit Mike ahnte ich, was kommen würde. Dass diese Vereinbarung jetzt besprochen wurde – spät am Abend und hastig arrangiert –, bedeutete sicher, dass man sie als Reaktion auf den Fund der Leiche verfasst hatte.

»Leo, bitten Sie mich gerade, eine Verschwiegenheitserklärung zu unterschreiben?«

Er lachte und machte eine beiläufige Geste. »Nicht ganz. Es ist so: Die Polizei kann mit der Ermittlung noch nicht beginnen und hat mich gebeten, dafür zu sorgen, dass alle Informationen vorerst zurückgehalten werden. Wenn die Ermittler auf der Insel sind, müssen sie ihre Beweise vorschriftsmäßig sammeln …« Er verdrehte lächelnd die Augen. »Wer weiß schon genau, wie die arbeiten? Das sind die Geheimnisse ausländischer Polizeidienststellen, nicht wahr? Aber aufgrund der Vereinbarung kann ich denen versichern, dass wir während der laufenden Ermittlung keine Aufnahmen und Informationen nach außen dringen lassen.«

Das klang für mich nach einer Verschwiegenheitserklärung. »Es tut mir leid.« Mir war bewusst, dass ich ihn darauf erst mal schweigend anstarrte. »Ich musste in der Vergangenheit bei solchen Dokumenten auf der Hut sein.«

»Ich verstehe.« Er lief jetzt und entfernte sich von den Bahnhofslautsprechern, aus denen eine verzerrte Durchsage auf Französisch zu hören war: *porte d'embarquement vingt-et-six.* Ich sah einen verschwommenen weißen Hintergrund und kurz die plüschigen Sitze der Reiselounge, die nahelegten, dass Leo in der Business Class pendelte. »Ich glaube gern, dass Sie schon vieles unterschrieben haben«, sagte er und setzte sich wieder hin. »Die Vereinbarung wird keine Auswirkungen auf den Film haben, das verspreche ich. Mit dem wird alles laufen wie geplant.«

Aber was wurde dann aus meinem Film, von dem Seawild nichts wusste? »Also bezieht sich die Vereinbarung auf den Zeitraum, bis die polizeiliche Ermittlung öffentlich wird?«, fragte ich auf der Suche nach einem Schlupfloch.

»So ist es.«

Das leuchtete ein. Mir würden nicht allzu lange die Hände

gebunden sein. Wenn ich weiter Film- und Tonmaterial sammelte und von der Insel schmuggelte, würde ich das zu Hause benutzen können. Eventuell. Ich atmete langsam ein und aus und zählte jeweils bis vier, ein alter Trick, den Gretchen mir beigebracht hatte, damit ich meine Angst unter Kontrolle bekam. »Okay. Ich werde mir das Dokument ansehen.«

»Großartig.« Er lächelte mich an. »Nicht vergessen, wir brauchen auch eine Unterschrift. Das geht ganz schnell. Könnten Sie Alex noch mal ans Gerät holen, bitte?«

Draußen winkte ich Alex herbei, und wir tauschten die Plätze. Ich öffnete mein Zelt und setzte mich in den Eingang, wobei ich die Zeltklappe über meine sonnenverbrannten Schultern legte. Ich zog mir die Wanderstiefel aus und rieb mir den Spann. Die Vereinbarung würde ich aufmerksam prüfen müssen, ob tatsächlich drinstand, was Leo gesagt hatte. Womöglich verpflichtete ich mich, ihnen das vorhandene Material auszuhändigen. Meine Aufnahmen von dem Toten könnten in einer Anwaltskanzlei in einer versiegelten Dokumentenbox landen und seine Geschichte in Schweigen untergehen.

Ich nahm mir vor, von den Aufnahmen sofort ein Backup zu machen. Denn falls unser Internet nicht stark genug war, um die Daten zu versenden, dann hätte ich sie wenigstens versteckt. Ich beeilte mich, schloss meinen Camcorder an und speicherte das Filmmaterial des Tages auf meiner externen SSD. Langsam füllte sich der Übertragungsbalken. Ich vergewisserte mich, dass sich die Daten auf der SSD befanden, und ging nach draußen, um beim Zubereiten des Abendessens zu helfen.

Leos Verschwiegenheitsvereinbarung wartete im Firmennetzwerk auf meine Unterschrift, aber ich wollte sie mir jetzt nicht durchlesen.

Wie so vieles andere, das ich scheute, schob ich es erst mal auf.

17

Als wir am Feuer saßen, leerten wir drei Dosen Ravioli in einen alten Kochtopf, rührten eine Flasche Tomatensoße hinein und packten Brot aus. Ich gab Salz, Pfeffer und getrocknete Kräuter hinzu und suchte aus unseren Vorräten vakuumverpackte Chorizo, Kräcker und Mineralwasser zusammen. Alex kam zurück, und wir verzehrten unsere Mahlzeit ernst und mit gesenktem Kopf beim Geklirr der Löffel und Blechschalen. Nach dem traurigen Tag hatten wir wenig Appetit.

Vinny war als Erster fertig und ging eine Flasche Wein holen. Ich half ihm, die Plastikbecher aufzureihen, und wir gossen jeden halb voll. Mike stellte die Mückenkerzen vom vorigen Abend auf. Die geometrische Form war verschwunden, und zwischen den eingesunkenen Rändern lag der Docht in einer runden Mulde. Das durchscheinende Wachs erinnerte mich an tote Haut. Er zündete sie nacheinander an und teilte sie aus, und wir rückten mit den Stühlen näher ans Feuer.

Der Himmel hatte das satte Blau des frühen Abends. Fledermäuse sausten vor dem Wald hin und her. Seevögel, selbst kurz vor dem Dunkelwerden noch in der Luft, zogen schläfrig ihre Kreise.

Alex hob ihren Becher. »Auf Steven.«

»Auf Steven«, sagten wir und tranken. Der Wein war süß und dunkel. Während des anschließenden Schweigens dachte ich an den Toten am Strand und musterte meine Kollegen. Alex saß mit gebeugtem Kopf da, die kurzen Haare mit einem Batikbandana aus dem Gesicht gehalten, Schweißperlen auf der Stirn. Sie drehte ihren Becher in den Händen, ihre lackierten Fingernägel waren abgesplittert und schmutzig. Neben ihr Mike in engen Chinos und dunklem Shirt. Wäre nicht der unstete Blick und das Unbehagen in seinem Gesicht gewesen, hätte er ausgesehen, als wäre er gerade aus einem klimatisierten Büro gekommen. Vinny dagegen war sichtlich erschüttert. Er hatte seinen Wein auf dem Ziegelsteinkreis am Feuer abgestellt und den Kopf auf die Hände gestützt. Ich sah seine Hände zittern, seine langen Haare hingen zerzaust über dem hochgeschlagenen Hemdkragen. Die Kerzen flackerten, und das Feuer knackte und spie Funken.

Wie beiläufig zog ich das Handy aus der Seitentasche meiner Shorts, öffnete Voice Memo, tippte auf Aufnahme und legte es mit dem Display an meinen Oberschenkel, sodass das Mikro nach außen zeigte. Niemand beachtete das.

»Ich habe überlegt, ob es vielleicht gut wäre, über all das zu reden«, sagte ich vorsichtig.

Alex blickte auf und sah die anderen an. »Sicher. Ja.« Sie atmete aus und zog die Brauen zusammen. »Vinny und ich haben Steven ganz gut gekannt.« Sie schaute, wie er reagierte, doch er ließ den Kopf gesenkt, und sie redete zögernd weiter. »Er hatte Prinzipien, im Gegensatz zu anderen.«

»Ich dachte immer, ihr Ökologen seid alle prinzipientreu«, sagte ich.

Alex zuckte die Achseln. »Für manche ist das nur ein Broterwerb. Nicht für Steven. Er kam zu uns von einem Projekt in Kenia, glaube ich, wo Plastikmüll aus dem Meer gefischt wurde.«

Darauf hob Vinny den Kopf. »In Mombasa. War eine jahrelange Arbeit.«

Wir versanken wieder in Schweigen. Jenseits unseres kleinen Lagers rauschten die Wipfel im Wind, und die Wellen schlugen unablässig an den Strand. Mike füllte unsere Becher auf, während ich die Stiefelspitzen gegen die Erde stieß und mich unauffällig vergewisserte, dass mein Handy noch richtig lag.

»Er hatte keine Verwandten.« Alex nippte an ihrem Wein. »Ich glaube, seine Eltern sind gestorben, als er in den Zwanzigern war. Seine Arbeit war sein Leben.« Wieder allgemeines Schweigen. Ich hatte mich gewundert, wieso niemand nach dem Verschollenen gesucht hatte, aber das erklärte es. Es gab keine trauernde Familie, die die Polizei drängte, Ergebnisse zu liefern.

»Er hatte dafür unglaubliche Kontakte bei jeder Menge afrikanischer Projekte.« Vinny fuhr sich mit dem Handrücken über den Mund. »Hat in Mali gearbeitet. Und danach in Tunesien.«

»Ein erfahrener Mann«, schloss ich.

»Und er ist dabei nicht zynisch geworden«, sagte Alex. »Hat immer weiter die Gewissenlosigkeit der Unternehmen angeprangert, immer weiter dagegen gekämpft.«

Vinny zog eine Braue hoch. »Kämpfen ist richtig«, sagte er, und Alex lachte.

Ich achtete darauf, mich nicht neugierig nach vorn zu neigen. »Er konnte eigensinnig sein?«

»Das war eine Stärke, wenn man sie in die richtigen Bahnen lenkte«, meinte Alex.

Vinny verdrehte die Augen. »Und wie oft passierte das?«

»Sei nachsichtig mit ihm, Vin.« Alex starrte betrübt in die Flammen, dann erklärte sie die Bemerkung. »Als er gerade zu uns gekommen war, freute er sich, weil er noch nie mit ausreichender Finanzierung gearbeitet hatte. Viele Projekte entfalten nicht die potenzielle Wirkung, weil ihnen das Geld ausgeht, und davon hatte er die Nase voll, wollte irgendwo mitarbeiten, wo das Budget stimmt. Bei Seawild war es so. Doch er konnte – wie soll ich sagen? – auch zu ambitioniert sein, das ist alles.« Alex trank einen Schluck, und über dem Becherrand sah ich, dass ihr Gesicht sich verfinsterte. Wahrscheinlich dachte sie daran zurück, was nach der letzten Expedition auf sie zugekommen war, die Untersuchung und die Kritik, die Zeit, als man sie laut Mike kaltgestellt hatte. *Zu ambitioniert* war eine interessante Wortwahl. Mir fiel der letzte Blogeintrag von Lukas Larsen ein. Dessen Wortwahl war typisch für ihn, eine hemmungslos formulierte Kritik, die Karrieren ruinieren konnte. Aber bei all seiner schäumenden Empörung hatte er ein paar denkwürdige Beschreibungen geliefert. *Unheimliche, wütende Atmosphäre* war eine davon. Und: *Das kann einen guten Ökologen schon stocksauer machen.* Darüber dachte ich nach. Beim vorigen Mal auf den Inseln war also jemand – Steven? Vinny? – schwer zu händeln gewesen? Vielleicht hatte Alex bei einem die Beherrschung verloren. Lukas hatte das Team in zwei schonungslosen Sätzen beschrieben: *Einer trinkt SEHR VIEL, der andere ist ein Fake. Einer wird einen Nervenzusammenbruch haben, bevor das Jahr um ist.* Wer war jeweils damit gemeint? Ich versuchte, den Beschreibungen Namen zuzuordnen, kam aber nicht über das Offensichtliche hinaus – Vinny war der Trinker.

Seltsam, dass noch keiner Lukas' Teilnahme erwähnt hatte. Er hatte Charakterzüge, mit denen er jede noch so eingespielte Harmonie stören konnte. Ich hatte keine Ahnung, wie lange er bei dem Projekt mitgearbeitet hatte, doch wie ich ihn kannte, dürfte er viel Raum für sich beansprucht haben. Eingedenk dessen kam mir das Schweigen meiner Kollegen wie Verschweigen vor.

Ich warf einen raschen Blick auf mein Handy. »Also wart ihr nur zu viert?«

»Nur wir vier«, antwortete Alex. Ich wartete ab und fragte mich, ob sie sich nur nicht an ihn erinnerten. Aber ich glaubte eher, dass sie logen.

»Ganz kurz war auch ein Videofilmer dabei«, sagte Mike schließlich. »Wisst ihr noch? Ein ziemliches Arschloch.«

»Ach ja«, sagte Alex geistesabwesend. »Ein Lukas Soundso. Den vergisst man schnell. Er kam kaum mal aus seinem Zimmer raus. Ihm ging's nicht gut. Und ich glaube, er fand die ganze Sache langweilig.« Sein Blog ließ auf etwas anderes schließen, doch niemand stellte Alex' Version infrage. An der Sache war also mehr dran. Doch mein Instinkt sagte mir, dass das nicht der richtige Moment war, um nachzuhaken.

»Anscheinend habt ihr gern mit Steven gearbeitet«, sagte ich. »Wie war es denn auf Deserta Grande?«

»Da ging es um die Sturmvögel«, sagte Vinny und wich damit der eigentlichen Frage aus. »Die nisten auf abgelegenen Inseln, bleiben auf dem Meer. Wir haben sie markiert und nach den Nistplätzen gesucht.«

Ich trank von meinem Wein und versuchte es noch einmal. »Und hat Steven die Arbeit gern gemacht? Sie klingt nicht so dramatisch wie die bei den afrikanischen Projekten – diese Müllbeseitigungen.« Es folgte ein kurzes Schweigen, bei dem ich meine Kollegen beobachtete. Selbst kleinste Regungen sprachen manchmal Bände.

»Er hat sie geliebt«, sagte Alex.

Das war ein Nachruf, der zu schön klang, um wahr zu sein. Vielleicht gab es hier etwas aufzudecken, den Grund der Spannung und des Konflikts. Ich fragte mich, ob es zu früh war, doch ich riskierte es. »Erinnert ihr euch noch gut an die Nacht, als er verschwand?«

Wir lauschten der Brandung.

»Nicht besonders.« Mike seufzte. »Wir haben jeden Abend Karten gespielt, zu viert, wisst ihr noch? Ich glaube, ich bin eher schlafen gegangen. Die anderen sind noch aufgeblieben und haben wie immer herumgezankt.« Er sah die anderen lächelnd an.

Interessant, dass niemand darauf einging. Als klar wurde, dass keiner den Faden aufgreifen wollte, hob ich meinen Becher, und die anderen prosteten mir zu.

»Ich brauche mal einen Moment für mich«, sagte Vinny, nachdem wir getrunken hatten. »Wie wär's, wenn ich den Transceiver einschalte? Wir sollten jetzt genug Ladung haben, falls jemand eine halbe Stunde ins Internet möchte.«

Die Runde löste sich auf, und ich blieb nachdenklich sitzen. Mikes Beitrag hatte recht harmlos geklungen. Es war die Reaktion der anderen, die meine Neugier anstachelte. Was hatte sich in der Nacht, als Clay verschwand, im Einzelnen abgespielt? Ich sah Vinny am Ufer entlanggehen. Der Sonnenuntergang leuchtete in rosa Streifen über dem Wasser. Er war es, den ich genauer befragen müsste, denn in seinem Benehmen lag eine nervöse Fragilität, die ich mir noch nicht erklären konnte. Nur so viel wusste ich: Sie hatten sich näher gestanden als Kollegen, und der Fund des Toten hatte ihn tief getroffen.

Ich sah zu, wie es dunkel wurde, und während ich versuchte, meine Gedanken zu ordnen, überkam mich eine Sehnsucht.

Mehr als alles andere wünschte ich mir, die Nacht in meinem bequemen, geschützten Zimmer in Funchal zu verbringen, unter Baumwolllaken zu schlafen und der Festivalmusik zu lauschen, die bis zu meinem Hostel heraufdrang.

18

In meinem Zelt fühlte ich mich plötzlich schutzlos, die Stoffwände waren nicht mehr als ein Sichtschutz. Das Hostel in Funchal strahlte dagegen robuste Stabilität aus. Doch wenn der Atlantik beschloss, hier draußen einen Sturm aufziehen zu lassen, konnte er meinen kleinen Raum in Fetzen reißen. Ich gab mich ziellosen Gedanken hin, und irgendwann kam mir die Bemerkung meines Taxifahrers in den Sinn: *Das ist kein Urlaub da draußen. Passen Sie gut auf sich auf.*

Ich hörte Vinny rufen, dass die Internetverbindung stand, und rief die Seawild-Webseite auf. Zu Hause, als ich sie mir ansah und überlegte, ob ich den Auftrag annehmen sollte, hatte ich hauptsächlich gelesen, was unter »Über uns« und »Projekte« stand, daher war ich grob informiert und scrollte noch einmal durch die Vorstandsmitglieder, einschließlich Leo, der lächelnd durch seine Statement-Brille guckte, schaute noch mal die »Projekte« durch, dann klickte ich auf »Blog« und scrollte durch die jüngsten Beiträge, die jeweils aus einem Foto und zwei, drei Abschnitten Text bestanden.

Bei den älteren fanden sich Projektankündigungen, Fotos von Vertragsunterzeichnungen in holzgetäfelten Vorstandszimmern und den üblichen Spendengalas. Fünf Seiten weiter stieß ich auf einen kurzen Bericht über die vorige Expedition auf den Ilhas Desertas. Darin wurde weder Steven Clay erwähnt noch irgendein tragischer Vorfall eingeräumt. Anscheinend hatte man dieses Projekt schnell ad acta gelegt. Ich fragte mich sogar, ob die vielen späteren Beiträge nur dazu dienten, es weiter aus dem Blickfeld zu rücken. Das weckte in mir eine üble Vermutung: War meine Beteiligung nur eine PR-Maßnahme? Sollte mein Film nur produziert werden, um die erste Seawild-Expedition auf ihrer neu zugewiesenen Inselkette in Vergessenheit geraten zu lassen?

Der Gedanke klang schon sehr nach Paranoia, doch ich dachte darüber nach und rief mir das Prozedere ins Gedächtnis, das mich hierhergeführt hatte. Das rasch organisierte Online-Vorstellungsgespräch bekam einen ganz neuen Anstrich, vor allem die Geschwindigkeit, mit der man sich für mich entschieden und dies bekanntgegeben hatte. Vielleicht war ich gar nicht beeindruckend gewesen – vielleicht fand man mich vor allem geeignet, um Gaslighting betreiben zu können. Der Gedanke war emotionale Folter, und ich schloss kurz die Augen, um ihn auszublenden, und lenkte meine Aufmerksamkeit auf den Artikel über die letzte Expedition. Ich sah mir die Fotos an, die Lukas Larsen aufgenommen hatte, vor allem das von Alex in ihrer typischen Aufmachung – Jeanslatzhose und hellrosa T-Shirt, blonde Haare unter einer Schirmmütze –, dann scrollte ich nach unten. Da war noch ein Foto, eins, das ich seinerzeit ignoriert hatte. Die drei Männer, die auf dem schwarzen Sandstrand nebeneinanderstanden, waren mir beim Scrollen in meinem Hostelzimmer nicht wichtig erschienen, aber jetzt in meinem Zelt gewann das Bild eine neue Bedeutung. Da ich meine Kollegen nun kannte, waren sie leicht zu erkennen. Mike trug das leuchtend gelbe Ölzeug, in dem ich ihn auf der *Auk* gesehen hatte. Neben ihm stand Vinny, der seit damals deutlich schlanker geworden war. Ich fragte mich, ob er für seine Hochzeit eine Diät gemacht hatte. Den dritten Mann kannte ich nicht. Er musste Steven Clay sein. Ich schaute ihn mir genau an. Als ich das Foto vergrößerte, wurde es umso unschärfer. Trotz der entfernten, undeutlichen Gesichter konnte ich Mike und Vinny gut erkennen. Clay dagegen blieb nichtssagend, ein Fremder ohne Gesicht.

Ich starrte auf die verschwommenen Züge und versuchte dennoch, etwas von seiner Persönlichkeit zu erfassen. Rotblonde Haare durchzogen vom ersten Grau, ein muskulöser Mann in den Vierzigern mit Brille und einem khakifarbenen Seawild-T-Shirt, Cargoshorts und Wanderstiefeln. Durch seine Körperhaltung, die zurückgenommenen Schultern, das erhobene Kinn und das breite Lächeln wirkte er selbstbewusst und zuversichtlich. Ein seltsamer Gedanke, dass er jetzt tot war, seine Leiche nur ein paar Hundert Meter entfernt in einer Bucht lag. Und dass er Vinnys Dienstausweis in der Tasche gehabt hatte.

»Ich schalte jetzt ab«, rief Vinny von draußen. Ich hörte ihn an der Feuerstelle vorbeigehen, so nah, dass ich seinen Zigarettenrauch riechen konnte. »Ich schalte ab, Leute.«

»Einen Moment noch«, rief ich. Ich war so vertieft gewesen, dass mir keine Zeit mehr blieb, die Tonaufnahme von Mike zu übertragen oder mein Filmmaterial von der Insel zu senden. Ich rief meinen E-Transfer-Provider auf und hängte eine Datei an, drückte auf Senden. »Warte kurz, Vinny, nur eine Minute.« Ich verfolgte, wie der Sendebalken am unteren Bildschirm entlangkroch. Zweimal stockte er und schien stehen zu bleiben. Bei fünfzehn Prozent gab ich auf.

Ich würde die Dateien stückeln müssen. Das bedeutete, ich würde mir den Film von vorhin noch mal ansehen und in sendefähige Abschnitte teilen müssen. Ich schloss die SSD an meinen Laptop an – die Miniaturansicht auf dem Kameramonitor ließ sich nicht verwenden, ein größerer Bildschirm war unabdingbar – und nahm mir einen Moment Zeit, um den Film abzuspielen.

Jeder, der schon mal einen Sonnenuntergang mit dem Smartphone fotografiert hat, weiß, dass es eine Dämmerungsphase gibt, in der das Auge Farben sieht, die die Kamera nicht einfängt. Aber oft verhält es sich auch andersherum, und die Kamera sieht mehr als das Auge. Meine Filmaufnahme von Clays Leiche im Gebüsch der Bucht war ein Beispiel dafür. Als ich sie mir an diesem Abend ansah, staunte ich über die Details, die mir zunächst entgangen waren. Das Meer hatte den im Spülsaum liegen gebliebenen Plastikmüll wieder weggeschwemmt, aber in den Profilrillen der Stiefelsohlen des Toten steckte festgebackener Sand. Ich hielt den Film an und betrachtete sie. Wie war der Sand in die Rillen gelangt? War Clay lebendig in der Bucht angekommen und durch den Sand gelaufen? Oder hatte sich der Sand erst nach seinem Tod in den Rillen abgesetzt? Ich spulte zurück und sah mir den Strand genau an. Es erschien unwahrscheinlich, dass jemand Clay aus dem Wasser gezogen hatte, doch als ich mich überwand und die Nahaufnahmen der Leiche studierte, fiel mir noch etwas auf, das ich übersehen hatte.

Die Kleidung des Toten saß locker, wirkte unförmig und spannte über den Schultern.

Der Sog des ablaufenden Wassers könnte das bewirkt haben, sagte ich mir, aber auch zwei kräftige Hände, die an dem Stoff zogen. Dann waren da noch Pflanzen ringsherum, ein Gewirr kräftiger Ranken, die sich teils durch den Stoff gebohrt hatten. Ließe sich dadurch ermitteln, wie lange er schon dort lag? Vielleicht hatte er sich ins Gebüsch gezwängt, um sich zu verstecken.

Ich schaute weiter, und dann blitzte etwas im Sonnenlicht auf.

Ich hielt den Film an, spulte zurück. Was hatte da gerade geblinkt? Ich spulte Bild für Bild vorwärts. Der Reißverschluss des Hoodies vielleicht? Oder die Gürtelschnalle? Ich stoppte.

Da sah ich es wieder, und es war etwas ganz anderes. Es kam von einer Stelle oberhalb des Gürtels. Etwas blinkte in dem Hohlraum unter den Rippen.

Vielleicht wurde ich allmählich verrückt, aber das sah sehr danach aus, als läge in der Leiche etwas aus Metall.

Ich legte den Laptop beiseite, kroch zu meiner Zeltklappe und begutachtete den Abendhimmel. Mithilfe einer Taschenlampe könnte ich es vor der Dunkelheit zu der Bucht und wieder zurück schaffen.

Alex und Vinny unterhielten sich gerade. Ich überlegte, dass meine Kamera einen guten Vorwand lieferte, und so holte ich sie und verließ das Zelt. Alex hatte den Laptop im Versorgungszelt eingeschaltet, saß im Schneidersitz mit dem Rücken zur offenen Zeltklappe und machte den Eindruck, als würde sie auch gleich Feierabend machen. Vinny lud sein Handy an der Powerbox auf.

»Hey«, rief ich. »Ich gehe ein Stück den Pfad entlang und mache ein paar Aufnahmen vom Sonnenuntergang auf dem Wasser.«

Alex drehte sich alarmiert um. »Kannst du bitte vorsichtig sein?«

»Aber klar.«

»Wir müssen in Strandnähe bleiben«, sagte sie. »Die Wege am Hang und weiter oben können selbst bei hellem Sonnenschein gefährlich sein. Geh nicht den Berg hinauf. Und bleib nicht lange weg, okay? Such Mike und nimm ihn mit.«

Ich nickte, ignorierte aber ihre Anweisung und lief allein los. Ich nahm den Pfad, der am Wald entlangführte. Wie streng sie auf unsere Sicherheit bedacht war, fand ich gestern nur eigentümlich. Doch seit dem Leichenfund und meinem Telefongespräch mit Leo kam sie mir leicht neurotisch vor. Wie war es wohl, ein Team durch eine tragische Begebenheit zu führen und dann zu erleben, dass sie einen ein zweites Mal heimsucht? Vielleicht glaubte sie schon, es läge ein Fluch auf den Inseln. Ich fragte mich, ob sie es schaffen würde, sich zusammenzureißen, und warum sie überhaupt noch mal an einer Expedition auf diese Inseln teilnahm. Lukas hatte geschrieben, einer sei ein Trinker, der andere ein Fake, und der Dritte würde innerhalb eines Jahres einen Nervenzusammenbruch erleiden. Es würde mich nicht überraschen, wenn er damit Alex gemeint hatte. Tatsächlich wäre es völlig verständlich, wenn sie sich geweigert hätte, noch mal eine der Inseln zu betreten. Ich glaubte nicht, dass sie sich von ihrem Arbeitgeber zu etwas zwingen ließe. Das brachte mich wieder auf den Seawild-Blog, und erneut dachte ich über die Möglichkeit nach, dass man diese Expedition organisiert hatte, um die vorige aus dem öffentlichen Bewusstsein zu löschen. Wenn dem so war, hatten sie das Gegenteil erreicht. Und wenn Seawild auch die zweite Expedition unter den Teppich kehrte, dann würde mein Film – wie schon der von Lukas Larsen – vielleicht gar nicht veröffentlicht werden.

Ein weiterer Grund, an der Clay-Geschichte dranzubleiben.

Das Gelände am Hang war schon bei Tageslicht eine Herausforderung, in der Dämmerung war es so unwegsam, dass ich überlegte, meinen Plan aufzugeben. Das harte Laub im Unterholz zerkratzte mir die Beine. Ich überlegte, ob ich die Shorts gegen eine Jeans tauschen sollte, kehrte fast um, ging dann aber weiter und nahm die Kratzer in Kauf. Ein Schwarm Mücken folgte mir, tanzende Flecken im Taschenlampenschein. Die von unten beleuchteten Baumkronen warfen Schatten mit Tarnmuster. Ich orientierte mich am Brandungsrauschen und war skeptisch, ob ich zu der Bucht hinuntersteigen und unverletzt unten ankommen würde. Zum Glück bekam der Pfad noch stellenweise Tageslicht ab, und meine Taschenlampe erwies sich auch als nützlich. Der Abstieg war dann nicht so tückisch wie befürchtet. Ich hängte mir die Kameratasche über die Schultern und überwand die Stufen in der Hocke. Das Wasser leuchtete unter einem königsblauen Himmel, der von einem atemberaubenden Orangerot durchzogen war. Die Felsen waren noch warm von der Sonne, und der Wind wehte Sandschleier auf.

Unten am Wasser kam mir die Bucht traurig und vergessen vor, wie ein zugemülltes Loch. Während ich durch den Sand stapfte, beschien meine Taschenlampe die Plastikabfälle so blass wie der Mond. Krabben flitzten vor meinen Füßen davon.

Ich schaute den Hang hinauf, vergewisserte mich, dass ich allein war, und ging ein drittes Mal zu der Leiche.

19

In dem düsteren Licht wirkte der tote Mann wie das einsamste Wesen der Welt.

Bei seinem Anblick hatte ich gegen Hoffnungslosigkeit zu kämpfen. Schließlich war das jedermanns Schicksal: einsame Knochen. Allerdings wäre ich lieber Wurmfutter mit Meerblick, als in einer Grube auf dem Friedhof zu verwesen. Ich beugte mich herab und leuchtete mit der Taschenlampe über seine Rippen. Was hatte ich vorhin da gesehen? Ein Rippengewölbe voller Schatten über dem verhärteten Grau im Innern. Salz und Algen erzeugten die dominanten Gerüche. Der Verwesungsgeruch, der einmal die Luft verpestet haben mochte, war längst verschwunden.

Da war es, das schimmernde Ding in der Körperhöhle.

Ein Gefühl regte sich und kribbelte. Ein alter Freund, der viele Jahre geschlummert hatte, erwachte in mir. Es fühlte sich an wie ein beginnendes Fieber, dasselbe, das mich damals durch die Produktion von *Spill* getrieben hatte, eine brennende Unruhe, die mich mit obsessiver Konzentration erfüllte, mir den Schlaf raubte. Ich musste vorsichtig sein. Wenn ich nicht wachsam blieb, würde mich die Obsession wieder packen. Ich wusste, was das bedeutete.

Ich beugte mich darüber. Es war möglich, unter das Brustbein zu greifen und das Ding aus dem luftgetrockneten Innern hervorzuholen. Meine Hand zögerte.

Ich konnte den Gegenstand jetzt erkennen und wollte ihn haben.

Ich holte tief Luft, hielt den Atem an, griff hastig hinein und klaubte ihn heraus.

Die Fäuste auf die Knie gestützt, die Beute in der Hand, versuchte ich mich zu beruhigen. Es dauerte ein paar Augenblicke, bis ich wieder gefasst war, dann öffnete ich die Faust und schaute. Es war ein Schlüssel. Seiner Machart nach zu urteilen war er älter als der Mann, in dem er gelegen hatte, ein kleiner Schlüssel mit zylindrischem Halm, der sichtbar hohl war, und einem altmodischen Bart am Ende.

Das Meer atmete Steine ein und hauchte sie auf dem Strand unter meinen Stiefeln aus. Meine Füße waren wieder nass, aber ich achtete kaum darauf. Ich schwang die Tasche von der Schulter und nahm die Kamera heraus, weil ich noch nicht ganz glauben konnte, was ich sah.

Clay hatte vor seinem Tod einen Schlüssel geschluckt.

Prasselnde Kieselsteine unterbrachen mich beim Filmen. Ich spähte zu dem Pfad hoch und bekam eine Gänsehaut, meine Sinne waren geschärft. Da oben bewegte sich etwas.

»Tess!«

Die Stimme klang wie Mikes, doch ich hatte Mühe, in dem Dämmer seine Position auszumachen. Er rief noch einmal, und ich entdeckte ihn, eine dunkle Gestalt in den Schatten des Abends. Kurz fragte ich mich, wie lange er schon dort gestanden hatte.

Er hob die Arme über den Kopf und rief erneut. »Tess!«

Ich winkte zurück. »Warte da.« Ich packte die Kamera ein. »Ich komme zu dir hoch.«

Zusammen stiegen wir den Hang hinauf, und die Anstrengung bewahrte mich vorerst vor einer Diskussion. Der Schlüssel brannte mir fast ein Loch in die Hosentasche, unmöglich zu ignorieren. Sobald wir zu Atem gekommen waren und uns im Abendwind abgekühlt hatten, fing Mike an zu reden. »Alex sagte, du wärst unterwegs, um den Sonnenuntergang zu filmen, und ich hätte dich begleiten sollen.«

»Tut mir leid«, erwiderte ich improvisierend und drehte mich weg, um übers Wasser zu schauen. »Die Aussicht von hier oben war atemberaubend, ich konnte nicht warten. Du hättest sie vor einer halben Stunde sehen sollen.«

»Ja, hör zu. Sie ist nicht glücklich darüber. Du verstehst doch, wieso, oder? Nach allem, was vor zwei Jahren passiert ist, will sie nicht noch so einen tragischen Vorfall.«

»Das verstehe ich.«

»Warum warst du dann da unten bei Steven? Es würde sie verrückt machen, wenn sie das wüsste.«

»Ich war nur auf Erkundungstour.«

Er verzog das Gesicht. »Komm schon. Wir müssen uns von dieser Bucht fernhalten, das weißt du doch. Alex hatte es schon bei der letzten Expedition schwer genug mit uns. Sie muss das nicht noch mal erleben.«

Ich horchte auf, schaffte es aber, unverfänglich weiter zu lächeln, und wählte meine Worte mit Bedacht. »Sie hatte letztes Mal ein Team von Einzelgängern, hm?«

Er seufzte. »So ähnlich. Der Videofilmer tat nur, was ihm passte. Vinny ist nicht immer leicht zu handeln. Und Steven …«

Mir fiel etwas ein, was Alex am Lagerfeuer gesagt hatte, etwas über Clays Energie und Ehrgeiz, die eine Stärke gewesen seien, wenn man sie in die richtigen Bahnen lenkte. »Er hatte seine Prinzipien«, begann ich versuchsweise. »Ich schätze, es machte ihn wütend, wenn er ringsherum die Gier der Leute sah.«

»Das auch. Aber die Sache war die, dass er Vorgesetzte nicht mochte. Er hatte sich daran gewöhnt, kleine Projekte selbst zu leiten, aber Seawild ist eine ganz andere Liga. Bei großen Budgets muss man Rechenschaft ablegen. Und Steven misstraute jedem, der ihn in die Verantwortung nahm. Alex musste ihn zur Rede stellen …« Mike stockte und schwenkte seine Taschenlampe.

»Ihn zur Rede stellen?«

»Na ja, sie haben sich zerstritten.« Wegen der Dunkelheit war sein Gesichtsausdruck schwer zu erkennen, aber ich hörte ihn seufzen. »Das muss an dem Abend gewesen sein, bevor er verschwand. Alex redete die meiste Zeit. Sie stritten so laut, es war unmöglich zu überhören, selbst in meinem Zimmer.«

Das war wichtig. Ich überlegte, zum Handy zu greifen und das Weitere aufzunehmen, frustriert, weil ich das nicht längst getan hatte. »Irgendeine Idee, worüber sie gestritten haben?«

Wir gelangten auf den Pfad, der zum anderen Ufer hinabführte. Mike ging voran, sein Lichtkegel schien auf grau-grünes Unterholz, das verzerrte Schatten warf. »Ich weiß es nicht mehr«, sagte er. »Am Tag danach war sie jedenfalls aufgewühlt. Und deshalb müssen wir uns jetzt an die Anweisungen halten, okay? Ich sage das Alex zuliebe. Sie hat es schwer genug, wir sollten ihr nicht noch zusätzliche Steine in den Weg legen.«

»Verstehe. Ich werde mich entschuldigen.«

»Gut. Danke, Tess.« Er drehte sich nach mir um und ging langsamer. Seine Neugier war geweckt. »Und hast du da unten etwas Interessantes entdeckt?«

Wenn ich darauf hastig antwortete, würde das auf ein schlechtes Gewissen hindeuten. Ich holte Luft. »Nicht viel. Ich habe mir den ganzen angeschwemmten Müll angesehen und über die Strömungen nachgedacht.« Wenigstens konnte er nicht sehen, dass ich zusammenzuckte, weil sich das so lahm anhörte.

In dem anschließenden Schweigen dachte ich an meinen

Fund. Warum sollte jemand einen Schlüssel schlucken? Das war eine unbequeme oder sogar unangenehme Art, etwas zu verstecken. Ich schlug nach den Mücken und betrachtete ihn im Mondlicht. Ich stellte mir vor, so ein Ding hinunterzuwürgen, das Gefühl, wie es den Rachen entlangschabt und schmerzhaft die Speiseröhre hinunterrutscht. Das tat man sicher nur als letzten Ausweg. Was wiederum auf Verzweiflung und Hast hindeutete. Das erinnerte mich an Häftlinge, die bei Ganzkörperdurchsuchungen Gegenstände versteckten, was aber hier nicht der Fall sein konnte. Vielleicht würde ein Schmuggler aus ähnlichen Gründen etwas verschlucken. Warum Clay es auch getan hatte, ein Schlüssel in seinem Magen ließ nichts Gutes ahnen. Konnte das etwas mit seinem Streit mit Alex zu tun haben? Trotz der späten Stunde strömte neue Energie durch meine Muskeln. Ein verschluckter Schlüssel. Jetzt gab es keine Diskussion mehr, ich war im Besitz einer Story mit genügend Sprengkraft, um das Fieber in die Höhe zu treiben.

Wir stiegen den Abhang zu unserem Strand hinunter. Das Gestrüpp zerkratzte uns die Knöchel, und Mikes Lichtkegel schwenkte hin und her, wenn er ins Rutschen geriet. Voraus konnte ich Alex und Vinny zusammen am Feuer sehen, mit gesenktem Kopf und nachdenklich oder erschöpft. Ich fragte mich, was zwischen ihnen vorgefallen war, solange wir weg waren. Vielleicht hatten sie sentimentale Erinnerungen an ihren toten Kollegen ausgetauscht. Oder die beiden verband ein gemeinsames Schuldgefühl oder sie hatten einander beißende Vorwürfe gemacht, während sie Ereignisse Revue passieren ließen, über die sie vor uns bisher geschwiegen hatten.

Alex würde meinetwegen sauer sein, so viel war sicher. Ich ließ mich auf einen Stuhl sinken, froh, die Wärme des Feuers an den nackten Knien zu spüren.

Mike setzte sich neben mich, griff nach der Flasche und

neigte sie prüfend. »Ich hab sie gefunden«, sagte er beim Eingießen. Er warf mir einen Blick zu. »Hat da oben den Sonnenuntergang aufgenommen.«

Dass er mich deckte, überraschte mich, und ich war erleichtert. »Es tut mir leid, Alex«, sagte ich. »Ich weiß, du wolltest, dass ich Mike mitnehme.«

Alex nahm die Brille ab und kniff sich in die Nasenwurzel. Ihr Blick wirkte düster und müde. »Die Wege sind gefährlich. Ich darf nicht noch mal jemanden aus meinem Team verlieren.«

»Es kam auf jede Minute an.« Ich strich mir über die Stirn. Plötzlich fühlte ich mich genauso erschöpft wie die anderen. »Die Farben waren spektakulär. Ich musste da rauf. Ich war vorsichtig.« Ich konnte mich nicht beherrschen und sah flüchtig zu Mike. Er deckte mich Alex zuliebe. Je weniger sie über meinen Abstecher wusste, desto weniger musste sie sich sorgen.

»Unsere Versicherungsvereinbarungen sind kompliziert und teuer«, sagte sie. »Hört mir zu, Leute, ich möchte kurz etwas klarstellen. Wir sind bei den meisten Aktivitäten auf der Insel versichert, solange wir uns professionell und vorsichtig verhalten.« Sie schaute, ob wir uns alle auf sie konzentrierten, dann redete sie weiter. »Tess wird morgen zum Leuchtturm laufen, aber das wird das einzige Mal sein, dass wir die Bergpfade benutzen. Sie hat jetzt ihre Sonnenuntergangsaufnahmen, es gibt also keinen Grund mehr für weitere Erkundungen, schon gar nicht bei schwachem Licht. Wir bleiben alle am Ufer. Ist das klar?«

Wir nickten.

»Gut.« Alex klang wieder müde. »Der Tag heute war ein Schock, und ich bin müde. Wir sollten einfach versuchen …« Sie zögerte, dann klang sie umso entschlossener. »Ich denke, wir machen einfach weiter. Es gibt hier eine Aufgabe zu erledigen, und die müssen wir anpacken. Von jetzt an lassen wir für die Polizei alles so, wie wir es vorgefunden haben.«

Vinny nickte. Alex sah Mike an, bis er zustimmte. Dann richtete sie den Blick auf mich. »Sind wir uns einig?«

»Natürlich«, sagte ich.

Sie nickte noch einmal energisch. »Dann kommt. Wir sollten jetzt alle versuchen zu schlafen.«

Ich sah ihr nach, als sie zu ihrem Zelt ging, dann half ich Mike, das niedergebrannte Feuer zu löschen. »Danke«, sagte ich. »Ich weiß es zu schätzen, dass du mich eben nicht verraten hast.«

Er schob mit einem verbrannten Stock das restliche Holz auseinander, harkte die Glut, damit sie schneller abkühlte. »Nur um Alex nicht zu belasten.« Er beugte sich zu mir und machte ein ernstes Gesicht. »Hör zu, ich werde das nicht noch mal tun, okay? Du solltest jeglichen Ärger vermeiden.«

20

Ich ging in mein Zelt und zog den Reißverschluss hinter mir zu. Eine Weile horchte ich auf leise Stimmen und Bewegungsgeräusche. Jemand wusch sich am Wassereimer, jemand putzte sich die Zähne. Ein Stück entfernt rollten die Wellen an den Strand.

Ich band mir die Stiefel auf und rieb mir das Kreuz. Es gab eine Menge zu verarbeiten. Clays Leiche, Vinnys Ausweiskarte, die bevorstehende Ankunft der Polizei, der verschluckte Schlüssel – all das kreiste und verflocht sich in meinen Gedanken und löste neue Überlegungen aus, bis ein Kaleidoskop von Bildern und Ideen um meine Aufmerksamkeit konkurrierte. Vermutlich würde ich nicht so bald einschlafen. Ich lag auf meiner Matte, die Hände unter dem Kopf verschränkt, die Hitze des Tages noch im Leib, und versuchte, die Fäden der Story zu entwirren. Als ich damals für *Spill* filmte, waren die Spuren auch komplex, und oft war schwer zu entscheiden, was Priorität hatte. Gretchen, die es gewohnt war, an mehreren Storys gleichzeitig zu arbeiten, war äußerst hilfreich, wenn ich Mühe hatte, den nächsten Schritt zu bestimmen.

Ich fragte mich, wie sie mit dieser Sache umgehen würde, und dachte zurück an Kalifornien, an unsere gemeinsamen Tage vor zehn Jahren, als wir den Highway im Kern County entlangfuhren.

Gretchen bearbeitete auf dem Beifahrersitz am Laptop Filmmaterial, während ich fuhr.

Ich hatte nicht von ihr erwartet, dass sie sich allein auf die Arbeit an *Spill* konzentrierte – schließlich war sie eine berühmte Dokumentarfilmerin –, doch ich hätte mich auch nicht an dritter Stelle hinter zwei anderen Projekten gesehen. So war es während der gesamten Reise. Der Film über die Unruhen im vergangenen Jahr war zwar schon fertig, doch jetzt galt es, den Telefonabhörskandal zu untersuchen. Wir wussten es zu dem Zeitpunkt noch nicht, aber eine große überregionale Zeitung stand kurz davor, ihr Ansehen zu verlieren, und in ein paar Monaten würde ihre letzte Ausgabe erscheinen. Das Projekt befand sich in einer heiklen Phase, aber Gretchen durfte mir nichts Genaues darüber sagen, obwohl es einen Großteil ihrer Zeit und Aufmerksamkeit in Anspruch nahm. Deswegen und weil wir noch geschockt waren über Leland Redferns offenbar gewaltsamen Tod, herrschte zwischen uns oft langes Schweigen.

Wir hatten den Schrecken von Dustin Acres hinter uns und fuhren auf McKittrick zu, als ich zum ersten Mal Erdölpumpen sah.

Wir hatten den Südrand der Midway-Sunset-Ölfelder erreicht, Land von Chase Industries. Das war nur ein kleiner Teil des Betriebs, den wir untersuchen wollten, und da waren sie, ein Dutzend Pumpjacks, die Maschinen, die das Erdöl aus dem Boden förderten, sicher hinter einem Maschendrahtzaun im Schein der Nachmittagssonne. Gretchen saß nun am Steuer, also ließ ich das Beifahrerfenster herunter, um zu filmen. Schließlich beschwerte sie sich über die Hitze und den Staub, und daher legte ich die Kamera in den Schoß und begnügte mich damit, die Maschinen durch die Scheibe zu betrachten. Ich fand, sie ähnelten einer betenden Gemeinde, die sich in einem fort niederbeugte und aufrichtete.

Da wir den Rand des Ölfelds erreicht hatten, waren wir höchstens noch eine Stunde von der Pilotanlage zur Kohlenstoffabscheidung entfernt. Auf der Chase-Webseite wurde das Projekt als umweltfreundlich angepriesen, und die Baupläne deuteten darauf hin, dass nur ein paar Kilometer entfernt drei große Anlagen zur Kohlenstoffabscheidung in Bau sein sollten. Ich war mir ziemlich sicher, dass das nur leere Versprechungen waren, und wollte es beweisen. Die Aussicht darauf jagte mir einen Schauder durch den Leib.

»Wow.« Gretchen fuhr langsamer. »Sieh dir das an.«

Ihr Blick war auf die andere Straßenseite gerichtet, wo eine Lücke im Zaun als Treffpunkt diente. Drei schwarze, von Wüstenstaub überzogene SUVs parkten dort. Sie hatten große schmutzverkrustete Reifen und schmutzige Kühlergrills. Einige Männer in Security-Klamotten standen am Heck der Fahrzeuge zusammen, in unmittelbarer Nähe eines Wachhäuschens, das als Kontrollpunkt diente. Ich bemerkte auch die vielen Rohre, die innerhalb des Zauns an der Straße entlang verliefen.

Gretchen bremste weiter ab. »Nur ganz kurz«, sagte sie. »Leg die Kamera unter deinen Sitz. Und wenn sie etwas sagen, sei nett, okay?«

Entsetzt kapierte ich, dass sie anhalten wollte. Hastig schob ich die Kamera außer Sicht. Gretchen ließ das Fenster herunter, während sie vor den SUVs an den Straßenrand fuhr. »Hallo, Jungs!«

Alle blickten auf. Ich zählte sieben. Kein einziger lächelte. Der Mann, der am nächsten an der Straße stand, schaute fragend zu seinen Kollegen, dann trat er als ihr Sprecher auf und kam zwischen den schwarzen Trucks zu uns. Hohe Schnürstiefel mit Profilsohlen, schwarze Cargohosen, eine schwarze Weste über einem schmuddeligen T-Shirt und – mich durchfuhr ein Schreck bei dem Anblick – eine Maschinenpistole vor der Brust.

»Ladys«, sagte er. Seine lateinamerikanische Abstammung

war ihm anzuhören. Die Schweißperlen auf seiner Stirn wischte er mit dem Unterarm weg. »Was kann ich für euch tun?«

»Wir haben uns wohl ein bisschen verirrt«, sagte Gretchen. »Wollen nach McKittrick. Sind wir hier richtig?«

Inzwischen war das Örtchen so nah, dass der Täuschungsversuch fadenscheinig war. Der Mann fand das offenbar auch. Er beugte sich ein wenig herab und nahm uns beide in Augenschein, kaute dabei seinen Kaugummi, bis er zufrieden feststellte, dass sein Schweigen genügend Unbehagen erzeugt hatte. Ich krümmte mich innerlich, und meine Alarmglocken schrillten. »Ihr seid nicht von hier«, bemerkte er.

Seine Augen wirkten auf mich sehr leer. Ich versuchte, höflich zu lächeln. Gretchen sagte: »Aus Großbritannien. Machen eine Autotour.«

»Tatsächlich.« Er drehte den Kopf zu seinen schwarz gekleideten Freunden, die uns beobachteten. In dem Moment konnte ich sein Gesicht nicht sehen, aber ich sah den Gesichtsausdruck seiner Kollegen. Ihr wölfisches Grinsen unterschied sich sicher nicht von seinem. »Ihr seid auf der falschen Route.«

Selbst Gretchen war verblüfft. »Die führt nicht nach McKittrick? Ich hätte schwören können …«

»McKittrick ist gleich da vorn. Wie ihr sicher wisst.« Er leckte sich über die Lippen. »Ihr seid auf der falschen Route für eine Autotour. Die Touristen nehmen alle die 101 nach Salinas. Oder die Küstenstraße. Da ist es schön.« Er dehnte das Wort, bis es sich ins Gegenteil verkehrte. »Sehr schön. Hier dagegen nicht. Hier haben wir nur Staub und Öl. Die Damen sind auf der falschen Route.« Er drehte sich zu seinen Compadres um und sagte lachend: »Die sind hier doch falsch, oder?«

Die anderen lachten auch. Einer spuckte im hohen Bogen dunklen Speichel aus. »Absolut falsch«, bekräftigte ein anderer.

Ich bemerkte, dass ich den Kopf einzog, und lümmelte

mich tiefer in den Sitz, um lässig zu erscheinen. Gretchen dagegen hielt den Blick des Sprechers fest und neigte ein wenig den Kopf zur Seite, beide Hände am Lenkrad. Sie hatte mir jahrelange Erfahrung voraus und setzte sie ein. Gesegnet mit einem Selbstvertrauen, das wie eine Rüstung wirkt, sagte sie: »Kein Grund, deswegen arschig zu werden.«

Damit preschte sie vom Straßenrand weg, und die Reifen schleuderten zischend den Staub auf.

»Herrgott«, sagte ich, als sie weiter beschleunigte. »Bist du irre?«

Gretchen behielt den Rückspiegel im Auge. Ihre Lippen waren zusammengekniffen zu einer geraden Linie. Ich beugte mich vor, um im Seitenspiegel zu sehen, wie der Mann reagierte. Er schaute uns nach und schritt dabei über den Betonbelag zur Straßenmitte, wo er sich breitbeinig aufbaute. Sobald sich der Staub gelegt hatte, hob er seine Waffe und legte den Kolben an die Schulter.

Ich keuchte ein Schimpfwort, als er seine Mütze anhob, den Kopf neigte und den Sucher an sein linkes Auge drückte.

In dem Moment versagten meine Reflexe. Ich war völlig blockiert, konnte die Arme nicht schützend um den Kopf legen, nicht mal mich auf dem Sitz zusammenkrümmen. Stattdessen verfolgte ich in tödlicher Erstarrung, wie der Mann den Finger am Abzug krümmte.

Dann hob er den Lauf – eben noch gespannt, wurde er plötzlich locker – und schoss in die Luft. Ich zuckte so heftig zusammen, dass mir Tränen in die Augen sprangen.

Gretchen neigte sich erschrocken zum Lenkrad und sah plötzlich erschöpft aus, während der Schuss in der Weite der Wüste verhallte. »Mein Gott«, sagte sie.

Ich wischte mir die Augen und sah in den Seitenspiegel. Der Mann stand noch mit erhobener Waffe in der Straßenmitte und beobachtete uns durch den Sucher, bis wir zu einem Punkt geschrumpft waren. Schwer geschockt schwiegen wir eine Weile. Ich dachte über Leland Redferns Herzinfarkt nach, stellte mir vor, wie er in sein Auto zurückwich, die Türen verriegelte und nach dem Zündschlüssel tastete. Wie ein bewaffneter Mann in schwarzem Kampfanzug mit dem Kolben seiner geladenen Waffe an die verriegelte Fahrertür schlug. Den Schrecken. Die schmerzende Enge in der Brust.

Schließlich bekam ich ein paar schartige Worte heraus. »Bewachen die Typen etwa die Ölfelder von Chase?«

Gretchen schaute auf die Straße und antwortete nicht.

Zehn Minuten später erreichten wir den Ortsrand.

Sie bog auf den Parkplatz des Motels ein und nahm die Hände vom Lenkrad. »Alles okay, Tess.« Sie hatte Zeit gehabt zum Nachdenken, und ihr Selbstvertrauen kehrte zurück. »Die Typen sind bloß Fassade.« Ich wollte etwas einwerfen, wartete damit aber, weil sie den Zeigefinger hob, hörig dem überzeugenden Selbstvertrauen. »Was da gerade passiert ist, verrät uns was«, sagte sie. »Die mögen gut ausgerüstet sein, aber sie sind auch leicht zu provozieren. Und das heißt, sie sind undiszipliniert. Sie verhalten sich nachlässig. Sie werden morgen früh noch im Bett liegen, wenn wir filmen. Verlass dich drauf, okay?«

Ich nickte und holte die Kamera unter dem Sitz hervor. Wir stiegen aus. Vor Erleichterung hatte ich weiche Knie und musste mich an den Wagen lehnen, während wir den Kofferraum ausluden. Ich schaute immer wieder den Highway hinunter und fragte mich, ob uns die Falsche-Route-Typen folgen würden, bis Gretchen vor meinem Gesicht mit den Fingern schnippte.

»Na komm, Tess. Es ist vorbei.«

Unser Motel war ein langer flacher Bau mit Blechdachveranda. Die vier Palmettopalmen hatten anfangs sicher Schatten gespendet, waren jetzt aber viel zu hoch gewachsen, als dass ihre zerzausten Kronen dem Gebäude etwas brachten. Ich sehnte mich nach Komfort und Sicherheit, wünschte mir, der Exponiertheit in der weiten Ebene und der schwelenden Gefahr aufgrund des Vorfalls am Ölfeld zu entkommen, und schaute die Straße entlang in den Ort hinein, weil ich hoffte, dort Leute zu sehen. An der nächsten Kreuzung gab es einen Minimarkt, auf dem Parkplatz davor ein Schild, das Autofahrer ansprach: *Abbremsen und Leben retten.* Weiter hinten neben einer Blechscheune, die in der Sonne rostete, döste ein Abschleppwagen mit platten Reifen vor sich hin.

Der hartnäckige Impuls abzuhauen wummerte in mir wie eine Basstrommel.

Später am Abend in unserem Doppelzimmer arbeitete Gretchen an einem anderen Projekt, während ich den Highway vom Fenster aus beobachtete. Nur eine Übernachtung, sagte ich mir immer wieder. Wir würden früh aufstehen und bei Tagesanbruch filmen, bevor die Wachleute sich aus ihren Betten stemmten, und innerhalb von vierundzwanzig Stunden würden wir im Flugzeug nach Gatwick sitzen.

Doch so einfach wurde es nicht.

21

Ich war wohl eingedöst, denn plötzlich wurde ich wach. Steif drehte ich mich auf die Seite, fast vollständig bekleidet, mit voller Blase, pelzigen Zähnen und schweißfeuchter Haut.

Benommen setzte ich mich auf, zog den Reißverschluss auf, langsam und leise, weil ich niemanden aufwecken wollte, und streckte den Kopf nach draußen. Kalte salzige Luft, Wind in den nahen Bäumen und der Holzrauchgeruch vom Lagerfeuer. In den anderen Zelten rings um die Feuerstelle war es still. Ich war nicht im Kern County, ich war auf einer Insel am Ende der Welt. Das beklemmende Gefühl drohender Gefahr hatte ich trotzdem, so als wäre meine Erinnerung lebhaft genug, um einen Mann mit Maschinenpistole über den Atlantik hinweg herbeizubeschwören.

Ich kroch aus dem Zelt. Die Steine drückten sich schmerzhaft in die Ballen meiner nackten Füße. Darum schlich ich an der Längsseite des Zeltes entlang vom Lager weg, während sich meine Augen an die Dunkelheit gewöhnten. Der Berg war ein ölschwarzer Hintergrund, aber der Himmel über dem Kamm war unglaublich: Sterne wie verschüttete Milch. Kurz überlegte ich, welche Belichtung ich zum Filmen brauchen würde, aber trotz des bläulichen Mondlichts wollte ich nicht zum Zelt zurückhumpeln, um die Kamera zu holen.

Die Baumwipfel waren gerade eben erkennbar und bewegten sich im Wind, aber der Wald war pechschwarz und undurchdringlich. Ein paar Augenblicke lang schaute ich nur, stellte mich leicht fröstelnd auf die Wirklichkeit ein. Das scharfe

Rauschen der See und des Waldes, das hier kein menschliches Ohr seit einem halben Jahrhundert gehört hatte. Weiter weg vom Lager fand ich eine feuchte Senke und hockte mich hinter die rauen Stängel hoher Gräser, um meine Blase zu entleeren.

Während ich auf Zehenspitzen zum Lager zurückschlich und mir immer wieder an den Steinen wehtat, nahm ich mir vor, auf den abendlichen Wein zu verzichten. Kurz vor den Zelten brauchte ich einen Moment, um mich zu orientieren und zu erkennen, welches das meine war. Ich schlich weiter.

Dann hörte ich in der Nähe eine Bewegung.

Das behutsame Aufsetzen eines Fußes, zurückschnellende Zweige. Angst schrillte in meinem Kopf und verhinderte jeden Gedanken. Ich musste meine ganze Willenskraft aufbringen, um mich in Bewegung zu setzen. Dann kauerte ich mich an die Rückwand meines Zeltes und machte mich möglichst klein. Mein T-Shirt roch säuerlich und klebte an den Schultern. Meine Fußsohlen brannten.

Alles war still. Ich hörte nur den Atem des Meeres. Ich wartete. Hatte ich mir die Geräusche nur eingebildet? Hinter mir lag ein Tag, der Überzeugungen ins Wanken brachte und das Selbstvertrauen untergrub. Meine aufflammende Besessenheit angesichts der Leiche, das berechnende Ausweichen der Kollegen, der Schlüssel in der Brusthöhle des Toten, all das wühlte mich auf und verunsicherte mich. Kein Wunder, dass ich nervös war.

Nur nervös, mehr nicht. Mit brennenden Oberschenkeln richtete ich mich auf. Wieder meinte ich, jemanden zu spüren. Diesmal so deutlich, dass sich meine Nackenhaare sträubten.

Aus dem Dunkeln stolperte jemand auf mich zu.

Ich wollte schreien, aber heraus kam nur ein kraftloses Krächzen.

»Merda!«, brummte derjenige.

Es war Vinny. Mein Puls brauste in meinen Ohren wie ein Sturm gegen den Hafendamm. »Mensch«, zischte ich mit einer Hand am Brustbein. »Was soll der Scheiß?«

Tagsüber war Vinny schon ein zotteliger, grauhaariger Schlaffi, sein nächtliches Alter Ego sah noch viel wüster aus: zerzauste Mähne, Stoppelbart, Fußballtrikot über Boxershorts, aufgerissene Augen. »Tess«, sagte er. Er hob den Blick zum Himmel und bekreuzigte sich. »*Graças a Deus.* Du hast mich zu Tode erschreckt.«

Ich deutete auf seine Sandalen. »Wo bist du gewesen?«

Er schluckte, holte Luft und zeigte. »Im Wald. Musste mal.«

»Ich auch. Hab ein bisschen zu viel von deinem Wein genossen, denke ich.«

Wir standen schweigend da. Vermutlich wartete auch er, dass sich sein Puls normalisierte.

Eine Minute später verschränkte er die Arme und schauderte. »Unglaublich, dieser Nachthimmel.«

Wir drehten uns um und betrachteten nebeneinander das Sterngesprenkel über dem Bergkamm und lauschten dem verwirrenden Geflüster der Baumkronen. Ein Stück entfernt das beruhigende Plätschern auslaufender Wellen. Bald verging die innere Hitze, und der Schweiß auf der Haut ließ mich frösteln.

Vinny gähnte und schlang die Arme um sich. »Okay, ich gehe wieder ins Bett«, sagte er leise.

Ich murmelte zustimmend, wobei ich angestrengt in die dunkle Umgebung schaute. Für den Fall der Fälle hatte ich ein Wärmebildmodul im Gepäck, das sich aufs Smartphone aufstecken ließ. Ich hatte schon mal eins benutzt – damit ließen sich nachts passable Aufnahmen mit einer ordentlichen Auflösung machen. Ich war gespannt, was sich damit in der Dunkelheit sichtbar machen ließ.

Vinny deutete mit dem Kopf zu den Zelten. »Nacht.«

Er ging. Ich wusch mich hastig über dem Eimer und putzte mir die Zähne. Zurück im Zelt, zog ich meinen Schlafsack zurecht, legte mich hin und starrte an das Zeltdach. Dabei dachte ich an Steven Clay, der allein in der Bucht lag, die leeren Augenhöhlen dem Wasser zugewandt, und an den Schlüssel, den er geschluckt hatte, und die Leuchtturmwärter, die hier draußen durchgedreht waren.

Man konnte durchaus schöner einschlafen.

DRITTER TAG

22

Als ich aufwachte, war mein Kissen feucht und der Schlafsack um meine Beine gewickelt. Ich hatte geträumt, Steven Clay sei aus dem Boot gefallen und langsam an einer Inselkette entlanggetrieben, an allen vorbei, um an der letzten angeschwemmt zu werden. Schließlich wickelte ich mich aus dem Schlafsack und setzte mich mit schmerzenden Schultern auf. Würde ein Boot bei ruhiger See kentern?

Ich schüttelte den Gedanken ab und zog mich an.

Draußen bildeten meine Kollegen ein trauriges Tableau: Vinny und Mike frühstückten ernst und schweigend, während Alex in Gedanken vertieft, den Kalender und den Zeitplan auf den Knien, neben der Asche vom Vorabend saß und auf ihre Stiefelkappen starrte. Trotz allem war es ein schöner Morgen, rein und kühl, der Wind vom Meer so frisch wie Mineralwasser. Seevögel mit weißem Bauchgefieder nutzten den thermischen Auftrieb und riefen einander zu. Meine Haare rochen nach Holzrauch und Mückenspray. Darum machte ich es wie am vergangenen Abend und spülte mein Flanellhemd durch und wusch mich abschnittsweise. Ich aß Brötchen, verschlang eine Handvoll Paranüsse, um Energie aufzunehmen, und packte meine Kameratasche. In die Außentaschen steckte ich zwei Wasserflaschen.

Ich sah, wie Alex sich zusammenriss. Sie hatte dunkle Schatten unter den Augen. »Okay, Leute.« Sie zeigte auf ihren Zeitplan. »Tess filmt heute vom Leuchtturm aus. Da oben ist es gefährlich. Darum geht ihr zu zweit. Mike, du begleitest sie.«

Mike jubelte verhalten.

Alex sah uns beide kühl und eindringlich an. »Trennt euch nicht, und gebt aufeinander acht.« Sie holte ein aufgerolltes Seil aus dem Versorgungszelt. »Decksleine«, erklärte sie. »Fünfzehn Meter. Ich will euch gut angeleint sehen, bevor ihr losgeht, okay? Will nicht, dass einer abstürzt.«

Mike band sich eine Schlinge um die Taille. Er schien darin geübt zu sein. »Auf der Deserta Grande haben wir das auch getan«, sagte er auf meinen skeptischen Blick hin.

»Das sieht raffiniert aus.« Ich verfolgte, wie er einen komplizierten Knoten band.

»Ich bringe ihn dir bei.« Lächelnd löste er ihn auf. »Der ist ein Lebensretter. Ich bin als Kind viel gesegelt. Das ist ein Gordingstek, kein Bergsteigerknoten, aber gut genug. Stell dich hierher.«

Ich trat dicht neben ihn und verfolgte, wie er langsam den Knoten band. »So um die Taille legen. Gut. Achte darauf, dass du in der rechten Hand ordentlich Leine hast. Etwa so viel.« Er schlenkerte damit. »Fertig? Nach links oben drüber, nach rechts drunter weg, über beide und dann so durch die Lücke und straffziehen.« Ich übte das ein paarmal. »Gut gemacht«, sagte er. »Superstar.«

Alex reckte anerkennend den Daumen und rang sich ein Lächeln ab. »Sehr gut«, sagte sie. »Mike, du hast die Karte, also führst du. Hast du die GPS-Geräte?« Mike wedelte mit einem wasserdichten Beutel, den er an einem Band um den Hals trug.

»Leuchtpistole?«, fragte sie.

Ich bot an, eine zu holen, ging zum Versorgungszelt, zog den Reißverschluss auf und schob den Kopf hinein. Ersatz-Butankanister, Konserven, Strom- und Telefonkabel, Erste-Hilfe-Kästen, Beruhigungsmittel für die Robben – ich überflog die Ausrüstung. Vinnys Harpune lag sorgfältig verstaut weit hinten im Zelt und war in die Plastikfolie eingewickelt, die nach dem Zusammenbau des Transceivers übrig geblieben war. Und daneben eine Leuchtpistole aus dickem, orangefarbenem Plastik. Sie war entsichert und die Leuchtkugel eingesetzt. Man brauchte nur den Abzug zu betätigen.

»Hab sie«, rief ich.

»Gut.« Alex schaute prüfend zum Gipfel. »Eine Stunde Aufstieg, eine Stunde Abstieg. Eine Stunde zum Filmen, Tess?«

»Das sollte reichen.«

»Also sind wir alle am frühen Nachmittag wieder hier.« Sie räusperte sich. »Passt auf euch auf. Bleibt konzentriert. Ich weiß, das wird schwer nach alldem, aber …« Sie zuckte die Achseln. »Wir erledigen unsere Aufgaben, und einer achtet auf den anderen.«

Ich musste daran denken, was Mike am vorigen Abend gesagt hatte, und fühlte mit ihr. Denn ich versuchte, mir vorzustellen, wie viel Charakterstärke ich aufbringen müsste, um durchzuhalten. Zumal nicht auszuschließen war, dass ich sie noch öfter enttäuschte. Wir winkten uns zu, und Mike und ich gingen los in Richtung Bergpfad. Das Seil hing locker zwischen uns. Weiter oben sahen wir uns Mikes Karte an. Sie entsprach nicht gerade OS-Standard, aber in Verbindung mit unseren GPS-Geräten würde sie ausreichen.

»Wir sind hier.« Er tippte auf eine Stelle an der Nordspitze. »Wir folgen diesem Pfad bis dorthin, zum Pico da Chaminé, dem niedrigsten der drei Gipfel, dann steigen wir an der Rückseite des Pico Íngreme hoch, dann hinüber zum Pico da Olho Queimado. Da steht der Leuchtturm.« Er sah auf und über das Gelände vor uns, dann wieder auf die Karte, wie um seine Schätzung zu verifizieren. »Wie Alex sagte, ich rechne mit einer Stunde, aber an manchen Stellen werden wir nur langsam vorankommen.«

Ich betrachtete den Abschnitt, auf den er zeigte, eine Spirale von Höhenlinien, die enger war als die eines Fingerabdrucks. »Sieht steil aus.«

Wir stiegen zwanzig Minuten lang den Hang hinauf, folgten dem Pfad, den ich gestern gefunden hatte, und erreichten die Stelle, wo wir am Abend miteinander gesprochen hatten. Wir sahen uns das Gehölz am Rand des Steilhangs an. Ich dachte an den Pfad, der zu der kleinen Bucht hinabführte.

Mike lenkte meinen Blick auf sich. »Ich kann das alles noch gar nicht begreifen.«

»Ich auch nicht. Vielleicht sollten wir einfach weitergehen.«

Wir wandten uns ab und stiegen weiter bergan, ließen den Schatten der Bäume hinter uns und drangen in unbekanntes Gelände vor. Auf dem Grat kamen wir nur langsam voran. In staubiger Hitze kletterten wir zwischen knolligen Kakteen und Felsbrocken. Nach weiteren zwanzig Minuten Aufstieg legten wir eine Pause ein. Mike zog seine Karte zurate, ich prüfte die GPS-Geräte, und wir tranken von unserem Wasser. Die Luft hier oben roch würzig, wie nach Fenchel. Der feinkörnige Boden war bedeckt mit dem toten Laub des vergangenen Jahres. Allmählich fiel die Last des gestrigen Schocks von mir ab. Solange wir hier waren, kam es mir seltsam vor, so als könnten uns die Schrecken des heutigen Navigaceo nichts anhaben, weil wir in seiner Vergangenheit existierten und den Spuren der letzten Bewohner folgten. Die schroffe Schönheit des Berges war ein Balsam, und ich hoffte, dass Mike das auch so empfand.

»Der Pico da Chaminé ist gleich da oben«, sagte er und wischte sich die Stirn mit einem Taschentuch. Wir schnauften beide, doch die Anstrengung in der sauberen Meeresluft war beglückend. Wir waren inzwischen so weit oben, dass wir beide Küsten der langen schmalen Insel sehen konnten. Für einen Meeresbiologen wie Mike war der endlose Ozean nichts Besonderes, so alltäglich wie für mich ein Stadtpanorama mit Geschäften und dicht befahrenen Straßen. Für mich jedoch war der Anblick atemberaubend: eine glitzernde Fläche, die sich auf der einen Seite bis nach Afrika südlich der Sahara erstreckte, und auf der anderen Seite ein sechstausend Kilometer langer gespiegelter Himmel, der sich im Passatwind bewegte. Meine Kamera konnte dem nicht gerecht werden.

Wir gingen weiter. Je höher wir stiegen, desto tückischer wurde der Pfad. Nachdem wir eben noch gelassen über eine breite Felsflanke gewandert waren, fiel es jetzt rechts und links steil ab. Auf diesem Abschnitt war ich froh über das Seil, aber kurz darauf hangelten wir uns an einem messerscharfen Felsvorsprung auf einem Pfad entlang, der nicht breiter war als mein Stiefel, und ich hielt mich mit feuchten Händen daran fest. Längst hatte ich aufgehört zu filmen und konzentrierte mich allein darauf, wo ich meine Füße hinsetzte.

»Pico da Chaminé«, sagte Mike und bewegte sich vorsichtig über eine Reihe steiler Felsen hinweg auf einen schwindelerregenden Abhang zu. Chaminé – Kamin, dachte ich, als ich die runde Form betrachtete, fast eine senkrechte Half-Pipe. Wir setzten unseren Aufstieg fort, und zum Glück führte der Pfad von der Felskante weg, als sich der Bergrücken verbreiterte. »Ich konnte letzte Nacht nicht schlafen«, sagte Mike unvermittelt. Eine Weile antwortete ich nicht. Ich wollte noch ein wenig den Sonnenschein und die Einsamkeit genießen, doch die Realität würde mich sowieso in Kürze einholen. Ich wischte mir die Augen. »Ich auch nicht.«

»Der Gedanke, dass er tot ist, erscheint so abwegig.«

Ich blieb stehen, stemmte die Hände in die Seiten, blies mir den Pony von den Augen weg und zog die Wasserflasche hervor. »Eines frage ich mich schon die ganze Zeit«, sagte ich versuchsweise. »Hat er sich vielleicht das Leben genommen?«

Mike antwortete nicht sofort. Ich beobachtete, wie er mit dem Gedanken haderte und sich durch die kurzen Haare strich. Dabei startete ich unauffällig eine Tonaufnahme.

»Das finde ich nicht besonders einleuchtend.«

Ich trank und wischte mir den Mund ab. »Ja. Dass er das Boot genommen hat, wirkt überlegt, als hätte er etwas Bestimmtes vorgehabt.«

Wir setzten unseren Weg fort. Mike kletterte um einen Felsbrocken herum und streckte die Arme zur Seite, um das Gleichgewicht zu halten. Dann drehte er sich zu mir um. »Auch wegen der Dinge, die wir bei ihm gefunden haben.«

»Darüber habe ich auch nachgedacht«, sagte ich und schloss zu ihm auf. »Mütze, Taschenlampe, Portemonnaie – all das braucht man nicht mehr, wenn man vorhat …«

Mike nickte und betrachtete das Meer. Der Wind peitschte seine Jacke. »Er war ein ziemlich robuster Typ. Zäh, eigensinnig, entschlossen. Ich konnte mir nicht vorstellen, dass er mal – ich weiß nicht – depressiv werden könnte. Die Hoffnung verlieren könnte. So war er nicht.«

»Dann erzähl doch mal, was du von dem Abend noch weißt, als er verschwand.«

Für einen Moment hielt er den Atem an und zog die Brauen hoch, während er an jene Tage zurückdachte. »Tja«, seufzte er. »Das war nicht die einfachste Expedition. Es gab Spannungen.«

Meine Obsession erwachte wieder. »Weswegen?«

»Ich nehme an …« Er stockte und betrachtete seine Handrücken. »Hör zu. Ich werde jetzt etwas sagen, aber du darfst keine voreiligen Schlüsse ziehen oder schlecht von ihm denken.«

»Natürlich nicht.«

»Na ja.« Er rieb sich das Kinn. »Es war wegen Vinny.«

23

Mein Wandergefährte war in Beichtstimmung. Ich warf einen prüfenden Blick auf das Mikro und wahrte einen unverfänglichen Ton. »Okay. Erzähl weiter.«

»Nun ja, damals kannte er Sofia noch nicht. Er war ein ziemliches Wrack, wenn ich ehrlich sein soll. Er trinkt gern, nicht wahr? Sagen wir einfach, Sofia hat ihn sehr verändert. Vor der Zeit mit ihr konnte Vinny wirklich einiges in sich reinkippen. Als ich diesmal sah, dass er nur zwei Flaschen Wein mitgebracht hat, wow, ein Wunder. Ich war ungeheuer erleichtert, weißt du? Er ist ein großartiger Kerl und ein guter Freund, aber damals gab es Situation, da dachte ich, man müsste eingreifen.«

Also war Vinny der Trinker. Alex war am Rand eines Nervenzusammenbruchs. War Clay demnach das Fake? Oder etwa der Mann, mit dem ich mich gerade unterhielt? »Klingt, als hätte das die Arbeit erschwert«, sagte ich.

»Und ob. Vinny war immer die halbe Nacht auf. Lange nachdem wir mit Kartenspielen aufgehört hatten und ins Bett gegangen waren, hörte man ihn in der Küche herumklappern, während man versuchte zu schlafen. Und bis zum Mittagessen war er zu nichts zu gebrauchen. Alex musste ständig umplanen. Sie sind schon so lange befreundet, sie war es gewohnt, ihm entgegenzukommen, aber das hat die Stimmung nur verschlechtert.« Sein Blick wurde finster. »Und das war längst nicht alles. Was bei der Expedition schiefgehen konnte, ging schief. Es stellte sich heraus, dass unser Kameramann Covid hatte, und so musste er ein paar Tage in seinem Zimmer bleiben. Wir stellten ihm das Essen vor die Tür. Schließlich musste er vorzeitig abreisen, und Alex war noch frustrierter und wütender.«

Also war Lukas krank geworden. Das erklärte vielleicht, warum er über Seawild derart schäumte. Wenn er seinen Film nicht fertiggestellt hatte, war er wahrscheinlich nicht bezahlt worden. »Und was war an dem Abend, als Steven verschwand?«

Mike zog die Unterlippe zwischen die Zähne. »Steven war verschlossen, noch mehr als sonst. Nicht dass er depressiv wirkte, er war einfach nur ruhig. Nach dem Essen machte er sich zu einem Spaziergang am Wasser auf, als es schon dunkel war. Und Vinny hatte schon vor dem Essen eine Flasche Wein allein getrunken. Ich bin schlafen gegangen, um mal einen Abend lang davon wegzukommen.«

»Vinny war in der Nacht also betrunken?«

»Ja, aber nicht sturzbetrunken. Er funktionierte auch, wenn er voll war, er war daran gewöhnt. Allerdings …«

Ich wartete. Wir stiegen weiter hinauf, zwischen uns das schlaffe Seil, und der Wind wirbelte und peitschte. Schließlich stupste ich Mike an. »Was wolltest du sagen?«

»Na ja«, er schob die Hände in die Taschen, »ich konnte nicht einschlafen. Vinny war vom Lagerfeuer hereingekommen und trieb sein übliches Spiel in der Küche, riss Schubladen auf und suchte nach etwas Essbarem. Ich weiß noch, dass ich zwei Stunden später aufstand, um mir Wasser zu holen.« Er räusperte sich und rang mit einer Entscheidung. »Und ich ging an Vinnys Zimmer vorbei, und da stand die Tür offen. Er war nicht da.«

»War er draußen am Feuer?«

Er zuckte die Achseln und warf die Hände hoch. »Glaube ich nicht, aber wahrscheinlich hat das gar nichts zu bedeuten. Sicher war nur gerade pinkeln.«

Das erinnerte mich an meine nächtliche Begegnung mit

Vinny hinter den Zelten. Er hatte Sandalen angehabt und war bis in den Wald gegangen.

Beim steilen Aufstieg zum nächsten Gipfel brannten uns die Oberschenkel, und nachdem wir uns nach oben gekämpft hatten, tranken wir ausgiebig Wasser und genossen den kalten Wind, der erst in größerer Höhe wehte. Das Gelände war nun flacher, und das letzte Stück Weg wurde leichter: ein allmählicher Anstieg zum letzten Gipfel.

Mike kämpfte mit der heftig flatternden Karte, die ständig aufzuklappen drohte. Unser Moment geteilter Ehrlichkeit war offenbar vorbei. »Das ist der Olho Queimado«, sagte er, als wir darauf zugingen. Der Pfad führte leicht abwärts auf ein Felsplateau zu, die einzige Stelle auf dem Bergrücken, die für ein Gebäude ausreichend Platz bot.

Und da war er.

Der alte Leuchtturm ragte vor mir auf, ein weiß marmorierter Streifen vor strahlendem Blau. »Olho Queimado heißt verbranntes Auge«, rief Mike gegen den tosenden Wind. »Vielleicht eine Anspielung darauf, dass man nicht in die Sonne schauen darf.«

»Oder in das Leuchtfeuer.«

Wir suchten uns einen Weg über die Felsen. Der Leuchtturm war ein erstaunliches Bauwerk aus Natur- und Backsteinen. Über einem flachen Anbau auf der dem Land zugewandten Seite ragte ein zehn Meter hoher Turm auf, der nach unten breiter wurde und auf einem riesigen Steinsockel ruhte. Die Abgeschiedenheit wirkte gespenstisch. Beim Näherkommen dachte ich daran, dass der Turm mal bewohnt gewesen war, und staunte über die sture Entschlossenheit der Menschen damals.

Wir gingen hinunter und gelangten in eine Felsmulde, wo wir vor dem unerbittlichen Wind geschützt waren. »Erstaunlich.« Ich grinste Mike an. »Sieh dir das an.«

Er schwitzte und keuchte und lächelte wie ein Kind, als er die natürliche Plattform vor uns betrachtete. »Kannst du dir das vorstellen?«, fragte er, und ich wusste genau, was er meinte.

Er stellte sich vor, wie das Leben hier draußen wohl gewesen war.

Ich wusste nicht mehr, wie die drei portugiesischen Leuchtturmwärter aus Vinnys Geschichte hießen. An unserem ersten Abend auf der Insel, als wir noch nichts von der grausamen Entdeckung in der Bucht ahnten und am flackernden Feuer saßen, hatten wir der Erzählung mit kindlichem Nervenkitzel gelauscht. Jetzt dagegen, unter diesen neuen Umständen, überkam mich eine starke Traurigkeit. Ich konnte mir vorstellen, dass ein dreimonatiger Aufenthalt hier draußen einen Menschen wahnsinnig machen konnte. Allein der ständige Wind war auch für den Zähesten eine harte Prüfung. Unten am Strand wehte er schon ziemlich kräftig, aber hier oben tobte und schikanierte er, beeinträchtigte die Sinne und verursachte Ohrenschmerzen. Die Trostlosigkeit löste bei mir Heimweh aus. Was würde ich nicht geben für einen Bistrotisch und ein anständiges Essen, dachte ich kurz. Doch der Gedanke zog andere nach sich: an das Polizeirevier Brixton und DCI Rafiq. Ein Schauder der Angst durchlief mich. Noch zwei Tage bis zu dem Termin, sagte ich mir und schaute wieder zum Leuchtturm, um meine Gedanken auf das Hier und Jetzt zu richten. Zwei Tage, in denen sie nicht an mich herankommt.

»Komm weiter«, sagte ich.

Wir verließen die schützende Senke und setzten uns wieder dem brausenden Wind aus. Das Wetter hatte dem Gebäude stark zugesetzt. Der umlaufende Balkon unterhalb der Kuppel hatte ein stark beschädigtes Eisengeländer. Die Fensterscheiben waren fast alle eingeschlagen, und nach dem angesammelten Treibgut und dem Vogelkot zu urteilen hatten Möwenkolonien den Turm jahrzehntelang als ihr Zuhause betrachtet. Von dem Balkon führte eine Leiter nach unten, deren Eisensprossen rotbraune Rinnsale in den Stein bluteten, doch sie war nutzlos, da die untere Hälfte fehlte. Unterhalb der rostigen Leiter war eine Jahreszahl eingemeißelt, 1857, die auch viel Vogelkot abbekommen hatte. Sowohl der niedrige Anbau als auch der Turm waren einmal weiß verputzt gewesen, aber die Farbe war schon lange vom Mauerwerk abgeblättert, sodass sie hellgrau waren. Der einzige Farbfleck war die rote Tür, die ins Mauerwerk eingelassen war. Das Vorhängeschloss daran hätte ins Museum gehört.

Mike löste die Knoten, und wir befreiten uns von dem Seil. Er war wachsam und blickte suchend über den nackten Felsboden. Wie sich gleich herausstellte, suchte er nach einem guten Sitzplatz, wo er zeichnen konnte. Er ließ seine Tasche fallen, kramte darin und holte schließlich Skizzenblock und Stifte heraus. Genau wie er überlegte ich, wie ich die Aussicht am besten einfangen könnte. Dabei war wichtig, wo die Sonne stand. Ich setzte meine Tasche ab und machte mich mit kalten, ungeschickten Fingern an die Arbeit mit dem Camcorder, während Mike die Details des gewählten Bildausschnitts in sich aufnahm und erste zaghafte Striche aufs Papier warf. Wir hatten hier oben vielleicht dreißig Quadratmeter flaches Gelände, bevor die Gipfelwände steil abfielen. Ich überließ Mike seinem Hobby und ging filmend auf den Leuchtturm zu. Ich stolperte, taumelte heiß erschrocken zur Seite und fing mich ab. Das war kein Ort, um versehentlich zu stürzen. Ich stellte mir vor, wie ich über die Felskante kippte, auf Felssimsen aufschlug und schließlich ins Meer fiel. Die Insel war ebenso schön wie lebensgefährlich. Ich musste aufpassen, wohin ich trat.

Ich ging ein paar natürliche Stufen hinunter, glaubte erneut, unter meinen Stiefeln einen ausgetretenen Pfad zu spüren, und gelangte in den Schatten des Leuchtturms. Ich legte die Kamera auf einem Stein ab, nahm die Ohrhörer heraus, beugte und streckte die Finger und sah zu Mike hinüber. Die Blätter seines Blocks flatterten heftig, sodass er sich beim Zeichnen dagegenneigen musste, doch er war sichtlich in seine Arbeit vertieft.

Aus der Nähe war noch deutlicher zu sehen, wie verwittert der Leuchtturm schon war. Mit der Zeit würde der Wind ihn bis auf die Grundmauern abtragen. Alles aus Eisen war verrostet, aus den Mauerritzen wuchsen Pflänzchen. Der einstöckige Anbau wirkte nahe beim Turm noch einigermaßen stabil, war aber am landseitigen Ende eingefallen, und die Ziegelsteine lagen verstreut. Ich ging zuerst zu dem Anbau. Nahe dem eingefallenen Teil erschienen die glaslosen Fenster wie leere Augenhöhlen. Die Holzrahmen waren von schwammiger Fäulnis zersetzt. Weil ich hoffte, das Innere filmen zu können, ging ich näher heran. Offensichtlich gab es unmittelbar neben dem Turm einen vollständig erhaltenen Raum, der wahrscheinlich noch wasserdicht war, aber der andere, zum hinteren Ende gelegene Raum war eingestürzt. Ich konnte die nun exponierte Tür des vorderen sehen – Stahlblech mit Vorhängeschloss. In dem dachlosen Raum wucherten Schlingpflanzen zwischen den Ziegelsteinen.

Ich wandte mich dem Turm und seiner roten Tür zu. Rings um den Sockel lagen Knochen wie Streichhölzer verstreut. Ein paar halb verweste Skelette mit Federn – die Überreste von Vögeln, die gegen den Turm geprallt waren. Als ich vor der Tür stand, konnte ich der Versuchung nicht widerstehen und drückte gegen das kalte Metall.

Darauf geschah etwas Seltsames. Die Tür bewegte sich geräuschlos und drückte das Vorhängeschloss gegen die verrostete Überfalle. Ich hatte damit gerechnet, dass sie klemmte, sich nicht von der Stelle rücken ließ. Ich prüfte das Vorhängeschloss. Im ersten Moment konnte ich nicht glauben, was ich sah.

Der Bügel war nicht in das Schließloch versenkt worden. Man brauchte das Schloss nur von dem Bügel wegzudrehen, konnte ihn aus der Öse ziehen und die Tür öffnen. Ich beugte mich darüber und vergewisserte mich.

Ich hatte richtig gesehen. Hier brauchte man keinen Bolzenschneider, um hineinzugelangen. Das war eine offene Tür, die von Weitem verschlossen aussah.

24

Ich drehte mich um und spürte dabei das trockene Knacken eines Vogelknochens unter meiner Sohle.

»Mike!« Durch den Wind konnte er mich da drüben nicht hören. Ich lief ein Stück zurück und winkte mit den Armen, bis er von seinem Block aufblickte. Er packte ihn weg und kam zu mir.

Sobald wir vor dem Wind geschützt waren, berichtete ich, was ich entdeckt hatte. Er sah mich stirnrunzelnd an. »Das kann nicht stimmen.«

»Komm und sieh es dir an.«

Er starrte auf den offenen Bügel. »Na so was«, brummte er. »Offenbar hatten die es damals so eilig, von hier wegzukommen, dass sie das Schloss nicht zugedrückt haben.«

Ich drehte es vom Bügel weg. »Was ist? Gehen wir rein?« Ich musste für genügend Licht sorgen, damit ich filmen konnte, und kramte in meiner Tasche, fand meine LED und leuchtete damit in meine Hand, um zu sehen, ob sie noch hell genug brannte.

Mike schien zu zögern. »Ich weiß nicht.« Er zuckte die Achseln. »Wenn ich an Alex denke …«

»Ach, komm. Die Gelegenheit werden wir uns doch nicht entgehen lassen.«

»Hör zu.« Er leckte sich über die Lippen und überlegte es sich anscheinend anders. »Na gut, wenn du meinst.«

Es kostete einige Mühe, den alten Bügel aus der Öse zu ziehen, aber ich schaffte es und legte das Schloss beiseite. Dann richtete ich die Kamera aus und nickte Mike ermutigend zu. Er schob die Tür auf, und wir traten in den dunklen Raum.

Die Bewegung wirbelte den Staub vom Boden auf. Mike ging weiter, Steinchen knirschten unter seinen Sohlen. Es gab zwei weitere Türen. Die zur Linken, durch die man vermutlich in den Anbau gelangte, war geschlossen, die rechte stand offen und führte in den Wohnbereich. An der Wand uns gegenüber standen drei grün lackierte Metallfässer mit Messingbeschlägen, in denen das Öl für das Leuchtfeuer lagerte. Auf einem abblätternden Etikett an der Seite standen verblasste Anweisungen und darüber: *Waltran Ölbrenner.* Darunter schlummerte ein Manometer unter einer Staubdecke.

Doch nichts davon zog unsere Aufmerksamkeit auf sich. Stattdessen starrten wir auf die Dinge in der Ecke.

Dort standen zwei rote Plastikkanister und zwei aufeinandergestapelte Kisten. Ich hatte Mühe zu begreifen, was ich sah. Das widersprach allem, was man uns vor der Expedition gesagt hatte. Die Illusion, wir seien seit den siebziger Jahren die Ersten auf der Insel, war abrupt und endgültig zerstört. Die Gegenstände mochten abgenutzt und von der Sonne ausgebleicht sein, doch das war eine moderne Ausrüstung.

»Mein Gott«, hauchte Mike und ging über die gesprungenen Fliesen darauf zu. Er stieß einen Kanister mit der Stiefelspitze an. Der wackelte nicht mal. »Voll«, sagte er. Ich filmte, als er die Kappe abschraubte, daran roch und die Nase rümpfte. »Das ist MDO«, sagte er.

»Was?«

»Marinedieselöl, Treibstoff für Schiffe.«

»Und die Kisten?«

Er löste die Spannverschlüsse der oberen und schob den Deckel zur Seite. »Wasser. Literflaschen.« Ich trat näher, filmte den Inhalt der Kiste, während er die Flaschen zählte. »Dreißig

Liter?« Er nahm eine heraus. Auf dem Etikett war ein Berg mit verschneitem Gipfel auf hellblauem Grund zu sehen, darunter die Aufschrift *Sidi ali. Eau minérale naturelle.* »Aus Marokko«, sagte er.

»Das ist Mineralwasser aus Afrika?«

Er zuckte die Achseln, drehte die Flasche und sah sich die Rückseite an. Ein weiteres Etikett mit arabischer Schrift. »Oder aus Gran Canaria«, sagte er, hob die Kiste herunter und öffnete die andere. Die war gefüllt mit Lebensmitteln und Bettzeug. Pakete mit Biltong in verschweißten Tüten, deren Aufreißlaschen intakt waren. Zwei Isomatten, ein Schlafsack.

»Essen und Wasser«, sagte ich. »Und etwas zum Schlafen. Es sieht nicht so aus, als wäre das in letzter Zeit benutzt worden. Da liegt eine Staubschicht drauf.« Der Staub von zwei Jahren, fügte ich in Gedanken hinzu. Hieß das, die Sachen waren zusammen mit Clay auf die Insel gekommen? Sicher gab es da einen Zusammenhang. Ich fing Mikes Blick auf. »Hat sich hier jemand versteckt gehalten, was meinst du?«

»Das bezweifle ich.« Er stöberte in den Sachen. »Das ist nur ein Vorrat an Treibstoff und Wasser. Wenn ich raten müsste, würde ich sagen, illegaler Handel mit Robbenfell oder anderem.« Er legte den Deckel auf die Kiste. »Das ist eine ganze Weile nicht benutzt worden.«

Ich hörte auf zu filmen, um die Theorie zu prüfen. Sie hielt nicht stand. Robbenfellschmuggler würden ihre Vorräte in Strandnähe aufbewahren. Es gab keinen guten Grund, sie bis auf den Gipfel zu schleppen. Wer immer dieses Versteck benutzte, hatte es gewählt, weil es geschützt, trocken und unauffällig war. Ich versuchte eine andere Theorie. Was, wenn Clay aus irgendeinem Grund vorgehabt hatte zu verschwinden? Laut Alex hatte er keine nahen Verwandten, also niemanden, dem sein Verschwinden aufgefallen wäre. Wenn er vorgehabt hatte, ein neues Leben anzufangen, hätte er sich auf der Insel abholen lassen können. Hier lagen genügend Vorräte für jemanden, der untertauchen wollte. Doch offenbar war etwas schiefgelaufen. Clay hatte es nicht bis zum Leuchtturm geschafft.

Mike musterte gerade die offene Tür zum nächsten Raum.

Wir gingen zusammen hinüber. Er trödelte aber, blieb außerhalb des Kamerabereichs und bedeutete mir, voranzugehen, wenn ich filmen wollte. Ich stieß die Tür weiter auf.

Bodenfliesen lagen zerstreut, ein Meer von Glassplittern, der Kadaver eines Seevogels. Blecheimer standen an verschiedenen Stellen, um Tropfwasser aufzufangen. Die Reste eines weinroten Teppichs mit aufgebogener Ecke und das Skelett einer großen verwitterten Kommode, deren Schubladen fehlten. Scherben knirschten unter meinen Sohlen, als ich hineinging. Der Gedanke, dass hier einmal Leute gewohnt hatten, ließ mich frösteln. Dies war ein so weit entfernter und trotziger Außenposten, dass die normalen Verhaltensregeln nicht gelten würden. Schon nach ein paar Wochen wären Leben und Überleben nicht mehr voneinander zu unterscheiden.

»Guck mal.« Mike deutete mit dem Kopf zur hinteren Ecke des Raumes. Dort führte eine Wendeltreppe an der runden Wand nach oben, Holzstufen getragen von einem Eisengerüst. Er blieb am Fuß der Treppe stehen, vergewisserte sich, dass ich in der Nähe stand und notfalls helfen konnte, dann prüfte er die unterste Stufe.

Ich war voller Entdeckerfreude und wollte alles filmen, was ich vorfand. »Auf nach oben.«

Ich stieg hinauf, Mike folgte mir. Die Holzstufen führten uns in ein Schlafzimmer. Dort gab es zwei weitere Eimer – vermutlich um den Waltran zu dem Ölbrenner zu tragen –, einen umgekippten Schreibtisch, abgefallenen Putz und den durchgelegenen Federrost eines Einzelbetts.

»Hast du Lust, es zu riskieren und bis ganz nach oben zu steigen?«, fragte ich und dachte an die Aufnahmen, die ich von der Kuppel aus machen könnte.

Er reckte den Hals und spähte die Treppe hinauf in den Raum über uns. »Da oben riecht es nicht gerade gut«, sagte er, dann machte er ein entschlossenes Gesicht.

Ich klopfte ihm beruhigend auf die Schulter, und trotz seines Widerwillens stiegen wir weiter hinauf. Die rostzerfressene Eisenkonstruktion wirkte noch stabil genug, aber die Holzstufen fühlten sich weich an. Ich hielt den Camcorder an die Brust gedrückt, damit die Aufnahmen nicht zu sehr verwackelten, und trat nahe der Außenkante auf die Stufen, weil sie dort das Gewicht vielleicht besser trugen.

Wir gelangten in die Turmkuppel. Die Rahmen der glaslosen Fenster trugen eine dicke Schicht Vogelkot. In den Löchern der Fensterbänke gediehen vom Kot gedüngt robuste Pflanzen, die sich vor dem starken Wind krümmten. Es stank fischig, wahrscheinlich aus den Waltranbehältern ringsherum, Metalltanks zur Speisung des Leuchtfeuers, das fast den ganzen Raum einnahm. Vom Boden in der Mitte ragte eine lang gezogene Kugel aus konvexen dicken Glasplatten auf.

Die riesige Leuchtfeueroptik war größer als wir und reichte bis an die Metallkuppel. Der Bereich innerhalb, wo das gelagerte Öl verbrannt wurde, war groß genug, um einem Leuchtturmwärter Platz zu bieten, der sich an den Zugangspunkten darunter hineinschob, um das Feuer anzuzünden. Mike strich mit der Hand über die gewölbten Glasscheiben der großen Linse. Sie ließ sich immer noch drehen, aber wegen des Rostes in der Mechanik nur schleifend. Ich filmte und ging um die Optik herum. Sie war sicher das verbrannte Auge, das dem Gipfel seinen Namen gab: Olho Queimado, eine alles sehende Linse, die sich hoch über den winzigen Schiffen drehte, wachte und leitete. Ich fragte mich, was solch eine Linse wohl enthüllen würde, wenn sie aufzeichnen könnte, was sie sah.

»Unglaublich.« Mike spähte zwischen den Vergrößerungsplatten ins Innere der Optik. »Sieht kompliziert aus. Meinst du, die funktioniert nach all der Zeit noch?«

Ich brummte nur abgelenkt. Die Aussicht durch die Fenster war überwältigend. Ich meinte fast, die Krümmung der Erdoberfläche zu sehen. Ich machte einen langsamen 360-Grad-Schwenk und blieb nah bei Mike, damit er nicht ins Bild gelangte. Im Westen eine wogende Wasserfläche, durchzogen von pulsierender Dunkelheit, und irgendwo hinter dem Horizont und einer fernen Ambosswolke die Carolinas, Georgia und die Florida Keys, grenzenlose Weite bis nach Island, im Süden weiter weg die staubigen Küstenorte der Westsahara. Dazwischen, jenseits der Reichweite meines Objektivs, die Kanarischen Inseln.

»Lust auf einen Spaziergang an der frischen Luft?«, witzelte Mike und deutete zu einer halbhohen Tür, die auf den umlaufenden schmiedeeisernen Balkon führte. Durch die glaslosen Fenster konnte ich ein paar Abschnitte sehen. Das Geländer, von dem die Farbe seit Langem abgeblättert war, bestand aus senkrechten Pfosten mit einem rostigen Knauf am Ende.

»Scherzkeks.«

»Na ja, wenn wir schon mal hier sind …« Er näherte sich der Tür, und ich folgte ihm über knirschende Farbflocken, weiße Kringel, die von Eisennieten und Haltegriffen abgeblättert waren. Mike schob den Riegel mühsam zurück und zog an der Tür. Sie schwang nach innen auf und gab den Blick auf die Brüstung frei. Lärmender Wind rauschte herein.

Mein Magen machte einen Satz, als ich durch das Bodengitter des Laufgangs die Entfernung zum Boden der Felskuppe sah. »Ich bin nicht scharf darauf.«

»Wenn der in dem gleichen Zustand ist wie die Treppe, dann bricht er ab, sobald wir einen Fuß daraufsetzen«, meinte er. »Sieh dir den Rost an.« Er ging in die Hocke und kroch halb hinaus, die Hände auf dem Bodengitter. »Aber eine fantastische Aussicht«, rief er über die Schulter, während der Wind sein T-Shirt blähte. Er drückte gegen die Brüstung. »Fühlt sich noch ganz stabil an. Soll ich es wagen?«

»Sei bloß vorsichtig.«

Er schob sich nach draußen, richtete sich auf wie ein Seiltänzer und hielt sich mit dem Rücken an die Außenwand gedrückt, nur seine Beine waren durch die Türöffnung zu sehen. Dort blieb er stehen, den Blick zweifellos zum Horizont gerichtet. Als der Wind ihn drangsalierte, als hätte er eine Schulhofmutprobe absolviert, ging er wieder in die Hocke und führte einen unbeholfenen Rückzug durch. Lachend klopfte er sich die Hose ab. »Der Blick zum Wasser unten ist atemberaubend. Beängstigend. Bin mir nicht sicher, ob der Balkon zwei Leute trägt.« Er klopfte sich Roststaub von den Handflächen, in denen sich das Eisengitter abgedrückt hatte. »Also, es hat Spaß gemacht.« Er musterte noch einmal die große Linse. »Aber ich denke, wir sollten hier verschwinden.«

Da ich genügend Filmmaterial hatte, warf ich einen letzten Blick auf die Optik, dann stiegen wir die Wendeltreppe hinunter und prüften dabei jede Stufe, bevor wir sie belasteten.

25

Unten war ich erleichtert, wieder am Ausgang zu stehen. An der verschlossenen Tür, die zu dem Anbau führte, hielt ich inne. Vorhin waren wir angesichts der Vorräte an Treibstoff und Lebensmittel zu überrascht gewesen, um uns dieser Tür zuzuwenden. Mir war nicht mal das Vorhängeschloss aufgefallen. Jetzt sah ich es.

Es war ein auffälliges Ding aus glänzendem Stahl. Ich zog daran in der Hoffnung, es könnte ebenfalls unverschlossen sein, war es aber nicht.

»Guck mal«, sagte ich, als Mike an mir vorbeiging.

Er starrte darauf und kniff die Augen zusammen, ging mögliche Erklärungen durch, folgte offenbar einem Gedankengang und drehte sich zu den Treibstoffkanistern um. »Wer die hier versteckt hat, hat wahrscheinlich auch das Schloss angebracht.«

Draußen stemmte er die Hände in die Hüften und musterte die Umgebung. Als ich zu ihm trat, sagte er: »Wenn das ein Schmugglerposten ist, sollten wir den Turm verschließen.«

»Auf jeden Fall«, sagte ich, froh, wieder in der Sonne zu stehen, trotz der Vogelknochen, die überall lagen, kleine Brustkörbe und noch gefiederte Flügelgelenke, übersät mit Fliesenscherben.

Mikes Blick fiel auf unsere Taschen. Seine stand offen da, und der Skizzenblock flatterte im Wind und drohte herauszuwehen. »Scheiße.«

Während ich die Kamera einpackte, fiel mir ein, dass wir

abgesprochen hatten, den Leuchtturm abzuschließen. Keiner von uns hatte sich darum gekümmert.

Da Mike wieder ins Zeichnen vertieft war, ging ich zu der Tür zurück. Über den Rost fluchend führte ich den Bügel in die Öse, und dabei eröffnete sich plötzlich eine Möglichkeit. Der Gedanke sprang mir glasklar in den Kopf.

Ich ließ meine Tasche zwischen die Füße fallen, zog den Reißverschluss auf und schob tastend die Hand hinein. Das war eine verrückte Idee, aber das Alter des Vorhängeschlosses machte sie plausibel. Es war nicht aus einem Stück Metall hergestellt, sondern zusammengenietet und hatte eine Schutzlasche auf dem Schlüsselloch. Es sah aus, als … ich überlegte. Nun, man konnte annehmen, dass es mindestens fünfzig Jahre alt war, angebracht, als die Insel zum Naturschutzgebiet erklärt wurde, aber eigentlich sah es älter aus.

Ich zog Clays Schlüssel hervor. Der war auch alt, der hohle Halm korrodiert. Mit zitternden Händen versuchte ich, ihn in das Schlüsselloch zu stecken. Er passte hinein. Clays Schlüssel hatte die richtige Form und Größe. Ich drehte ihn.

Mein Herzschlag fiel vom Trab in den Kanter und steigerte sich zum Galopp. Ich musste Kraft aufwenden, aber sobald der Rost gelockert war, drehte sich der Schlüssel und entriegelte den Bügel. Ich drehte ihn noch zweimal hin und her, um sicherzugehen. »O mein Gott«, hauchte ich. Die Erregung schoss mir bis in die Finger.

Steven Clay hatte den Leuchtturmschlüssel geschluckt.

Ich drehte mich um. Mike zeichnete noch. Er hatte mich bei meiner Entdeckung nicht beobachtet. Ich steckte Clays Schlüssel ein, dann tat ich, als müsste ich meine Tasche umpacken, für den Fall, dass Mike schaute, was ich so lange trieb. Dabei brannte ich vor Begeisterung. Das bewies, dass Steven Clay zu einem bestimmten Zweck auf die Insel gekommen war.

Er hatte vorgehabt, im Leuchtturm zu übernachten, wo Essen, Wasser und Bettzeug auf ihn warteten. Hieß das, er hatte einen Komplizen? Die Geschichte kam mir unwahrscheinlich vor, doch der Beweis steckte in meiner Hosentasche. Clay hatte … was? Den Schlüssel geschluckt, damit er bei ihm nicht gefunden werden konnte? Aber von wem? Und wie war er tot in der kleinen Bucht gelandet?

»Tess!« Mike hatte mich wohl schon mal gerufen, doch bei dem lauten Wind und meinen fieberhaften Überlegungen hatte ich ihn überhört. Blinzelnd kehrte ich in die Gegenwart zurück, rang mir ein Lächeln ab und winkte.

Wir traten den Rückweg über den Gipfel an. Wegen des starken Windes mussten wir uns konzentrieren, ständig auf sicheren Tritt achten. Windböen hoben das Seil zwischen uns an und drehten es wie beim Seilspringen, es schlug uns gegen den Kopf und erzeugte Ohrenschmerzen. Der Abstieg war tückisch. Der Hang fiel schwindelerregend steil ab, wo der Pfad sich hinunterwand. Die schwierigste Etappe war der Pico da Chaminé. Wir gingen langsam und wechselten kein einziges Wort, umgingen die Steilwand mit angehaltenem Atem. Mir standen Schweißperlen in den Augenbrauen. Es war eine Erleichterung, als der Pfad endlich landeinwärts führte und uns vom Abgrund wegtrug. An einer windgeschützten Stelle, wo man die Wärme der Sonne spürte, verschnauften wir und lösten das Seil, da der gefährliche Abschnitt geschafft war. Die relative Sicherheit ermutigte eine Vielzahl von Gedanken zur Rückkehr. Vielleicht spielte Mikes Spekulation über Robbenfellhändler doch eine Rolle in der Geschichte – vielleicht war Steven Clay involviert gewesen. Das passte zwar nicht zu dem Bild des prinzipienfesten Ökologen, doch hatte Mike nicht angedeutet, Clay hätte sein Schicksal verdient?

»Können wir weiter?« Er schraubte seine Wasserflasche zu.

»Geh du schon los«, sagte ich. »Ich will noch ein bisschen die Gegend filmen.« Ich hatte einen Plan, für den ich meinen Begleiter abschütteln musste. Von Mike befreit, würde ich zu der Bucht hinuntersteigen und Clay noch mal filmen. Nachdem ich nun wusste, wo der Schlüssel passte, könnte ich für mehr Aufnahmen sorgen, solange dazu noch Zeit war. Denn ich würde nie wieder auf die Insel gelangen. Es war immer besser, doppelt und dreifach zu filmen und später im Schneideraum eine Tonne Material wegzuwerfen.

Er kniff die Lippen zusammen. »Na komm, Tess. Wir sollten uns wirklich nicht trennen.«

»Keine Sorge.« Ich versuchte, seine Bedenken zu zerstreuen. »Den schwierigen Teil haben wir hinter uns. Ich streife hier nur ein bisschen am Waldrand entlang. Ich bin auch ganz bestimmt vorsichtig.«

»Wie wär's, wenn ich hier warte? Wie lange wirst du brauchen?«

»Mindestens eine halbe Stunde.«

Er überlegte. »Halbe Stunde? Okay, na gut, dann gehe ich vor und schau mal, was die anderen treiben. Wir treffen uns im Lager.«

Ich winkte ihm, und solange er noch zu sehen war, filmte ich den Pfad am Steilhang. Sobald er verschwunden war, packte ich ein und lief los. Nach fünfzehn Minuten gelangte ich an die Biegung bei dem Gehölz. Da lagen die abgefallenen Zaunlatten, und dahinter begann der Pfad nach unten. Die Aussicht, gleich wieder vor Clay zu stehen, jagte mir einen Schauder dunkler Erregung durch den Leib, der mir die Kraft in den Beinen raubte, als ich über den schadhaften Zaun stieg. Gleich würde ich den Strand absuchen und ein paar letzte gezielte Aufnahmen machen. Die Obsession wurde stärker. Seltsame Vorstellung, dass ich gestern noch in sorgloser Erkundungslaune hier gewesen war, mit leichtem Herzen und unbeschwertem Geist.

Inzwischen wusste ich genau, was mich am Ende dieses Pfades erwartete.

26

Am Wasser beeindruckte mich wieder, wie trostlos die Bucht war. Verrottende Plastikflaschen, die geisterhaften billigen Plastikbeutel, die Klumpen ausgefranster Seile, die an nasses Haar erinnerten, die schäbigen Abfälle unseres Alltags. Zwischen abgelagertem Treibgut überquerte ich den Sand, und da zeigte sich die Leiche wieder, Steven Clay, umgeben von Ranken gegen den schmalen Stamm eines Buschs gelehnt.

Setz das Bild zusammen, Tess. Vielleicht hatte Clay mit Schmugglern gemeinsame Sache gemacht, oder, was wahrscheinlicher war, der Treibstoffvorrat im Leuchtturm war für seine Weiterreise bestimmt gewesen und der Schlafplatz da oben gewählt, weil er fern vom Wasser und windgeschützt lag. Er könnte sein voriges Leben beendet und ein neues begonnen haben. Aber wenn er es zum Leuchtturm geschafft hatte, warum war er dann in die Bucht zurückgekehrt? Ich stellte mir vor, dass er vielleicht Vorräte in den Leuchtturm brachte, dann zur Bucht hinabstieg. Um sich mit jemandem zu treffen? Sollte ihn ein anderes Boot abholen? Das überzeugte mich nicht so ganz.

Ein Geräusch hinter mir schreckte mich auf. Das eindeutige Rascheln von Kleidung auf dem Pfad über mir. *Scheiße.* Mike war mir nachgekommen.

Ich wollte nicht gesehen werden. Mann, der Ärger, den Alex machen würde.

Ich krabbelte auf die Felsbrocken, schlich an der Stelle, wo ich Mike vermutete, vorbei und schob mich ins Gebüsch. Ich musste mich zwischen zähen Zweigen und Ästen durchwinden, fand schließlich Schutz zwischen kratzenden Pflanzen und auskragendem Vulkangestein. Mike war inzwischen auf dem Strand angelangt, ich hörte seine Bewegungen. Ich wartete an den Felsen gedrückt, der mir am Rücken wehtat, bis die Geräusche verstummten. Dann riskierte ich einen schnellen Blick.

Das war nicht Mike.

Vinny Perriera stand vor dem Toten. Was sich daraus schließen ließ, gefiel mir nicht. Vinny sollte mit Alex bei den Robben sein. Das hieß, er war nicht einfach hier vorbeigekommen und hatte spontan beschlossen, seinen alten Freund zu besuchen, sondern er war mit einer bestimmten Absicht hier und gegen den Wunsch seiner Vorgesetzten. Alex' Mahnung hatte mich nicht abgehalten, aber ich war die Außenstehende, gehörte nicht zum Kollegium. Langsam und vorsichtig änderte ich meine Position, bis ich Clays Besucher besser sehen konnte.

Vorsichtig näherte er sich dem Toten und verharrte. Er schien etwas zu erwägen. Mein Magen zog sich zusammen. Vinny beugte sich noch näher heran, aber widerwillig, als ob er sich ekelte, und mit leicht zur Seite geneigtem Kopf, weg von Clays Gesicht. Dann begann er, den Oberkörper des Toten zu untersuchen, sah sich den Seawild-Hoodie an, zog an den Vorderteilen. Ich sah, wie er sich überwand und das angesammelte Laub davon runterschob, um sich den Bauchraum genauer anzusehen. Wusste er von dem Schlüssel? Suchte er danach? Er betrachtete die Leiche noch einen Moment lang, dann zog er sich zurück und richtete sich auf.

Seine Haltung verriet mir alles, was ich wissen musste.

Denn jetzt wirkte er verkrampft und alarmiert und sah sich mit großen Augen nach allen Seiten um. Er verließ den Strand voller Hast und schleppte sich die Felsstufen hinauf zu dem Pfad am Steilhang.

Ich wartete, bis ich sicher war, dass er nicht zurückkam, dann wand ich mich aus dem Gebüsch hervor und ging zurück auf den Sand – übel zerkratzt – und trat an die Stelle, wo Vinny gestanden hatte. Ihn hatte etwas erschreckt. Ich zwang mich, die Leiche noch mal genau anzusehen. Es war sofort klar, dass Vinny nicht die Stelle untersucht hatte, wo ich den Schlüssel gefunden hatte. Clays Hoodie war verschoben. Vinny hatte etwas entdeckt. So wie ich in der Aufnahme von gestern. Ich beugte mich über die Leiche und suchte sie langsam mit den Augen ab, in der Hoffnung, dass mir etwas auffiel.

Vinny hatte nicht bei den Beinen oder Stiefeln gestanden, er war auf den Oberkörper konzentriert gewesen, also suchte ich weiter oben. Mein Blick glitt über den Gürtel hinweg zum Hoodie. Zerschlissene graue Baumwolle, das Logo trotz Schmutz gut erkennbar. Zwei Winter mit viel Atlantikregen hatten den Staub auf den Felsen in rotbraunen Kleber verwandelt, der seine Stiefel verkrustet und sich auf der Kleidung abgelagert hatte, doch daran war nichts Bemerkenswertes. Mein Zeug wurde auch schon fleckig, und ich war erst drei Tage auf der Insel.

Als ich mich tiefer darüberbeugte, fiel mir die Besonderheit auf, die ich schon in der Filmaufnahme gesehen hatte. Clays rechte Schulter war größer als die linke. Nein, das stimmte nicht ganz: Sie war gewölbt, weil etwas unter dem Stoff lag. War es das, was Vinny gesehen hatte? Ich zog den Hoodie weg, bis das Schultergelenk zu sehen war.

Clay hatte unter der Jacke versteckt eine Gürteltasche über der Schulter getragen.

Von der Sonne zu einem hellen Gelb ausgebleicht, so groß wie die Bargeldbeutel von Rucksacktouristen. Ich selbst trug so eine unter der Kleidung und hatte meinen Reisepass und Ersatzbatterien darin. Mein Puls hämmerte, während ich auf die Tasche starrte. Ich war mir ziemlich sicher, dass Vinny die nicht bemerkt hatte, denn sonst hätte er sie geöffnet, vielleicht sogar mitgenommen. Der Wind und die Flut hatten Clays Sachen über die flachen Felsen verstreut, Tiere hatten den Inhalt seiner Taschen umhergeschleppt. Doch diese Tasche war unter der Jacke verborgen geblieben. Ich dachte daran, was ich zu Alex gesagt hatte, als sie versuchte, dem Toten etwas Würde zurückzugeben, indem sie seine Habseligkeiten zu ihm zurücktrug. Die versteckte Gürteltasche könnte ein Wendepunkt sein: Ich könnte sie ignorieren und mein Filmprojekt sausen lassen oder sie nutzen, um es weiter voranzutreiben.

Mir war klar, wie ich entscheiden musste, doch das machte das, was ich vorhatte, nicht einfacher. Ich griff hin, klippte den Gurt der Tasche auf und zog sie vorsichtig von Clays skelettiertem Arm weg. Dann legte ich sie auf die Steine. Ich holte meine Kamera hervor und schaltete sie ein.

»Versteckt unter Clays Hoodie«, flüsterte ich, schwenkte über den Strand und zurück zu dem Toten, »da habe ich sie gefunden. Ist mir beim ersten Mal nicht aufgefallen, aber es scheint, als hätte er sie absichtlich verborgen. Und der Inhalt könnte Aufschluss darüber geben, warum Clay in dieser Bucht gelandet ist.«

Ich ließ die Kamera laufen und zog den Reißverschluss am Überschlag der Tasche auf – ich ging aufs Ganze, jetzt gab es kein Zurück mehr. Sand rieselte heraus. Ich spähte in die Tasche.

Mein Herz machte einen Sprung. In einem durchsichtigen Plastikbeutel lagen ein Autoschlüssel, ein Bündel kleiner Euro-Scheine, eine Landkarte der Deserta Grande und ein Handy.

»Damit ist ein Selbstmord endgültig vom Tisch«, erzählte ich. »Wer würde seinen Selbstmord planen und dann Handy und Autoschlüssel mitnehmen?«

Ich leerte den Beutel und legte die Dinge neben mich auf den Stein, um sie dann eingehend zu untersuchen. Zuerst das

Handy. Es war ein älteres Model, das Display gesprungen und das Gehäuse verkratzt. Natürlich war es tot, und ich hatte kein passendes Ladekabel dafür. Als Nächstes den Autoschlüssel. Er gehörte zu einem Mietwagen, einem Peugeot, hing an einem Sixt-Schlüsselring. Das passte zu dem Papier, das ich gestern in dem Portemonnaie gefunden hatte. Ich stellte mir Clay mit der wasserdichten Tasche über der Schulter vor, wie er mit den Wellen kämpfte, und packte die Sachen nachdenklich wieder ein. Sollte ich die Tasche mitnehmen? Mir gefiel nicht, was passieren könnte, wenn ich im Lager ankam und mit Stevens Sachen erwischt wurde. Das Handy jedoch – das würde nicht auffallen. Vielleicht könnte ich es doch irgendwie aufladen. Ich holte es aus dem Beutel und steckte es ein. Dann legte ich die Tasche wieder an Clays knochige Schulter und zog den Hoodie darüber.

Und in dem Moment sah ich, was mir bisher entgangen war.

Was Vinny gefunden hatte. Ich strich mit den Fingerspitzen den Stoff glatt und wischte Schmutz weg. Der Stoff hatte einen Riss. Nur an einer Stelle, und er hatte nicht die rauen Kanten, als stammte er von einer Dornenranke. Das waren glatte Stoffkanten. Ich schob einen Finger hinein – ein zwei Zentimeter breiter Riss, so gerade wie ein Zippverschluss. Das zog mir den Boden unter den Füßen weg.

Die Flecken an der Kleidung waren kein rotbrauner Gesteinsstaub. Das war Blut.

Ich blickte auf ein Loch, das von einer Klinge stammte.

Vinny hatte nicht nach der Gürteltasche gesucht, sondern danach. Meine bisherigen Vermutungen waren alle falsch. Clay war nicht nach Navigaceo gerudert, um auf ein anderes Boot zu warten. Er war nicht hergekommen, um Vorräte aus dem Leuchtturm mitzunehmen und ein neues Leben anzufangen.

Er war erstochen worden.

Und als ich mich zurückzog, wurde mir etwas noch Schlimmeres klar.

Vor zwei Jahren war Clay eines von vier Mitgliedern einer eng überwachten Forschungsexpedition gewesen. Die Behörden hatten das Betreten der Inseln verboten. Sein Mörder musste also jemand sein, der damals auf der Deserta Grande gewesen war.

Die übrigen drei Teilnehmer jener Expedition waren jetzt mit mir auf Navigaceo. Und diesmal war Hilfe noch weiter entfernt.

27

Die Hände auf die Knie gestützt, stand ich da und wartete auf den Brechreiz, während der Wind über mir durch die Bucht fegte. Irgendwann bekam ich meinen hämmernden Puls unter Kontrolle und versuchte, alles zu begreifen. Vielleicht hatte Clay den Schlüssel von jemand anderem bekommen – wie auch Vinnys Dienstausweis –, und derjenige hatte ihn umgebracht. Vinny war eigens noch mal in die Bucht gekommen, um den Toten zu untersuchen, aber war er deshalb auch der Täter? Oder war es Alex, die uns streng ermahnt hatte, uns vom Fundort der Leiche fernzuhalten, und eindeutig nicht wollte, dass noch mal jemand in die Bucht ging? Oder Mike, dessen gut gelauntes Auftreten vielleicht nur Tarnung war? Alle drei kannten die Strömungen und Gezeiten, und somit musste dem Mörder klar gewesen sein, dass dieser Tag kommen würde.

Und nun waren sie wieder hier, und der Täter konnte hinter sich aufräumen. Die *Auk* würde erst morgen kommen. Mir zitterten die Hände.

Seit Kern County hatte ich mich nicht mehr so bedroht gefühlt.

Damals zeigten sich die ersten Anzeichen von Gefahr früh um halb fünf an dem Tag, nachdem wir Redfern in seinem Auto gefunden und die Begegnung mit den Falsche-Route-Typen überstanden hatten.

Gretchen und ich ließen unseren Schlüssel an der Rezeption

und packten vor dem Motel unsere Sachen ins Auto. Der Morgenluft merkte man schon an, dass es ein heißer Tag werden würde. Wir hörten ein Fahrzeug die Straße entlangkommen. Während der Nacht waren ab und zu Tankwagen vorbeigefahren, aber dieser Motor klang anders. Wir knallten die Kofferraumhaube zu, öffneten die Seitentüren und verharrten. Ein schwarzer SUV raste in südlicher Richtung vorbei und verschwand hinter seiner aufstiebenden Staubwolke über die Ortsgrenze.

»Das waren die Wachleute«, sagte ich. Mein Mund war plötzlich trocken.

Sie schürzte die Lippen. »Sieht ganz so aus.« Stirnrunzelnd band sie sich die Haare zusammen und stieg ein.

»Moment mal«, sagte ich. Wir schlossen die Wagentüren, um den Staub draußen zu halten. »Du hast gesagt, sie liegen noch im Bett.«

»Da habe ich mich wohl geirrt.« Lächelnd schnallte sie sich an und startete den Motor. »Tess, mach dir keine Sorgen. Die sind mit Höchstgeschwindigkeit nach Süden unterwegs, wir fahren nach Norden. Bist du so weit?«

Unsere Kameras lagen auf dem Rücksitz, außerdem Ersatzakkus, Funkmikrofone, Weitwinkelobjektive. Einmal mehr bezwang ich meine ängstliche Unruhe. Neben mir saß Gretchen Harris, Herrgott noch mal. Wer war ich? »Ja.«

Außerhalb des Ortes gabelte sich der Highway. Wir blieben auf der Route 33 nach Norden Richtung Blackwells Corner, und bald befanden wir uns mitten in den Midway-Sunset-Ölfeldern. Ringsherum in der Dämmerung nickten die Pumpjacks wie Wackeldackel, und hinter den Zäunen wurde das Öl kilometerweit durch oberirdische Rohrleitungssysteme befördert. Gretchen fuhr, und ich versuchte, anhand der Karte unseren genauen Standort zu bestimmen – schwierig, wenn der einzige Orientierungspunkt ein Highway ist, der schnurgerade durch eine gleichförmige Steinwüste verläuft. Schließlich tauchte in der Ferne jenseits einer flachen Senke ein Gebäude auf. Es war hoch und silbern in der aufgehenden Sonne, und ein Gewirr von Schornsteinen stieß Abgase aus. Endlich ein Orientierungspunkt.

»Das ist irgendeine Aufbereitungsanlage«, sagte ich. »Das heißt, wir sind hier. Noch zwei, drei Kilometer, dann müsste eine Kreuzung kommen, eine diagonal verlaufende Schotterstraße, dann sind wir richtig.«

»Sollten wir sie nicht schon sehen können?« Sie neigte sich über das Lenkrad, um in die Wüste zu spähen. Der Himmel war kräftig pink. »Wie groß sind die Dinger?«

Meine Recherchen hatten ergeben, dass für die Kohlenstoffabscheidung große Heizkammern erforderlich waren. »Können bis zu zwölf, dreizehn Meter hoch sein. Mit etwas Glück werden wir …«

»Scheiße.«

In dem Moment sah ich von der Karte auf. In der Ferne kamen uns zwei Scheinwerfer entgegen. Mein Magen zog sich zusammen. »Ein Tankwagen?«

»Das oder unsere Freunde sind früh auf und haben etwas vor.«

Ein »Aber du hast gesagt« hatte jetzt keinen Zweck. Ich weiß noch, dass ich mich kurz fragte: Denkt sie sich spontan aus, wie es laufen könnte, und hofft, dass es tatsächlich so kommt? Wenn ja, dann war mir schleierhaft, wo solche Zuversicht herkommen konnte. Dass mir die völlig fehlte, bewies in meinen Augen damals meine erhebliche persönliche Unzulänglichkeit. Inzwischen weiß ich es besser. »Was machen wir jetzt?«

»Die Nerven behalten«, sagte sie. »Das ist nur ein Wagen, der in die andere Richtung fährt, okay?«

»Was, wenn sie uns erkennen?«

Sie klappte die Sonnenblende herunter. »Werden sie nicht.« Ich folgte ihrem Beispiel und verdeckte damit mein Gesicht. Der Wagen fuhr vorbei. Es war einer der schwarzen SUVs von gestern mit den verdreckten getönten Scheiben. Wie Gretchen gesagt hatte, hielt er nicht an, aber ich beobachtete, wie sie ihm im Rückspiegel nachsah und dabei auf der Unterlippe kaute. »Siehst du?«, sagte sie, als er im Dunst verschwunden war. »Nichts, worüber wir uns Sorgen machen müssten. Wow, Kreuzung, Tess. Ist das die Stelle?«

Und da war sie – die Schotterstraße, die ich ausgemacht hatte. Sie querte den Highway und schlängelte sich linker Hand an niedrigen Felsbrocken vorbei in Richtung der Aufbereitungsanlage. »Keine CCS-Türme«, sagte ich. Die Ungeheuerlichkeit der Feststellung schockte mich. »Keine CCS-Türme.« Zu Hause in London hatte ich die Pläne von Chase angefordert, ihre Webseiten durchforstet, mich durch die Prospekte des Unternehmens gewühlt und vorausgesagt, dass es an diesem Standort keinerlei Bautätigkeit geben würde. Und ich behielt recht. »O mein Gott!«, staunte ich. »Genau das habe ich gesagt. Das habe ich gesagt, Gretch.«

Sie fuhr an den Straßenrand. Kieselsteine spritzten unter unseren Reifen weg, als sie abbremste. »Lass mich mal sehen.« Ich gab ihr die Pläne und die Straßenkarte. Sie studierte sie. »Okay. Also hiernach sollte der Bau vor einem Jahr begonnen haben …«, sie verglich die Pläne mit der Karte, »genau hier. Auf diesem Stück Land hinter dem Felsen da drüben.« Sie blickte auf, sah prüfend auf die Karte und wieder auf. »Heilige Scheiße.« Sie fing an zu lachen. »Du hast recht, Tess. Das Ganze ist Betrug.«

Sie fuhr wieder los, und wir legten noch etwa achthundert Meter zurück, die Augen auf das eingezäunte Gelände gerichtet, während die Aufbereitungsanlage in der Ferne Abgase in die Luft pustete. Ich wurde noch immer rot vor Stolz über ihr »Du hast recht, Tess«, als wir eine Möglichkeit fanden, die Straße zu verlassen. Sie lenkte den Wagen eine grasbewachsene Böschung hinunter und parkte an einer Stelle, wo ein Regenwasserkanal unter der Straße durchgeführt wurde. Wir schalteten unsere Handys aus und legten sie ins Handschuhfach. *Hier ist der Wagen kaum zu sehen*, versicherte ich mir, als wir die Kameras vom Rücksitz nahmen – ich meine nagelneue Red MX – und uns dem Zaun näherten.

»Die Ehre gebührt dir«, sagte sie und reichte mir den Drahtschneider. Obwohl ich noch vor Stolz über ihr Lob strahlte, zögerte ich. Sie grinste. »Na los, Tess. Dein Name wird im Vorspann stehen, du darfst bei der Wahrheitssuche das Gesetz brechen.«

Und so schnitt ich sorgfältig vom Boden aus nach oben die Zaundrähte durch, bis ich den Maschendraht zur Seite biegen und mich durch die Lücke zwängen konnte. Gretchen hielt ihn solange hoch. Ich steckte die Zange ein, nahm meine Kamera in die Hand und lief geduckt auf das Gelände, um dann auf den Monitor konzentriert zu filmen.

An der Universität hatte ich mir angewöhnt, dabei aus dem Stegreif einen Kommentar zu sprechen, und das tat ich jetzt auch, um mit mehr Mut und Zuversicht auf das Gelände vorzudringen. »Das ist die Stelle, wo Chase Industries angeblich eine Anlage zur Kohlenstoffspeicherung baut. Das Projekt wird von der britischen Regierung mit zig Millionen Pfund unterstützt. Dafür wurden Schulen und Krankenhäusern Gelder gestrichen. Und was haben wir von der Investition?« Während ich redete und filmte, drang ich weiter vor. »Anscheinend gar nichts. Doch auf der Chase-Webseite will man uns etwas anderes weismachen.«

Ich stieg einen niedrigen Wall hinauf, um aufzunehmen, wie weit sich das unbebaute Gelände erstreckte, und stieg an der anderen Seite hinunter. In dem Moment hörte ich etwas von der Straße. Ich drehte mich um und sah zwei Dinge passieren. Der schwarze SUV, dessen Fensterscheiben in der Sonne blinkten, raste in nördlicher Richtung über die Ortsgrenze von McKittrick, und Gretchen, die mir durch den Zaun gefolgt war, stand sichtlich hin- und hergerissen da und blickte von dem nahenden Auto zu mir und wieder zurück.

Mir schlug das Herz bis zum Hals. Ich warf mich zu Boden und setzte die Kappe auf das Objektiv, um mich nicht durch Lichtreflexe zu verraten. Ich lag im Sand und riskierte einen Blick über den Wall. Gretchen war inzwischen durch das Zaunloch geschlüpft und rannte zu unserem Wagen.

Der Schreck fuhr mir in den Bauch so scharf wie eine Klinge. Es war, als würde ich in der Mitte durchgeschnitten.

Sie ließ mich im Stich. Ich hörte die Autotür zuschlagen und sah, wie unser Chevrolet die Böschung hoch- und auf die Straße fuhr, wo die Hinterräder Staub aufwirbelten, als Gretchen Gas gab. Für eine Sekunde oder zwei – länger nicht – nährte ich die zarte Hoffnung, dass die Falsche-Route-Typen meiner fliehenden Partnerin folgen und mich in Ruhe lassen würden.

Das taten sie nicht. Stattdessen fuhren sie an den Straßenrand.

Also würde ich in der Wüste sterben.

Die Angst war plötzlich so intensiv, dass ich schluchzte. Ich schlitterte den Wall hinunter von der Straße weg und wollte rennen, doch meine Beine kribbelten nur und gehorchten nicht. Schließlich brachte ich sie doch noch ans Laufen und blickte über die Schulter, nur einmal. Da standen zwei Männer am Zaun. Einer begutachtete den Schaden und sprach in ein Funkgerät. Der andere hatte seine Pistole nach vorn gezogen, um nicht hängen zu bleiben, und schob sich durch das Zaunloch. Er wollte mir nach.

Ich weiß noch, dass ich mit tränennassem Gesicht geduckt weiterrannte.

28

Bisher hatte ich unser Zeltlager behaglich gefunden, aber als ich jetzt den platt getretenen Farnwedeln folgend am Waldrand entlang darauf zuhielt, machte sich ein ganz anderes Gefühl in mir breit. Diesmal wirkte unser kleines Stück Zivilisation auf mich verdorben.

Ich näherte mich einem Ort, der keine Unterstützung mehr bot, sondern mir wie eine Falle erschien. Einer dieser Leute hatte Clay umgebracht.

Das Lager war verlassen. Alex war bei den Robben, und Mike, der mir fast eine Stunde voraus gewesen war, hatte sich anscheinend auch dorthin begeben. Vinny würde Bericht erstatten müssen, dürfte also bei ihnen sein. Wenigstens hatte ich so einen Moment Zeit, um mich zu beruhigen, bevor ich allen ins Gesicht sehen musste. Ich zog den Reißverschluss meines Zeltes auf, legte Kamera und Tasche ab, richtete das Solarpanel des Transceivers neu aus, um die Energieausbeute zu maximieren, und schloss mein Handy an die Powerbox an.

Dann lief ich auf und ab und dachte intensiv über die Situation nach. Das Letzte, was Clays Mörder wollte, dürfte eine neugierige Filmemacherin sein, die gefährliche Fragen stellte. Ich war zwar nicht dabei gewesen, als die Entscheidung für mich fiel und sie ihre Einwände äußerten, aber ihre feindselige Haltung war jetzt eindeutig spürbar. Alex' Misstrauen grenzte an Verachtung. Machte sie das zu einer wahrscheinlichen Kandidatin für den Mord an Clay?

Beim Geräusch eines Reißverschlusses fuhr ich zusammen.

Hinter mir, auf der anderen Seite der Feuerstelle, kam Vinny aus seinem Zelt. »Hey, wie war es am Leuchtturm?«

Es war das zweite Mal, dass er mich derart überraschte. Ich hatte mir vor Schreck ans Herz gefasst und ließ die Hand jetzt sinken, versuchte zu lachen, krächzte aber nur. Traute ich Vinny den Mord zu?

»Entschuldige.« Er kam ächzend aus der Hocke hoch und klopfte sich Steinchen von den Knien. »Ich habe nur nach dem Transceiver gesehen, weil die Laptops laden. Ich gehe gleich zurück zur Kolonie.« Ich wusste, das war gelogen, wusste aber nicht, was ich tun sollte. Er musste mir wohl etwas angesehen haben, denn er fragte, ob alles okay sei.

»Alles gut«, sagte ich und schwankte dann. Wenn er unschuldig war, würde er genauso wie ich empfinden. Angst haben, weil einer der Kollegen ein Mörder war. Sich die Ereignisse der Nacht vor zwei Jahren vor Augen führen, zurückgezogen in seinem Zelt, und überlegen, was er jetzt tun sollte. Vielleicht war er ins Lager zurückgegangen, um den Transceiver einzuschalten und seine Vorgesetzten bei Seawild zu kontaktieren. Ich könnte seinen Versuch gestört haben, um sofortige Evakuierung zu bitten. Nichts davon spiegelte sich in seinem Gesicht wider, doch in ihm konnte es ganz anders aussehen. Ich könnte zugeben, dass ich auch von dem Mord wusste, konnte aber nicht einschätzen, ob das klug wäre. Ich starrte ihn nur stumm an.

Er fuhr sich durch die Haare, die vom Salz zottelig waren. »Du siehst nicht aus, als wäre alles in Ordnung. Ist am Leuchtturm etwas passiert?«

Den Fund des Schlüssels hatte ich eigentlich für mich behalten wollen. Aber da Mike bei meinen anderen Entdeckungen dabei gewesen war, erzählte ich vorsichtig und achtete darauf, wie Vinny reagierte. »Tatsächlich ja. Wir haben etwas entdeckt.«

Kurz verfinsterte sich seine Miene. Vielleicht hatte ich einen Mann vor mir, der sich auf einen Schlag gefasst machte, der genau wusste, was ich gleich sagen würde. Ich sah ihn schlucken.

»Da oben stehen zwei Kanister Treibstoff«, sagte ich. »Lebensmittel, ein Schlafsack.«

Ihm sank das Kinn herab. »Was?« Entweder war er ehrlich verblüfft oder ein meisterhafter Schauspieler. Er blähte seine grauen Stoppelwangen auf. »Und das stammt nicht von früher?«

Ich schüttelte den Kopf. »Hier gehen sonderbare Dinge vor.«

Er stand unschlüssig da, eine Hand an der Zeltstange, warf er einen Blick durch das Lager, wischte sich die andere Hand an seinen Shorts ab. Auf mich wirkte er geschockt. »Seawild wird ein Team schicken müssen«, sagte ich. Ich dachte daran, was Mike oben auf dem Pico gesagt hatte. Dass Vinny zu viel trank und sein Zimmer in der Nacht von Clays Verschwinden leer gewesen war. »Kann ich dich was fragen?«

Er ließ sich in einen Campingstuhl fallen und schaute zwischen den Zelten durch zum Waldrand. Ich verstand sein Schweigen als Einladung.

»In der Nacht, als Steven verschwand«, sagte ich. »Weißt du noch, was sich damals abgespielt hat?«

Er sah mich groß an und fasste sich. »Das ist lange her …« Er überlegte ein wenig, dann strich er sich übers Gesicht. »Steven war bei der Expedition anders, nicht wie sonst. Als er zum ersten Mal bei uns mitmachte, war er voller Energie, ein echt positiver Typ. Aber das änderte sich.«

Ich ließ das Schweigen zwischen uns anwachsen, während ich mir eine Geschichte zusammenreimte. Clay war auf der Insel in etwas hineingeraten und dafür ermordet worden. »Inwiefern?«

»Ihm ging viel im Kopf herum. Jede Nacht ging er allein am Wasser entlang spazieren.« Vinny schaute wieder zum Wald, sein Blick wirkte besorgt. »Ich bin immer aufgeblieben, habe am Feuer auf ihn gewartet. Wenn er wieder da war, habe ich versucht, mit ihm zu reden, aber er wollte nicht.«

»Gab es ein Problem bei der Arbeit?«

Einen Moment lang sah ich zu, wie er auf der Unterlippe kaute. »Okay, hör zu. In der Bucht habe ich gesagt, ich wüsste nicht, wieso er meinen Dienstausweis bei sich hatte. Aber ich weiß es. Steven hatte mich darum gebeten. Und … ich habe ihn ihm gegeben.« Er schüttelte den Kopf. »Zweimal hat er ihn sich geborgt und zurückgegeben. Das war dumm von mir, ich könnte deswegen meinen Job verlieren. Aber er war mein Freund und sagte immer wieder, dass er ihn braucht.«

Interessant. »Hat er gesagt, wofür?«

»Nein. Aber er hat mich immer wieder darauf angesprochen.«

»Welchen Zugang gewährte die Karte?«

Vinny beobachtete den Wald. Etwas lenkte ihn ab. »Mit meiner kommt man in die meisten Räume rein. Ins Labor, in die Büros.«

Ich dachte an Mike und kam auf jene Nacht zurück. »Dann hast du wohl auch in der Nacht damals auf ihn gewartet.«

»Ja. Der ganze Aufenthalt machte mich unglücklich. Steven war seltsam, Alex gestresst. Der Kameramann hatte sich Covid eingefangen und hustete jede Nacht. Es war eine Erleichterung, als er weg war.«

»Wann genau war das?«

»Tja, er hat nicht ganz bis zum Ende durchgehalten …« Er nahm seine Kappe ab und wischte sich über die Stirn. »Nach drei Nächten? So in etwa. Zwei Tage vor Stevens Verschwinden ist er zurück aufs Festland.«

»Und in der Nacht selbst? Bist du aufgeblieben? Hast du etwas gesehen?«

»Nein …« Sein Blick schweifte wieder ab zum Wald.

»Vin. Was ist los?«

Ich weiß noch, dass ich bei der Frage dachte, die Lage könne nicht schlimmer werden. Das erscheint jetzt lächerlich. Vinny rieb sich die Augen, starrte zum Wald und räusperte sich. »Ich glaube, da ist noch jemand auf der Insel.«

Das haute mich um. Ich wusste nicht, wie ich reagieren sollte. »Was meinst du?«

»Das hört sich bestimmt seltsam an.« Er griff sich in den Nacken, während sein Blick am Waldrand entlangglitt. »Habt ihr beim Abstieg vom Pico jemanden gesehen?«

Abgesehen von dir?, hätte ich beinahe gefragt. »Mike ist vor mir ins Lager gegangen. Ich war noch eine Weile da oben und habe gefilmt.« Vinnys Gesichtsausdruck beunruhigte mich. »Was ist denn?«

»Hast du vor einer Stunde ungefähr hier unten am Waldrand gefilmt?«

»Nein, Mike und ich waren da noch am Leuchtturm.«

»Beide zusammen? Und du warst gar nicht hier unten, um zu filmen?«

»Vinny, worum geht es?«

Er strich sich die Haare zurück, zwei große Handflächen an den Schläfen. »Alex war drüben bei den Robben. Ich bin kurz hergekommen, um die Laptops aufzuladen, das Solarpanel zu drehen und zu gucken, ob wir schon erste Daten von den Peilsendern haben. Und«, er zuckte unglücklich die Achseln, »hier war jemand in der Nähe.«

Mein erster Gedanke war, er lügt. Er war unten in der Bucht bei der Leiche gewesen und brauchte eine überzeugende Tarngeschichte, auf die sich immer wieder zurückgreifen ließ.

Trotzdem war mir unheimlich zumute. Eine Geschichte mit einem Fremden war eine schräge Art der Irreführung. Was hätte ich anderes tun können, als mitzuspielen? »Nein, da waren wir noch auf dem Pico. Du musst dich getäuscht haben.«

Seine Haltung wurde lockerer, als er sich die Sache von der Seele redete. »Ich saß vor meinem Bildschirm und sah mir die Daten an. Hab ruhig dagesessen. Dann hörte ich von dem Pfad ein Geräusch und sah hinüber, aber meine Augen …« Er wedelte vage mit einer Hand vor dem Gesicht. Obwohl er seinen Gang in die Bucht verschwieg, hatte ich inzwischen den starken Eindruck, dass das geschilderte Erlebnis wahr sein könnte.

»Ich verstehe. Die Augen stellen sich nicht so schnell auf die Entfernung ein.«

»Genau. Da war ein Geräusch. Zwischen den Bäumen bewegte sich etwas, aber ich konnte nicht erkennen, was es war.« Er seufzte. »Ich sah ihn oder es …« Er tippte mit einem Finger neben sein Auge. »Olhar de lado.«

»Verstehe. Aber Vinny, das kann nicht sein. Alex ist dir nicht hierhergefolgt, sie ist sicher noch am Liegeplatz. Und wenn du die Zeit richtig einschätzt, dann waren Mike und ich noch oben auf dem Berg.«

»Aber ich habe jemanden gesehen.« Er nahm seine Kappe ab und drehte den Schirm zwischen den Fingern. Das Schweißband war dunkel von Feuchtigkeit. Flugsamen klebten an seiner sonnenbraunen Haut.

Ich sträubte mich, seine Geschichte zu unterstützen, indem ich Fragen dazu stellte, aber etwas an seinem Benehmen machte mich neugierig. »Kannst du denjenigen beschreiben?«

»Nein. Es war nur eine Gestalt, eine Bewegung. Ich drehte mich nach dem Geräusch um und konnte kaum was erkennen.«

»Das kann alles Mögliche gewesen sein«, sagte ich. »Vielleicht ist der Wind in die Zweige gefahren …«

Er sah mir in die Augen. »Ist er nicht.«

»Dann sollten wir die anderen mal fragen«, schlug ich vor. Meine Handflächen waren feuchtkalt, mein Shirt klebte am Rücken.

»Daran habe ich auch schon gedacht. Vielleicht habe ich schon Halluzinationen.« Er setzte die Kappe wieder auf und zog sich den Schirm in die Stirn. »Noch einen Tag«, sagte er grimmig, und sein verzweifelter Ton rührte mich. Vor mir stand ein Mann, der dringend nach Hause wollte. Machte ihn das verdächtiger oder unverdächtiger?

»Schätze, wir sollten Alex vom Leuchtturm erzählen.«

Vinny nickte und stemmte sich aus dem Campingstuhl hoch. Er schaute noch mal zum Wald. »Lass mich ihr das sagen, okay? Sie hat schon genug Druck. Es ist besser, wenn sie es von mir erfährt.«

»Wenn du meinst«, sagte ich. Dann fiel mir etwas ein. »Vin, kannst du Mike sagen, er soll meine GoPro mitbringen?«

»Natürlich.«

Während ich ihm nachsah, wie er am Ufer entlang zum Liegeplatz ging, fiel mir zum ersten Mal auf, wie kräftig er war, breitschultrig und imposant. Er könnte mühelos jemanden überwältigen.

Angst drückte meinen Magen zusammen wie eine Faust. Ich steckte mitten in einem unheimlichen Geschehen, das ich nicht durchblickte.

29

Vinnys Benehmen machte mich nervös. Diesmal vergewisserte ich mich, dass ich wirklich allein war, indem ich jedes Zelt öffnete und hineinsah.

In Mikes war der Schlafsack ordentlich glattgezogen, daneben stand ein halb gepackter Rucksack mit einem verschlossenen Plastikbeutel obendrauf mit den Muscheln für seine Tochter. Das von Alex war eine Überraschung, persönliche Dinge verstreut in einem dramatischen Explosionsradius. Fast hätte ich Vinnys Zelt ausgelassen, weil ich ihn hatte fortgehen sehen. Doch das bedeutete nicht zwingend, dass niemand drin war, sagte ich mir. Drinnen sah ich Zigaretten, ein Feuerzeug, ein portugiesisches Taschenbuch. Mehr nicht.

Niemand hielt sich im Lager auf außer mir.

Für einen Moment schob ich meine Sorgen beiseite und ging ins Versorgungszelt, zog Clays Handy aus der Hosentasche, hockte mich vor die Powerbox und prüfte die Ladekabel. Zwei Typen waren inkompatibel, aber ein drittes passte. Ich schloss es an und schaute auf das Display. Nichts. Ich prüfte, ob der Stecker richtig saß – das tat er –, und schaute erneut auf die blanke Schwärze des Displays. Die Euroscheine in Clays wasserdichtem Beutel hatten ausgesehen, als wären sie trocken geblieben, aber vielleicht war doch Wasser eingedrungen und das Handy nass geworden. Handys und Kameras teilten eine Aversion gegen Salzwasser. Fällt einem der Camcorder ins Meerwasser, macht man damit keine Aufnahme mehr.

Gerade als ich das dachte, veränderte sich das Display.

Es wurde nicht hell, sondern wechselte von Schwarz zu Grau. Dann erschien ein leeres Akku-Icon. Ich würde das Gerät für ein bis drei Stunden dort liegen lassen müssen. Fragte sich nur, ob den anderen das fremde Handy auffallen würde. Sicher würde der Besitzer des Ladekabels schnell realisieren, dass wir nur zu viert, aber fünf Geräte vorhanden waren. Ich würde es in Etappen laden müssen und durfte auf keinen Fall vergessen, dass es da lag. Sobald die anderen zurückkamen, würde ich es in meinem Zelt verstecken. Vielleicht könnte ich es über Nacht fertig aufladen.

Ein Geräusch ließ mich aufhorchen. Stiefel auf Steinen. Meine Kollegen. Schuldbewusst und ungeschickt steckte ich das Handy ein. »Hey!«, rief ich zweifellos zu fröhlich. »Bin froh, dass ihr wieder da seid. Ich verhungere gleich.« Hastig stemmte ich mich hoch, zog den Reißverschluss auf und krabbelte durch die Öffnung. »Lasst uns Feuer machen und Suppe erhitzen«, sagte ich beim Aufrichten.

Niemand zu sehen. Waren alle in ihre Zelte verschwunden? Ich hatte keinen Reißverschluss gehört. »Hallo!«, rief ich und erwartete tatsächlich noch eine Reaktion. Ich ging um die Feuerstelle herum und klopfte dabei an die Zeltdächer. »Wie ist es gelaufen?«

Nach zwei Zelten wurde mir das peinlich. Es war wirklich keiner da. Doch ich hatte mich nicht verhört – da hatte sich jemand genähert. Links von mir schlugen die Wellen regelmäßig wie ein Herzschlag ans Ufer, knapp an der Hörgrenze. Ich schaute über die Zeltfirste, dann über das Gelände dahinter. An den Spannleinen zupfte derselbe Wind, der auch die Zweige der Bäume bewegte.

Ich hatte keine Angst. Überhaupt keine. Trotzdem verließ ich den magischen Kreis des Lagers vorsichtig, ging an den Rückseiten der Zelte entlang, als könnte dort jemand kauern.

Ich glaubte das nicht. Natürlich nicht, sagte ich mir. Vinny hatte niemanden gesehen, er hatte sich das ausgedacht, um …

Ich fuhr herum.

Trockenes Knacken am Waldrand. Meine Kopfhaut kribbelte. So hörte es sich an, wenn jemand unter Bäumen entlangging. Das wusste ich so sicher wie nur was.

Ich beobachtete den Wald, überlegte, wie alt die Bäume sein mochten, wie wahrscheinlich, dass abgestorbene Äste herabfielen. Ein paar Augenblicke lang stand ich nur da und schaute.

Wieder knackte es.

Durch eine anatomische Anomalie schlug mein Herz plötzlich zwischen den Schlüsselbeinen und verkündete seine neue Position mit einem Paukenschlag. Ich hielt den Atem an und beschwor mich, rational zu bleiben. Es war still. Das war gut, oder? Aus dem Infopaket über die Insel wusste ich, dass die größten Landtiere Kaninchen waren und eine seltene handgroße Wolfsspinne. Wahrscheinlich hörte ich nur abbrechende Äste. Wer wusste schon, wie sehr das Salz dem Holz zusetzte, welche Pilze die Äste von innen zersetzten.

Das waren beruhigende Gedanken. Ich verstand, wie überzeugend manche Geräusche hier draußen klingen konnten, wie das Rauschen der See oder das Säuseln des Windes akustische Halluzinationen hervorriefen, sodass selbst ein erfahrener Naturwissenschaftler Angst bekam.

Ich ging zurück ins Versorgungszelt und schaute auf Clays Handy. Das Display war noch dunkel bis auf das Lade-Icon. Es hatte dreißig Minuten gehabt, der Akku füllte sich nach zwei Jahren Entladung nur langsam. Die nächste Viertelstunde über schaute ich nach Norden. Im Wald blieb es still.

Als ich schließlich meine Kollegen sah, ging ich ins Versorgungszelt, zog das Kabel aus dem Handy und versteckte es in meinem Rucksack, dann beobachtete ich die drei fernen

Gestalten auf ihrem Weg zum Lager, während der Nachmittag in den frühen Abend überging. Einer von ihnen war ein Mörder. Doch fürs Erste war ich sicher, sagte ich mir. Der Mörder wusste nicht, dass ich es herausgefunden hatte.

Mike brachte mir meine GoPro und suchte Holz für das abendliche Feuer zusammen. Vinny sorgte fürs Essen. Alex hatte sich bisher mit Arbeit ablenken können, doch nun war der Leuchtturm ein Thema, das sie nicht länger ignorieren konnte, und so winkte sie mich von den anderen weg.

»Mike sagt, da oben lagern Vorräte. Wasser und Nahrung.« Wütend putzte sie ihre Brillengläser mit dem Sweatshirtsaum, während ich das bestätigte. Danach war ihr Ton unerwartet giftig. »Ich weiß nicht, was hier vorgeht, Tess. Aber ich weiß, was du vorhast.«

»Wie bitte?«

»Ach, komm.« Kurz kniff sie die Lippen zusammen. »Hast Mike über Stevens letzten Tag ausgefragt. Dann dasselbe bei Vinny getan. Meinst du nicht, du erscheinst allmählich ein bisschen zu interessiert?«

»Ich habe nur …«

»Hör auf, dich zu verstellen, Tess. Du wurdest engagiert, um einen Dokumentarfilm über die Insel zu drehen. Ich glaube aber, dass du etwas anderes bezweckst.«

Ich hatte das starke Gefühl, dass hinter mir jemand innehielt, dass Vinny und Mike uns still beobachteten. War das eine Warnung des Mörders? »Nein, Alex.«

»In meinen Augen bist du darauf aus, alten Ärger aufzurühren.«

»Ich will doch nur wissen …«

Sie unterbrach mich mit energischem Kopfschütteln. »Tess, nein. Das interessiert mich nicht. Niemand will, dass du ihm Fragen stellst. Ich glaube, Leo hat das gestern Abend unmissverständlich klargemacht. Hast du das Dokument unterschrieben, das er dir geschickt hat?«

»Noch nicht«, gestand ich. Sie sah mich müde, auffordernd und zugleich angewidert an. »Ich hatte noch keine Gelegenheit dazu. Sobald der Transceiver nachher eingeschaltet ist, lade ich es herunter und unterschreibe.«

Sie schätzte mich ab. »Gute Idee. Und keine Fragen mehr, Tess.«

Und das war's. Sie ließ mich am Rand des Lagers stehen. Meine Wangen brannten nach ihrer Ansage, die so entschieden und unnachgiebig gewesen war wie ein Schlag ins Gesicht. Mike und Vinny hatten meine Fragen beantwortet. Alex hatte entschieden, mich abzuschrecken.

Das bedeutete ganz klar, dass sie etwas zu verbergen hatte.

30

Beim Essen an dem letzten Abend war die Stimmung mies. Suppe und Kartoffelplätzchen, getrocknete Aprikosen und der letzte Wein, für jeden zwei Fingerbreit. Von unseren Kerzen waren nur noch Wachspfützen übrig und das Feuer heruntergebrannt, als Vinny sich auf seinem Stuhl nach vorn neigte. »Mir geht die ganze Zeit etwas im Kopf herum, was ich heute Nachmittag gesehen habe.«

Alex wirkte kurz bestürzt, dann fasste sie sich. »Was denn, Vinny?«

»Ich habe einen Mann gesehen.«

Für einen Moment herrschte angespanntes Schweigen. Obwohl mir der Nacken kribbelte, gelang es mir, ruhig zu erscheinen. Vinny hatte die Geschichte zuvor meinetwegen erzählt, um zu erklären, wieso er sich im Lager aufhielt, und zu verschleiern, dass er noch mal in die Bucht hinuntergestiegen war. Ich hatte nicht angenommen, dass er sie noch mal erzählen würde. Sie vor den anderen zu wiederholen konnte ihm eigentlich nichts bringen.

»Das war sicher einer von uns«, meinte Alex.

Er schüttelte den Kopf, schwenkte seinen Wein und betrachtete ihn. »Nein. Du warst bei den Robben, Tess war filmen, und Mike war bei ihr am Leuchtturm. Ich war allein. Abgesehen von dem Mann.«

Alex lächelte – ein Versuch, die Sache abzutun –, doch dann zeigte sich noch etwas anderes in ihrem Gesicht. Als sie mich ansprach, wich sie meinem Blick aus. »Tess, kannst du das gewesen sein?« Zur Antwort schüttelte ich den Kopf. »Tja, dann kann das nicht sein«, schloss sie. »Außer uns ist niemand hier.«

»Ich glaube nicht, dass das stimmt«, erwiderte Vinny.

Er schaute über die dämmrigen Hänge und zu dem Kreidefleck des Leuchtturms, über dem Vögel träumend im abendlichen Aufwind kreisten.

»Hör zu, Vinny«, sagte Alex. »Hier draußen ist die Wahrnehmung anders, besonders am späten Nachmittag. Das Licht ist so klar, die Farben so kräftig, Geräusche überdeutlich, und unsere Einbildungskraft tut ein Übriges. Ich verstehe vollkommen, wieso du dachtest, da bewegt sich was.«

»Hast du ihn klar gesehen?«, fragte Mike.

»Nein. Es war … mir fällt gerade der Begriff nicht ein … ein flüchtiger Blick.«

»Also kannst du ihn gar nicht beschreiben?«

»Eine Gestalt am Waldrand«, sagte Vinny.

Alex sah ihn durchdringend an, ihre Kiefermuskeln arbeiteten. »Der Wind in den Zweigen?«

»Ich dachte mal, es wäre jemand bei mir auf dem Boot.« Mike grinste und verdrehte die Augen. »Das Team war beim Tauchen. Ich war der Einzige an Bord, aber ich hätte schwören können, dass jemand hinter den Segeln am Bug stand. Wie Alex sagt, das Licht kann einem auf dem Wasser einen Streich spielen. Die Wolken ziehen schnell, das Wasser spiegelt. Wie sich herausstellte, war nur ein Schatten übers Boot geglitten. Bei dir wird es dasselbe gewesen sein, Junge. Ein Schatten.«

Vinny rieb sich übers Gesicht. Ein steifer, ablandiger Wind riss an seinem T-Shirt. »All das habe ich bedacht. Aber was ich gesehen habe, war ein Mensch.«

Alex stand auf und zog ihre Cargohose mit flinken Fingern glatt. »Tja, wenn du dir sicher bist, muss das Arnaldo gewesen sein, der mit der *Auk* gekommen ist. Oder ein Fischerboot hatte ein Motorproblem und ist ans Ufer gefahren. Das sind die einleuchtendsten Erklärungen.« Zwar sah man in der Ferne viele Fischerboote vorbeikommen, aber Alex klang selbst nicht überzeugt. Sie schirmte die Augen gegen die untergehende Sonne ab und verdunkelte dadurch die obere Gesichtshälfte.

»Ich weiß nicht, wie es euch damit geht«, sagte Mike, »aber ich kann nicht gut einschlafen nach allem, was passiert ist. Wir sind alle müde, stimmt's? Und wenn man müde ist, interpretiert man Eindrücke falsch. Besonders wenn man etwas nur flüchtig gesehen hat.« Er breitete zur Illustration die Arme aus. »Ein großer Seevogel hebt ab, und man glaubt einen Menschen zu sehen.«

Vinny hörte sich das geduldig an, dann räusperte er sich. »Also hat sonst keiner etwas gesehen?«

Mein Puls stotterte wie ein Knallfrosch. Das alles bedeutete, dass er die Wahrheit sagte. Ich schaute in die Dämmerung und versuchte, mich zu beruhigen. Das Knirschen am Nachmittag. Ich hatte Schritte gehört und gerufen. Wenn da jemand gewesen war, dann hatte er sich zurückziehen können, während ich aus dem Versorgungszelt kroch und in die anderen Zelte guckte. War das möglich?

»Nichts«, sagte Mike. »Tut mir leid, Kumpel.«

Alex zuckte mit einer Schulter. »Ich war auf die Robben konzentriert, ich habe den ganzen Tag nicht aufgesehen«, sagte sie, um dann ihre vorige Meinung wieder aufzuwärmen. »Hör zu. Wie Mike schon sagte, du bist bloß müde. Es ist nur noch ein Tag, Vin. Arnaldo wird morgen Nachmittag hier sein. Wie wär's, wenn du jetzt den Transceiver einschaltest? Ich muss mit Leo sprechen.«

Alex telefonierte lange. Also ging ich in mein Zelt und warf einen Blick in mein E-Mail-Postfach. Aufgeregt sah ich eine neue Nachricht.

Lukas Larsen hatte geantwortet.

Doch meine Begeisterung legte sich sofort. Es war eine automatische Antwort. *Hey, danke für Ihre Mail. Ich fürchte, ich bin gerade nicht am Schreibtisch, weil ich mit einem Projekt befasst bin, und werde eine Zeit lang weg sein. Wenn es sich um etwas Dringendes oder um einen Notfall handelt, können Sie mich vielleicht auf dem Handy erreichen, aber ich habe hier draußen nur sporadisch Empfang. Ich hoffe, wir sprechen uns bald. LL*

Die genannte Telefonnummer war dieselbe, an die ich in Funchal geschrieben hatte. Vermutlich war er irgendwo im afrikanischen Regenwald unterwegs. So gern ich mit ihm gesprochen hätte, das war einfach nicht drin. Als Nächstes kam Leo Bodins Verschwiegenheitserklärung an die Reihe. Ich rieb mir die Augen vor Müdigkeit und öffnete das Dokument. Wenn Leo mich vor den Bildschirm zitierte, um mit mir über mein Verhalten zu sprechen, sollte ich wenigstens die verdammte Erklärung unterschrieben haben. Ich scrollte durch die Seiten, erzeugte auf jeder meine elektronische Unterschrift und aktualisierte die Datei.

Ich las Lukas Larsens automatische Antwort ein zweites Mal und spürte, dass sich meine Obsession verfestigte.

Ich hatte noch ein paar Minuten Zeit, um auf seine Social-Media-Seiten zu schauen. Es dauerte nicht lange, bis ich seinen Instagram-Feed gefunden hatte. Damals, als der Hype begann, dachte man in meiner Branche, das sei der neue Weg, um Aufträge an Land zu ziehen, und wir alle brachten Stunden damit zu, unsere Seiten mit Videos zu füllen. Eine Zeit lang funktionierte das auch. Wir kommentierten alle fleißig die Beiträge der anderen, bis uns klar wurde, dass wir uns alle nur gegenseitig bestätigten. Als die Aufträge nach und nach ausblieben, pflegte jeder wieder seine Webseite. Ich hatte schon vor Jahren aufgehört, meinen Feed zu aktualisieren, und Lukas auch. Aus seiner aktiven Zeit gab es allerdings eine ganze Reihe von Wüstenaufnahmen, von Straßen, die durch Sanddünen führten, großen Trucks, die durch einen Sandsturm bretterten. Den Begleittexten zufolge stammten die Bilder alle von der N 1, einer Autobahn in Marokko, die von Agadir die Atlantikküste hinunter in die Westsahara verläuft.

Konnte das ein Zufall sein? Ich scrollte weiter, aber nichts deutete auf eine Verbindung zwischen Lukas' Recherche und unserem Leuchtturm hin. Stattdessen war er im Hinterland der Küste gewesen und hatte die Bewegungen großer Fahrzeugkolonnen dokumentiert. Ich versuchte angestrengt, ein Firmenlogo zu erkennen. Bei dem Staubschleier war das schwer, aber ich meinte, dass an der Seite der Lastwagen RMN stand. Ich öffnete eine Suchmaschine, tippte »RMN Marokko« ein und scrollte durch die Ergebnisse, bis ich fündig wurde.

Es handelte sich um eine Organisation namens Recherche Minières Nationale. Die Webseite war auf Französisch. Laut Übersetzung *eine Bergbaugesellschaft, die entlang des Atlantiks Minen betreibt und über hundert Jahre Erfahrung beim Erzabbau in Marokko verfügt.* Ihren Karten und Infografiken nach zu urteilen, waren sie in den umstrittenen Westsahara-Gebieten tätig. Im Hinterland von Dakhla, einer Hafenstadt am Atlantik, war mitten in der Wüste eine Goldmine eingezeichnet. Stecknadeln markierten die Abbaustellen, Linien zeigten die Transportrouten von RMN.

Hieß das, Lukas Larsen hatte die Seawild-Expedition verlassen – angeblich an Covid erkrankt – und die kurze Überfahrt nach Afrika gemacht? Wenn ja, warum? Was hatte er vorgehabt?

»Tess!«

Alex rief mich zu meinem Gespräch mit Leo. Ich suchte in meinen Sachen, fand Clays Handy und steckte es ein, um es eine Weile ans Ladekabel zu hängen.

Leo trug ein schwarzes Funktionsoberteil und rief nicht aus seinem gewohnten Büro an. Das weiß gestrichene Mauerwerk hinter seinem Schreibtisch wirkte mit dem Längsriss sehr rustikal, eine dunkle Ader beschienen von einer Anglepoise-Lampe, die seitliche Schatten warf. Einen Moment lang blieb es still. Ich fragte mich, ob die Verbindung unterbrochen war, und machte versuchsweise eine Bemerkung. »Wenn das Ihr neues Büro ist«, ich deutete auf den Riss, »dann sollten Sie mal mit Ihrem Bauunternehmer reden.«

Er drehte sich nach hinten um und begriff den Scherz. »Es sieht tatsächlich ein wenig beunruhigend aus.« Er lachte und stellte den Hintergrund unscharf. Ich hörte Sohlen über Beton scharren, als er sich anders hinsetzte. »Eins der interessanten Dinge an diesem Job ist, nie allzu lange am selben Ort zu arbeiten. Jeder Tag ist anders.« Er räusperte sich. »Ich sehe, Sie haben das Dokument unterschrieben, das ich Ihnen geschickt habe. *Merci.*«

»Tut mir leid, ich bin nicht eher dazu gekommen.«

»Nun ist es erledigt, das ist das Wichtigste. Wie Sie nun wissen, wird darin die Verwertung von audiovisuellem Material bezüglich der Untersuchung des unglücklichen Todes von Dr. Clay untersagt.« Er strich sich die Haare aus der Stirn und redete weiter. »Alex sagte, Sie seien ein wenig, äh, neugierig geworden? Tess, Sie sind Dokumentarfilmerin, Neugier liegt Ihnen im Blut, daher verstehe ich, wie sehr Sie sich für Stevens Geschichte interessieren. Aber so grausam die Umstände auch sind, ich muss Sie bitten, nicht weiterzurecherchieren. Die Polizei wird ihre Arbeit tun, sobald sie eintrifft, und Sie werden dabei zweifellos von großem Nutzen sein. Bis dahin aber«, er pochte mit dem Finger auf seinen Schreibtisch und lächelte eindringlich, »leisten wir hier sehr wichtige Arbeit. Die ersten Daten, die das Team geschickt hat, deuten darauf hin, dass die Robbenkolonie wesentlich gesünder ist als noch vor zwei Jahren. Wir sehen eine Zunahme von fast fünfundzwanzig Prozent. Der Einfluss auf die Artenvielfalt im Meer ist nicht zu unterschätzen.«

»Das sind tolle Neuigkeiten.«

»Allerdings! Und wir freuen uns, eine Filmemacherin Ihres Kalibers bei uns zu haben, die den Effekt dokumentiert. Mit Ihrer Hilfe können wir dafür sorgen, dass die Inseln nicht wieder für Touristen geöffnet werden. Ihr Beitrag ist entscheidend, Tess.« Der Ton hallte ein wenig, als säße er in einem Keller.

»Danke, Leo.«

»Und bei der Überarbeitung werden Sie sicher darauf hinweisen, wie störungsanfällig die Robbenkolonie ist und wie notwendig eine Verlängerung und Einhaltung des Genehmigungsverfahrens ist?«

»Natürlich.«

Leo neigte sich vor. »Leisten Sie weiter so gute Arbeit, Tess. Und – entschuldigen Sie, dass ich mich wiederhole – lassen wir die unglücklichen Ereignisse vorerst beiseite und konzentrieren wir uns auf das laufende Projekt, einverstanden?«

Ich holte tief Luft und erwiderte sein Lächeln. »Einverstanden.«

31

Ich hängte Clays Handy an das Ladekabel, versteckte es, damit es nicht auffiel, und kehrte in mein Zelt zurück.

Ich hatte mir noch nicht die GoPro-Aufnahmen aus der Höhle angesehen, darum ging ich in den Schneidersitz und schaute sie einmal durch, um dann zurückzuspulen. Die erste Nacht erschien ganz okay, aber die zweite war signifikant besser, voller Aktivität – schnaufend schoben sich die Robben durch die dunkle Höhle. Das war wie in den Dokus über Schlafstörungen, wo man die Bewegungen der Schläfer im Bett aufnahm. Die Robben wälzten sich nebeneinander, schliefen zu zweit oder zu mehreren, regten sich und schlugen mit den Flossen. Träge Bewegungen wirkten im Schnelldurchlauf dramatisch übertrieben. Es war zu schnell vorbei, und begierig auf mehr spulte ich zurück und sah mir den Film ab der Mitte noch mal an, um eine gute Stelle zum Schneiden zu finden.

Ich ließ den Film langsamer laufen und sah mir ein Bild nach dem anderen an. Eine leere Höhle, eine verschwommene Bewegung, die den Sensor auslöste, dann sieben, acht Bilder lang nichts. Das kam mir seltsam vor. Eine Aufnahme alle dreißig Sekunden bedeutete vier Minuten leere Höhle. Wieso hatte die Kamera gefilmt, obwohl keine Robben da gewesen waren? Entweder hatte der Sensor eine Störung oder ich hatte in den Aufnahmen etwas übersehen. Frustriert spulte ich zurück und sah mir die Aufnahme noch mal an. Zunächst passierte da nichts.

Dann erschien eine geisterhafte Gestalt.

Ein Fleck mit weichen Rändern trat aus dem Schwarz hervor und verschwand wieder darin. Er kam von der Höhlenwand und löste sich davon, Gliedmaßen waren nicht zu erkennen. Doch was immer es war, es bewegte sich aufrecht. Also konnte es keine Robbe sein. Im nächsten Bild war der Fleck verschwunden. Mehr war nicht zu erkennen, die Beleuchtung war einfach zu schlecht.

Sah ich Dinge, die nicht da waren, oder bewegte sich da etwas ganz anderes? Wasser? Eine Gruppe Fledermäuse, die zusammen flogen? Jede Erklärung, die ich mir aus den Fingern saugte, wirkte lächerlich gegenüber dem Offensichtlichen: Letzte Nacht war jemand in der Höhle gewesen.

Okay, dachte ich, um mich zu beruhigen, das muss einer vom Seawild-Team gewesen sein. Aber waren wir nicht alle zusammen gewesen? Ich dachte daran, was Vinny erzählt hatte. Er selbst hielt das ganz offenkundig für wahr. Vielleicht hatte er tatsächlich jemanden gesehen.

»Ich schalte gleich wieder ab, Leute«, rief er.

Ich legte die GoPro beiseite. Meinen Puls spürte ich bis in die Fingerspitzen. Wenn ich die seltsamen Vorfälle der letzten drei Tage einzeln betrachtete, mochten sie seltsam erscheinen, konnten aber alle erklärt werden. Zusammengenommen ergaben sie dagegen ein viel dunkleres Bild. Clay, der Schlüssel, das Lager im Leuchtturm, Vinnys Paranoia und nun die Gestalt auf den Zeitrafferaufnahmen. In mir stieg eine Angst auf, die mir die Kehle zuschnürte, und mein Herz pochte heftig. Wenn ich zu lange über all das nachdachte, würde ich den Verstand verlieren.

Ich versuchte, mich davon abzulenken, indem ich ein zweites Rätsel anging, eines, das wenigstens eine gewisse Logik hatte. Ich sah mir noch mal Larsens Instagram-Fotos an und die Webseite von Recherche Minières Nationale. Ich untersuchte die mit Stecknadeln markierten Minen und die kartierten Routen und verglich sie mit den Lastwagenkonvois im Feed – solche Recherche war ich noch von *Spill* gewohnt. Wieso hatte sich Lukas dafür interessiert? Es hatte keinen Sinn, Lkw-Kolonnen aufzunehmen, wenn sie nicht als Beweis für etwas dienten. Ich öffnete eine Suchmaschine, tippte »RMN Bergbaugesellschaft Skandal« ein und scrollte durch die mageren Ergebnisse. Ein Reuters-Bericht schien mir vielversprechend.

»Nur eine Minute noch, Vinny!«, rief ich beim Überfliegen.

In dem Bericht ging es um Sanktionen. Westliche Regierungen hatten Handelsverbote erlassen, vor allem wegen Menschenrechtsverletzungen, sodass es für afrikanische Regierungen schwer wurde, sich Geld zu beschaffen. Eine Möglichkeit, die Sanktionen zu umgehen, war der Handel mit Bodenschätzen auf dem Schwarzmarkt, der zurzeit wuchs. Einige Länder schlossen illegale Geschäfte mit Bergbauunternehmen ab. Die hatten ihren Sitz in Europa, verfügten über legale Exportlizenzen und verschifften afrikanisches Gold in großen, aber nicht registrierten Mengen nach Paris und London. Ein Teil des Gewinns floss an die betreffenden Regierungen zurück. »Die Ware geht an Goldhandelshäuser auf dem Kontinent«, erklärte ein Mitarbeiter, »und sauberes Geld fließt zurück.«

Vinny klopfte auf mein Zeltdach. »Ich schalte jetzt ab.«

Ich fuhr meinen Laptop runter und starrte ein paar Augenblicke lang auf den schwarzen Bildschirm. So ergab sich endlich ein schlüssiges Gesamtbild. Mikes Theorie, über die Insel würden Robbenfelle geschmuggelt, konnte ich abhaken und musste stattdessen etwas anderes in Betracht ziehen: Die Inseln dienten als Zwischenstation für Goldschmuggler, die die Westsahara ausplünderten, und Lukas Larsen hatte das erkannt. Der Treibstoffvorrat im Leuchtturm ergab jetzt mehr Sinn. Unklar war nur noch, inwiefern Clay in die Sache verwickelt gewesen war.

Müde rieb ich mir die Augen und wandte mich wieder den Filmaufnahmen des Tages zu. Darunter waren ein paar schöne Bilder vom Innern des Leuchtturms, wichtig für meine heimliche Doku.

Ich suchte in der Kameratasche nach meiner SSD-Festplatte. Da war sie nicht.

Das war nicht weiter beunruhigend. Sie lag sicher irgendwo im Zelt zwischen meinen Sachen. Unter meinem Handtuch ertastete ich etwas und glaubte schon, sie gefunden zu haben, doch es war ein Ersatzakku. Wahrscheinlich hatte ich nicht in alle Seitenfächer der Kameratasche gefasst. Ich zog sämtliche Reißverschlüsse auf.

Die SSD war nicht da.

Ich schaute über den Zeltboden, fuhr mit der flachen Hand über Bereiche, die ich schon abgesucht hatte, hob die Isomatte hoch, schlug den Schlafsack auseinander, suchte noch einmal systematisch in der Kameratasche, obwohl schon klar war, dass ich sie dort nicht finden würde.

»Scheiße.« Kribbelnde Angst durchfuhr mich. Meine Festplatte war weg. »Du Idiot«, schimpfte ich mit geballten Fäusten. Ich atmete durch und dachte nach. Nein.

Die Sicherung der Aufnahmen gehörte zum Einmaleins des Filmemachens. Ich hatte sie nicht verloren, ich hatte sie am Abend in die Kameratasche gesteckt. Wenn sie jetzt nicht da war, dann nur, weil …

Zum ersten Mal horchte ich, was draußen am Feuer gesprochen wurde. Sie unterhielten sich leise. Ich rief mir den Tagesablauf von vorgestern ins Gedächtnis. Ich hatte die Leiche entdeckt und gefilmt, war heimlich ein weiteres Mal in die Bucht gegangen und hatte den Schlüssel gefunden. Mike war oben am Pfad gewesen, wo ich kurz darauf zu ihm stieß. Er konnte es zwar nicht mit Sicherheit wissen, dürfte aber davon ausgehen, dass ich in der Bucht gefilmt hatte. Alex und Vinny wussten nichts von meinem heimlichen Ausflug, außer, Mike hätte es ihnen erzählt. Hatte er ganz bestimmt. Alex schien über alles Bescheid zu wissen. Ihre Ablehnung mir gegenüber, nachdem ich die anderen ausgefragt hatte, verbarg sie kaum. Eine Erklärungsmöglichkeit gab es noch: Hatte ich die Kameratasche mal irgendwo stehen gelassen? Das glaubte ich nicht. Und da ich am Abend ein Backup gemacht hatte, war auch die Festplatte im Zelt geblieben.

Wie sollte ich reagieren? So tun, als wäre nichts passiert?

Ich kaute auf einem Fingerknöchel. Nein, das kam nicht infrage. Ich brauchte den Speicherplatz. Immer zu viel filmen, das war eine eiserne Regel. Tonnenweise Filmmaterial mit nach Hause nehmen, sonst rauft man sich beim Schneiden die Haare, weil man an den Drehort nicht zurückkann. Wenn Alex sich die SSD gegriffen hatte, um mich zu bestrafen, dann musste ich mich durchsetzen. Und zugleich vorsichtig sein. Ich hatte es mit einer gefährlichen Person zu tun. Nach allem, was ich mit Gretchen erlebt hatte, wollte ich ganz sicher nicht bei einer Recherche draufgehen.

Ich schwankte und rang meine Angst nieder, dann öffnete ich den Reißverschluss und wand mich aus dem Zelt.

Jemand hatte eine Flasche Schnaps geöffnet, Vinny vermutlich, und jeweils zwei Fingerbreit in die Plastikbecher gegossen, die am Rand der Feuerstelle aufgereiht standen. Für mich war keiner dabei, stellte ich fest. Mike betrachtete mit ruhigem Ernst das Etikett der Flasche. Neben seinem Stuhl lag ein aufgeschlagenes Buch mit dem Cover nach unten. Alex und Vinny unterhielten sich leise. Sie ignorierten mich. Mike war immerhin so anständig aufzublicken.

»Hallo.« Er hob lächelnd die Flasche. »Wir probieren gerade diesen Brandy. Willst du welchen?«

Das Gespräch von Vinny und Alex geriet ins Stocken. »Macieira«, sagte er, und seine Begeisterung für alkoholische Getränke klang doch ein wenig durch. Er hob sein Glas und spitzte genießerisch die Lippen. »Der ist noch besser als Cognac.« Und um das Schweigen der anderen zu überbrücken, redete er weiter. »Damals in Porto kannte ich einen Barbesitzer. Capella hieß die, war in einer ehemaligen Kapelle. Der Altar steht immer noch da drin. Ich bin donnerstags mit meinen Freunden dort was trinken gegangen. Da wurde immer Fado gespielt. Ihr kennt Fado, ja? Sehr schöne Musik, sehr traurig. Da haben wir den Brandy getrunken. Koste mal.« In dem Moment sah er, dass für mich kein Becher dastand. Plötzlich verlegen, schaute er das Küchenzeug durch.

Mike zog meinen Stuhl heran, damit ich mich hinsetzen konnte, doch ich blieb stehen. »Ich vermisse eine SSD.«

Schweigen. Alex nippte an ihrem Brandy. Mikes Lächeln erstarb. »Eine was?«

»Externe Festplatte«, antwortete ich und unterdrückte meinen Ärger. »Ich habe mein Filmmaterial darauf gespeichert.«

»O nein«, sagte Alex. Sonst so eisig zu mir, klang sie diesmal mitfühlend. Sie stand sogar auf. »Können wir suchen helfen? Sie kann ja nicht weit sein.«

Wenn mir einer von ihnen die Festplatte gestohlen hatte, würde er das sicher nicht zugeben. Trotzdem überraschte mich das Hilfsangebot. Ich hatte mit mürrischem Achselzucken gerechnet. Ich sah ihnen nacheinander ins Gesicht. »Sie war in meiner Kameratasche. Da hatte ich sie verstaut, und jetzt ist sie weg.«

Nach einem Blick zu den anderen beiden kratzte Vinny sich den Bart. »Bist du sicher?«

»Und ob ich das bin«, schnauzte ich.

»Das Lager ist klein.« Mike stand auf und sagte in die

Runde: »Sie muss hier irgendwo sein. Wir finden sie, ganz sicher.«

»Das lässt sich nicht mit einer Suche lösen. Sie war in meinem Zelt, und jetzt ist sie weg.«

Alex nahm ihre Brille ab, hauchte auf die Gläser und begann sie zu reinigen. »Hast du den Zeltboden abgesucht? Meiner ist das reinste Chaos«, sagte sie. »Ich denke oft, ich habe etwas irgendwohin gelegt und finde es ganz woanders ...«

»Das wäre Zeitverschwendung. Sie war in meiner Tasche.«

Darauf herrschte Schweigen. Alle Blicke waren auf mich gerichtet. Mike setzte sich wieder hin und lächelte nervös. Vinny stützte die Ellbogen auf und das Kinn in die Hand.

»Mir macht es nichts aus, die Robbenmarkierung zu wiederholen.« Mike war ganz Mitgefühl.

Alex griff das sofort auf und schaute freundlicher. »Wie viel Material hast du verloren? Könnten wir morgen früh versuchen, alles noch mal zu drehen? Ich kann den Zeitplan ändern.«

Innerlich kochte ich. Ohne die Aufnahmen aus der Bucht fehlte mir für meinen geheimen Dokumentarfilm herausragendes Material, und der Dieb wusste das. Ich würde keinesfalls dieselben Aufnahmen noch mal machen können. »Und wie soll ich von jetzt an meine Aufnahmen sichern? Die Kamera hat nicht genug Speicherplatz.«

Alex räusperte sich. »Auf dem Laptop? Du kannst auch unsere mitbenutzen. Irgendwie lässt sich das doch lösen.«

Wie passend. Auf diese Weise könnte sie meine Aufnahmen kontrollieren. »Könnt ihr mal einen Moment lang zuhören? Das Problem ist, dass meine SSD verschwunden ist. Sie war in meinem Zelt und ist jetzt weg.«

»Aber du denkst doch nicht ... willst du behaupten, sie wurde gestohlen?«, fragte Alex mit hochgezogenen Brauen.

Nun war es ausgesprochen. Die Luft war auf einmal zäh, obwohl ein paar Vögel am Ufer in die Brandung schrien.

»Jemand hat sie an sich genommen«, sagte ich einigermaßen bestimmt. »Das ist die einzige Erklärung.«

32

Nur zweierlei war zu hören: das Spucken des Feuers, als Holzstücke zerfielen, und das Atmen des Ozeans.

»Ganz bestimmt nicht, Tess«, sagte Alex kühler. Sie stand auf. »Lasst uns mal gründlich suchen. Ich bin sicher, wir finden sie.«

Plötzlich wurde mir bewusst, dass sie mich bemitleideten. Ich wurde behandelt wie eine Praktikantin, die Seawild sicher in rauen Mengen hatte. Die drei lächelten teilnahmsvoll, doch ihre Blicke sagten etwas anderes. Eine hilflose Aufregung brannte in meiner Brust, und mir wurde am ganzen Körper heiß.

Vinny rieb sich die Hände, als wollte er loslegen. »Ich bin gut darin, Verlorenes aufzustöbern. Besonders Zigaretten.«

Ich fühlte mich herablassend behandelt. »Jemand hat sie gestohlen!«

Alle hielten inne. Mike sah mich gequält an. Alex strich sich über die Lippen, dann schlug sie einen harten, kalten Ton an. »Wir haben darüber gesprochen, wie wichtig Zusammenhalt ist. Das ist eine unangebrachte Anschuldigung, Tess.« Sie legte eine Hand auf Vinnys Schulter. »Wir arbeiten hier eng zusammen, und da ist es wichtig, dass wir uns vertrauen, mit kollegialer Höflichkeit begegnen und effizient arbeiten.«

Plötzlich sah ich es glasklar: Hier wurde gerade die Realität umgedeutet. Gaslighting. Sie wollten, dass ich an meiner Wahrnehmung zweifelte. Einatmen und ausatmen verlangte meine ganze Konzentration. Ich konnte mich nicht überwinden, Alex anzusehen.

»Das waren zwei furchtbare Tage«, fuhr sie fort. »Wir sind alle gereizt. Tess, niemand hat dir deine Festplatte weggenommen. Wir sind alle ziemlich durcheinander und werden alle noch Fehler machen. Ist es nicht so, Leute?«

Vinny und Mike brummten zustimmend. Wenn Alex es darauf angelegt hatte, mich zu verunsichern, dann hatte sie Erfolg. Sie war gut. Ich fing wirklich an zu glauben, ich hätte die Festplatte verlegt. Hatte ich in den Zelttaschen gesucht? Steckte sie in meiner wasserdichten Jacke?

»Also, lasst uns suchen«, sagte Alex. »Jeder fängt beim eigenen Zelt an, für den Fall, dass sie beim Aufräumen dahin gekommen ist. Dann nehmt die Taschenlampen, und wir suchen rings um das Lager.«

Ich war so verwirrt, dass ich mich nicht vom Fleck rührte. Dadurch zögerten auch die anderen.

»Tess?«, sagte Alex. »Wie sieht die Festplatte aus?«

Der Gedanke, dass nur zum Schein eine systematische Suche durchgeführt wurde, war zu demütigend. Wir würden die Festplatte nicht finden.

Mike kam mir zu Hilfe. »Ich übernehme das«, sagte er zu mir und zu den anderen: »Tess und ich suchen, ihr beide genießt euren Brandy.«

Alex zuckte triumphierend die Achseln. »Ganz sicher? Na schön. Aber ruft, wenn ihr uns braucht.«

Mike kam zu mir und nahm mich beim Arm. »Fangen wir außerhalb des Lagers an«, sagte er laut, »und arbeiten uns nach innen vor. Das ist ein alter Trick, aber ein guter.« Ich überließ mich seiner Führung. Außer Hörweite der anderen neigte er sich zu mir und flüsterte: »Was ist hier eigentlich los?«

Hatte ich gerade wehrlos dabeigestanden, als Alex die Suche eines Gegenstands organisierte, den sie selbst gestohlen hatte? Und hatte Vinny gerade eine selbstironische Bemerkung eingeworfen, um die Angelegenheit zu verharmlosen? Ich fächelte mir kühle Luft zu, denn mein Gesicht glühte. Noch nie war ich in meinem Beruf so gedemütigt worden.

Entweder das oder ich wurde allmählich verrückt.

»Wozu tun wir das?«, flüsterte ich. »Die Festplatte liegt hier nicht herum. Sie wurde gestohlen, Mike.«

Beruhigend streckte er die Hände zu mir. »Das weißt du nicht. Keiner von uns hätte Grund dazu.«

Das Problem war, dass er nicht alle Informationen hatte. Niemand außer mir hatte die.

Natürlich gäbe es Abhilfe. Ich könnte ihn einweihen.

Er wirkte zwar wie ein ehrlicher Mann, warmherzig, hilfsbereit und beruhigend, aber er hatte vor zwei Jahren an derselben Expedition teilgenommen wie Clay. Ich war nur wegen der Indizien mehr geneigt, Alex oder Vinny für den Täter zu halten. Vinny, weil er nicht in seinem Zimmer gewesen war, und Alex, weil sie meine Fragen unterbinden wollte. Doch nur weil Mike einen Skizzenblock und ein herzliches Lächeln hatte und für seine Tochter Muscheln sammelte, war er noch lange nicht unschuldig.

Ich beschloss, ihn auf die Probe zu stellen, ihm von der Stichwunde zu erzählen und zu beobachten, wie er reagierte. Vinny hatte die Verletzung an Clays Leiche entdeckt, doch das würde er nicht zugeben. Alex kam nicht infrage, und ich würde irre werden, wenn ich mich weiter durchlavierte, ohne mir einen Verbündeten zu suchen. Doch einmal ausgesprochen, ließe sich die Information nicht zurücknehmen.

»Tess.« Mike stand eine Armlänge von mir entfernt und neigte den Kopf zur Seite, um meinen Blick auf sich zu ziehen. Er fasste mir behutsam an die Schulter. »Hier geht es nicht nur um die Festplatte, oder? Was beunruhigt dich? Vielleicht kann ich helfen.«

Ich schaute durch den Rauchschleier über dem Feuer. Vinny schenkte Alex gerade Brandy nach. Das Licht schien durch die Flasche und färbte seine Hände blutrot.

»Na gut«, sagte ich leise. »Dann erzähle ich dir etwas.«

Hinterher ging ich in mein Zelt, um es erneut zu durchsuchen. Je länger ich das tat, desto dümmer kam ich mir vor. Die Festplatte würde nicht plötzlich wie aus dem Nichts erscheinen. Ich legte mich hin und versuchte, zur Ruhe zu kommen, doch sobald ich die Augen schloss, sah ich mich auf dem Polizeirevier Brixton, wo ich in zwei Tagen befragt werden sollte. Also musste ich das lassen. Schließlich setzte ich mich auf, schlug den Schlafsack zurück und drängte meine Angst zurück, bis ich ganz im Hier und Jetzt angekommen war.

Ich hatte Mike von Clays Stichwunde erzählt.

Ich sah es noch vor mir, sein offenes Gesicht ein Bild der Bestürzung, die aufgerissenen Augen, als er es hörte. Nachdem ich ihm meine Entdeckung geschildert und ihn beschworen hatte, es für sich zu behalten, war er aus der Phase ungläubigen Flüsterns nicht rausgekommen, bis Vinny hinter die Zelte kam und fragte, wie die Suche voranginge. Danach waren wir ans Feuer zurückgekehrt.

Aber da ich es unerträglich fand, mich dazuzusetzen und zu plaudern, saß ich nun wütend in meinem Zelt, während die anderen ihren Drink genossen. Ich sah zu, wie der Feuerschein ein Schattenspiel auf meine Zeltwand warf, und fragte mich, wieso ich Mike das erzählt hatte. Vielleicht hätte ich gut daran getan, das Wissen allein mit mir herumzutragen. Ich war mir nicht sicher, aber dieser Abend kam mir vor wie ein Wendepunkt. Es war anzunehmen, dass jetzt alle wussten, wie Clay sein Leben wirklich verloren hatte.

Während ich grübelte, legte ich bereit, was ich später brauchen würde – nicht etwa bei einer weiteren Suche nach der Festplatte, die konnte ich abschreiben, sondern für den Fall, dass ich wieder Geräusche vom Wald hörte. Ich hatte nicht vor, auf dem Küstenstreifen zu bleiben, solange meine Fantasie Bilder von wilden Tieren heraufbeschwor. Ich würde filmen. Ich legte alles zurecht und übte mit geschlossenen Augen, das Wärmebildmodul herauszugreifen, um es später im Dunkeln sofort zu haben.

Ich war fast fertig, als Mike nach mir rief. So gern ich allein bleiben wollte, ich konnte mich nicht ewig von den anderen fernhalten.

»Tess, komm und sieh dir das an«, rief er. »Los.«

Ich roch den Rauch von Vinnys Abendzigarette und hörte das Feuer spucken. Ich zog den Reißverschluss auf und spähte nach draußen. Die drei saßen am Feuer, die Brandyflasche war nur noch drei viertel voll, die Mückenkerzen heruntergebrannt. Sie schauten alle in dieselbe Richtung, zu den Hängen unterhalb des Leuchtturms, und ihre Augen leuchteten im Schein der Glut. Vinny blies eiernde Rauchkringel in die Luft, die sich rasch auflösten. Ich kroch hinaus, richtete mich auf und folgte ihrem Blick.

Die Sterne waren verschwunden.

Im Lauf der vergangenen Stunde hatte sich eine Wolke auf die Insel gesenkt und die obere Hälfte des Bergrückens verschluckt. Nur die schwarzgrauen unteren Hänge waren noch unterhalb des undurchdringlichen Dunstes zu sehen. Der klebte an den Felsen und schnitt uns vom Mondlicht ab. Nur an wenigen Stellen sah man noch Sterne schimmern.

Die Luft hatte sich auch verändert, sie kündigte Regen an. Weiter im Westen über dem Meer hing eine weitere Nebelbank, als wäre eine graue Wand aus dem Wasser aufgestiegen, das nun unter kleinen, aber schaumgekrönten Wellen zitterte.

Vinny schien das Schauspiel nicht zu überraschen. »Das passiert oft«, sagte er rauchend. »Auf Madeira kann gleichzeitig am Strand die Sonne scheinen und in den Bergen Schnee fallen. Kennt ihr Fanal? Den Wald an der Nordküste? Da ist es immerzu neblig. Die Touristen fahren dahin, um zu fotografieren.«

»Bleibt der lange?«

»Das hängt davon ab, wo man sich befindet und wie stark der Wind ist.« Aus der Glut leckte nur noch hier und da eine Flamme hoch, und wie aufs Stichwort fuhr der Wind zwischen die Zelte, dass die Zeltbahnen flatterten.

»Was heißt das für morgen?«, fragte ich. Ich wollte von dieser verdammten Insel verschwinden, sobald ich mein Filmmaterial zurückhatte. Brixton kam mir langsam wie eine willkommene Ablenkung vor.

»Bin mir nicht sicher«, sagte Alex. »Wir sind wieder online. Mike hat mit Leo gesprochen. Ich versuche, Arnaldo zu erreichen, um zu hören, wie er die Wetterlage einschätzt. Ob er uns abholen kann.« Sie lächelte. »Ach, hast du deine Festplatte eigentlich gefunden?«

Als ich später in den Schlafsack kroch, dachte ich über ihre Frage nach, die sie so beiläufig eingeworfen, die so fürsorglich geklungen hatte.

Und die vielleicht meiner seelischen Zermürbung dienen sollte.

33

Meine letzte Nacht auf Navigaceo zeigte noch einmal deutlich, wie tief wir seit dem ersten Tag gesunken waren.

Ich lag in meinem Zelt und sehnte mich nach dem Komfort und der Normalität Funchals.

Irgendwann kam ich davon ab und dachte an die Instagram-Bilder von Lukas Larsen, an die ergonomischen Formen der Sanddünen, die Staubwolken, die von Lkw-Reifen aufgewirbelt werden, die flimmernde Verschwommenheit der Hitzeschleier am Horizont. Die Brutalität der weiten Sahara brachte mich zu dem Tag vor zehn Jahren zurück, den ich verängstigt und allein auf den Ölfeldern bei McKittrick im Kern County verbrachte.

Gretchen hatte den Wagen genommen und mich im Stich gelassen.

Ich verbrachte Stunden ohne Wasser, versteckte mich in einer glutheißen Einöde aus Steinen und Steilfelsen, in der ich mich nur anhand der Rohrleitungen orientierte. Chase Industries hatte dort ein Netz solcher Rohre, Adern für Rohöl, die auf Stahlträgern ein Stück über dem Boden verliefen. Sobald das erste Entsetzen über die Verfolgung nachgelassen hatte, erkannte ich ihren Nutzen. Sie warfen einen breiten Schatten, verbargen mich vor meinen Verfolgern, und das Beste war, dass ich daran entlanglaufen konnte, solange ich mich vor den Klapperschlangen in Acht nahm, die die Kühle darunter genossen. Daher fing ich wieder an zu filmen und fand es beruhigend, in mein Shotgun-Mikro zu sprechen. Ich redete mich an den

Rohrleitungen entlang, die Zunge dick vom Durst, Steinchen in allem, von den Haaren bis zu den Stiefeln. So schleppte ich mich durch die Wildnis. Wann immer meine Gedanken zu dem Moment vorauseilten, da ich an Hitze und Durst sterben würde, versuchte ich, sie wieder einzufangen, und kommentierte weiter, was ich filmte.

An dem endlosen Tag durchlebte ich verschiedene Stadien der Verzweiflung. Während des Vormittags war ich darauf erpicht, zu dem Loch im Zaun zurückzukehren, durch das ich auf das Gelände gekrochen war, und verbrachte zwei Stunden damit, mich am Stand der Sonne zu orientieren, um die Stelle wiederzufinden, und gleichzeitig imaginären Verfolgern auszuweichen. Als ich mich hoffnungslos verirrt hatte und die Sonne im Zenit stand, ließ ich den Plan fallen und entschied mich, zu der Aufbereitungsanlage zu laufen. Nach einer Stunde entdeckte ich auf einer Wetterstation eine Überwachungskamera und zog mich wieder zurück. Ich schwenkte meine Kamera endlos am Highway entlang und hoffte auf Gretchens Rückkehr und verfluchte sie, weil sie mich gezwungen hatte, mein Handy auszuschalten und im Wagen zu lassen. Am Nachmittag muss ich ins Delirium gefallen sein, denn ich nahm eine Sprachnachricht für meinen Vater auf, in der ich ihm sagte, dass er mir fehlte, und ihn um Verzeihung bat, weil ich mir von ihm so viel Geld geliehen und es nicht zurückgezahlt hatte.

Danach veränderte sich in mir etwas. Angst und Verzweiflung verwandelten sich in grimmige Entschlossenheit. Ich wollte das Richtige tun. Inzwischen war ich überzeugt, dass ich den Verlust oder die Vernichtung meiner Beweise unbedingt verhindern, das Filmmaterial mit allen Mitteln bewahren musste. Mein Plan war also, einen Regenwasserkanal zu finden wie den, an dem wir ursprünglich geparkt hatten. Darin hatten sich Steppenroller angesammelt, fiel mir ein, was ihn zu einem guten Versteck machte. Sobald ich mich davon überzeugt hatte, dass ich nicht verfolgt wurde, wollte ich meine Kamera darin verstecken, mir die Stelle einprägen und über die Straße entkommen. Sobald ich wieder ein Auto hätte, würde ich hinfahren und sie holen.

Am Nachmittag war ich bis zu einem Abschnitt des Zauns gelangt, den ich nicht kannte. Obwohl mir vor Hunger und Durst schwindlig war, kauerte ich mich neben eine Rohrleitung und wartete eine halbe Stunde lang, bis ich mir sicher war, dass am Straßenrand niemand im Hinterhalt lag. Ein Tankwagen brauste vorbei, etwas später ein Sattelschlepper und einmal ein Wohnmobil, das in die Berge fuhr. Schließlich ergriff ich die Chance und rannte zum Zaun. Mit glitschigen Händen schnitt ich ein Loch hinein und zwängte mich hindurch.

Ich wandte mich nach Süden – zumindest glaubte ich das –, und erleichtert über mein Entkommen, fand ich neue Kraft und kam gut voran, indem ich mich am Straßenrand entlangschleppte, die aufgerissene Haut vom Wüstenstaub bedeckt. Jetzt, da ich frei war, bekam ich immer wieder heftige Wutausbrüche. In einem Moment wurde ich von der himmelschreienden Ungerechtigkeit verzehrt – *Was hat sie sich dabei gedacht, mich so im Stich zu lassen?* –, und im nächsten, so unbegreiflich das erscheint, sagte ich mir, dass sie mir in der Branche zehn Jahre voraushatte und man das nun mal so machte. Sie ging lediglich strategisch vor, sie war pragmatisch, traf Entscheidungen, die für das Projekt am besten waren. Bei solcher Recherchearbeit ging es nicht um etwas Naives wie Freundschaft oder Loyalität. Es ging darum, seine Aufgabe zu erledigen, und wenn man dabei sein Leben riskieren musste, dann tat man das eben – man verließ sich darauf, dass die Partnerin sich durchkämpfte und mit dem Filmmaterial zurückkehrte. Und Gejammer war vollkommen unangebracht. Doch wenn mir der

Schweiß in den Schürfwunden brannte, kehrte ich zu meiner vorigen Haltung zurück: *Sie hat mich gezwungen, den Zaun aufzuschneiden, sie hat mich gezwungen durchzukriechen, und dann ist sie abgehauen. Sie ist feige und eine Heuchlerin.*

Ich war so vertieft in diesen inneren Konflikt, dass ich das Motorgeräusch erst spät hörte.

Instinktiv warf ich mich auf den Boden, drückte mich in den Randstreifen und flehte, die leichte Schräge möge mich verbergen. Ich glaubte nicht daran und schaute mich hektisch nach einem Baum, einer Sanddüne oder einem Gully um, doch da war nichts.

Mir blieben nur ein paar Augenblicke, um die Kamera zu verstecken. Sollten mich die Wachleute meinetwegen holen, doch mein Filmmaterial würden sie nicht kriegen. Ich erinnere mich noch gut an die alte RED X. Sie war robust wie ein Stein, kompakt und klobig wie eine Handgranate. Ich benutzte sie noch Jahre später, und an jenem Tag hätte ich sie in einen Brunnenschacht werfen und später herausfischen können, und sie wäre zerschrammt, aber funktionsfähig gewesen. Da kein Brunnen verfügbar war, entschied ich mit meinem delirierenden Verstand, sie zu vergraben. Ich scharrte mit blutigen Fingern den Boden auf, während das Motorgeräusch näher kam, und hatte die Kamera fast mit Erde bedeckt, als neben mir die Reifen im Kies knirschten. Ich lag da und machte mich darauf gefasst, vor meinen Schöpfer zu treten.

Eine Wagentür ging auf, und eine Stimme sagte: »Tess! O mein Gott!«

Gretchen Harris stand am Straßenrand.

Später im Auto, in der Kühle der Klimaanlage, erzählte sie mir alles, während ich versuchte, nicht aufs Polster zu bluten.

»Ich wollte sie weglocken«, sagte sie. Ich trank aus ihrer

Wasserflasche mit rissigen Lippen, die empfindlich schmerzten. »Du weißt schon, sie abschütteln und zurückkommen, um dich zu holen. Aber sie haben am Zaunloch angehalten.« Sie schüttelte den Kopf. »Hinterhältige Scheißkerle, hm? Also Plan B. Ich bin am nächsten Tor rechts rangefahren und habe sie beobachtet. Durchs Zoomobjektiv. Ich konnte erkennen, dass einer Verstärkung anforderte und der andere dich verfolgte. Herrgott, Tess, du warst fantastisch. Er konnte nicht mithalten. Ich dachte mir, dass du an den Rohrleitungen entlangläufst.«

Ich hörte zu, noch unter Schock, ausgehungert und im Zwiespalt.

»Also fuhr ich die 33 hinunter und fand eine Seitenstraße, wo du vielleicht rauskommen würdest. Da habe ich mich postiert, damit wir dann gleich abhauen können. Aber du kamst nicht.«

»Hab versucht, zum Zaunloch zurückzukehren«, krächzte ich.

»Ah. Ja, ich hab also gewartet und kapiert, dass ich falschlag, und bin zu unserem Ausgangspunkt zurückgefahren. Der SUV stand nicht mehr da, aber ich habe ihn in der Ferne gesehen, wie er um das Gelände patrouillierte. Ich habe dann ebenfalls nach dir Ausschau gehalten und darauf geachtet, dass sie mich nicht bemerken.« Sie stieß einen Pfiff aus. »Ein Höllentag.«

»Das kannst du laut sagen.«

»Aber so ist unsere Arbeit, nicht wahr? Du warst brillant, Tess. Hätte es selbst nicht besser machen können.«

Wenn mir ein Jahr vorher jemand gesagt hätte, Gretchen Harris würde mich mal derart loben, während wir gemeinsam an einem Projekt arbeiten, wäre ich vor naiver Freude übergesprudelt. Von solchen Momenten wie dem im Auto, als wir mit intaktem Filmmaterial zum Flughafen fuhren, hatte ich bis dahin nur träumen können. Aber ich weiß noch genau, dass ich so nicht empfand, während sie den Schildern nach L. A. folgte, sondern dass ich mich betrogen fühlte und darüber grübelte, wie sich alles abgespielt hatte. Lief die Recherchearbeit in unserer Branche wirklich immer so? Wurde von Filmemachern, die gemeinsam einer Spur folgten, wirklich erwartet, dass sie sich alleingelassen so durchschlugen? Ich wusste es nicht. Und ich hatte auch keine anderen Erfahrungen gemacht.

Da draußen auf den Ölfeldern wurde ein Präzedenzfall geschaffen, einer, der für die letzten sechs Monate dieses zum Scheitern verurteilten Projekts gelten sollte. Gretchens Aufgabe war es, den Drehort auszukundschaften, den Drehplan vorzuschlagen und optimistisches Selbstbewusstsein auszustrahlen, wenn sie an ihrem Laptop arbeitete.

Und ich durfte diejenige sein, die durch Lücken in Sicherheitszäunen kroch.

34

Dunkelheit und das langsame Zischen der Uferwellen.

Ich war wach, hatte Kopfschmerzen, und meine Kopfhaut spannte und juckte. Ich war nicht in London, ich saß auf einer Insel fest, drei Stunden von Madeira entfernt. Es war zum Heulen. Irgendetwas hatte mich geweckt. Hellwach lag ich in meinem Schlafsack und horchte. Nach einer Minute angespannten Lauschens zog mich die Müdigkeit in den Schlaf zurück, bis ich erneut hochschreckte. Diesmal war ich mir ganz sicher.

Im Wald bewegte sich jemand. Genau wie am Nachmittag.

Ich öffnete den Schlafsack, schwang die Beine von der Matte, tastete nach dem zurechtgelegten Kameraequipment und dachte: *In ein paar Stunden kommt das Boot und holt mich ab.* Es konnte gar nicht früh genug kommen. Ich brauche ein paar Augenblicke, um das Wärmebildmodul zu ertasten. Ich schaltete mein Handy ein und steckte das Modul auf.

Draußen kam noch ein lautes Knacken vom Wald her.

Ich richtete die Handykamera auf meine Beine und bekam ein orange-gelbes Wärmebild. Es funktionierte also. Ich zog mir Socken und Turnschuhe an, ein T-Shirt über den BH und zog so leise wie möglich den Reißverschluss des Zeltes auf. Die Dunkelheit draußen war völlig anders, schwammig und feucht salzig, die milde Luft schimmerte. Der Wind wehte vom Wasser her, trieb Nebelfetzen auseinander, und der Mond sah aus wie unter einer Eisschicht gefangen. Nebel hockte auf dem Bergrücken. Im Wald bildeten krumme Baumstämme ein Netz für nächtliche Schatten. Ich sah prüfend aufs Handy – meine gespreizte Hand erschien als orangefarbener Gummihandschuh – und ging auf die Bäume zu.

Am Waldrand angekommen, zögerte ich. Ein Instinkt wurde in mir wach, und als ich wieder Bewegung hörte, ging ich sofort in eine tiefe Hocke und legte schützend die Arme um den Kopf. Mit zitternden Händen richtete ich die Kamera aus und richtete mich auf. Zuerst nichts, aber dann funktionierte der Aufsatz, und das Display zeigte mir eine königsblaue und orangefarbene Baumlandschaft, deren Äste trotz des Nebels die Hitze des Tages hielten. Auch das Unterholz strahlte Wärme ab. Ein kleiner weißer Fleck, vermutlich ein Nagetier, huschte zwischen den Steinen umher und verschwand.

Ich tippte auf den Aufnahmebutton und stieg den Hang hinauf, die Beine heiß von Fluchtenergie. Über mir hörte ich ab und zu Flügelschlag und Blätterrauschen, doch nirgends das laute Knacken, das mich geweckt hatte. Ich war fast geneigt zu glauben, ich hätte es mir nur eingebildet. Dann kam es wieder, Getrampel und Knacken, Stolpern.

»Hey!«, rief ich und schwenkte das Handy in die Richtung.

Ich erfasste kleine Bewegungen zwischen Wurzeln und Steinen, dann einen quallenhaften Wärmefleck und ging ein paar Schritte darauf zu. Er verschwand. Also lief ich zwischen die Bäume und rief erneut. »Hey!«

Vom Lager her hörte ich einen Reißverschluss und stolperte voran. Wieder ein Knacken. Ich stieß mir das Schienbein an einem herabgefallenen Ast und taumelte in glitschigen Farn, ließ das Handy fallen wie ein Tölpel und musste den Boden danach abtasten. Eine Salve von Knacklauten irgendwo in der Dunkelheit. Dann änderte sich die Situation.

Das graue Leuchten des Displays musste mich erkennbar gemacht haben, denn wer immer sich da bewegte, hatte einen Bogen geschlagen. Steine polterten, Unterholz knackte, und die Geräusche kamen von hinten auf mich zu. Ich drehte mich um. Da war es wieder, die Geräusche von Bewegung. Unverhohlene, laute, alarmierende Bewegung – Zweige wurden weggebogen, als etwas auf mich zustürmte.

Mir stockte das Blut in den Adern. Dem Klang nach war es so groß wie ein Bär.

Ich drehte mich um und stolperte. Mittlerweile konnte ich einigermaßen erkennen, wohin ich trat, und ich stolperte mit starkem Herzklopfen voran. Meine Welt wurde zu einer Bildmontage furchterregender Schatten, aber ich stürmte weiter durch den Wald. Der Bär oder was es auch war kam näher. Ließen sich Tiere nicht angeblich leicht verscheuchen? Herrgott noch mal, der Waldboden war unmöglich. Salzige Tümpel, bei Stürmen zum Leben erwacht, Gräben voller Laub – ich stürzte eklatant, rappelte mich aber wieder auf, kämpfte mich eine Böschung hoch, wagte es, im Lichtfleck meines Handys anzuhalten und zu lauschen. Da hörte ich es wieder, es war ganz nah. Jemand rief mich, und ich fuhr herum, bewegte mich riskant schnell, prallte mit der Schulter gegen einen Baumstamm und lief weiter. Ich sprang über einen umgestürzten Stamm und verlor den Halt.

Ehe ich wusste, wie mir geschah, rutschte ich in einen schlammigen Graben und rollte, das Handy an mich gedrückt, in eine durchweichte, laubgefüllte Senke. Instinktiv verhielt ich mich still. Leise atmen war mir fast unmöglich, so stark klopfte mein Herz.

Ringsherum war es vollkommen still.

Ich wartete. Nichts. Sobald ich den Mut aufbrachte, hielt ich das Handy dicht vor mich und schaltete das Wärmebild ein.

Direkt über mir stand eine Wärmewand. Ich schrie auf.

»Tess?«

»Scheiße«, zischte ich und senkte das Handy. »Alex.«

»Was ist denn los? Wir dachten, du bist in Schwierigkeiten.« Sie drehte sich halb und rief: »Ich hab sie! Es geht ihr gut.«

Ich kletterte aus dem Graben und stützte mich schnaufend mit einer Hand an die feuchte Rinde eines Baumes. Alex stand da im Spaghettitop und Turnschuhen, die sie nicht mal zugebunden hatte. Ihre Arme waren von Zweigen zerkratzt und ihre Haare zerzaust. Ich war noch immer so aufgeregt misstrauisch, dass ich schaute, ob sie bewaffnet war, und mich im Hinblick auf Clays Leiche fragte, ob sie mir gefolgt war, um mich umzubringen. Ihre Hände waren leer. Ich tadelte mich. »Ich habe hier draußen was gehört und bin gucken gegangen.«

»Tess, hier gibt es nichts Größeres als Nagetiere.«

»Ich bin nicht vor einer Ratte weggerannt, Alex.«

»Im Dunkeln klingen Geräusche lauter. Was ist das?«

»Ein Wärmebildmodul.« Ich hielt ihr das Display hin. »Ich habe etwas aufnehmen können – nur ganz kurz, aber es ist größer als ein Nagetier.«

Hinter ihr in der Dunkelheit hörte ich Vinny fluchen, der sich einen Weg zu uns bahnte. Alex kniff die Lippen zusammen und schüttelte den Kopf. »Tess, das muss aufhören. Wir sind nur noch einen halben Tag hier. Ich will nicht, dass du Zeit vergeudest, indem du Schatten nachjagst.«

»Tue ich nicht. Hier war etwas. Und es hat mich verfolgt.«

»Deinetwegen waren wir alle auf den Beinen und haben dich gesucht, obwohl wir schlafen und uns auf unsere Arbeit konzentrieren sollten.«

»Alex …«

»Ich muss dich das jetzt fragen, Tess. Bist du in der Lage, deine vertragliche Aufgabe hier zu erfüllen?«

»Verdammt noch mal, was ist denn das für eine Frage? Da treibt sich etwas im Wald herum.« Nüchterne Überlegung setzte ein. Wenn Alex vor zwei Jahren Clay erstochen hatte, dann musste sie sich genau so verhalten, wie sie es gerade tat. Meine Fragen und Schnüffelei könnten ihr gefährlich werden, und sie musste etwas dagegen unternehmen. Meine Arbeitsfähigkeit und meinen Verstand zu diskreditieren wäre eine gute Taktik.

Vinny schälte sich aus der Dunkelheit und schlenderte in seinem Motörhead-T-Shirt auf uns zu. Er hatte sich die Haare hinter die Ohren geklemmt. »Alles okay bei dir?«

»Es geht mir gut«, sagte ich. »Entschuldige.«

»Hast du was gesehen?«

»Ratten«, sagte Alex. »Sie ist Ratten nachgejagt.«

Wir schlugen den Rückweg ein und folgten einer Bodenrinne voller Farn. Vinny führte Alex, ich bildete das Schlusslicht. Vielleicht hatte ich wirklich danebengelegen. Als Leiterin der Expedition musste Alex sich durchsetzen. Ich deutete ihr strenges Führungsverhalten als schuldbewusste Abwehrhaltung – sie kam nur ihren Pflichten nach und hielt ihre Leute auf Linie.

Ich trat auf etwas Eckiges und blieb stehen, um es mit der Schuhspitze umzudrehen.

»Alex, du hast etwas fallen gelassen.« Ich bückte mich und hob ihr klobiges GPS-Gerät auf. Sie hielt mir die Hand hin, und ich gab es ihr.

Am Waldrand wartete Mike auf uns, die Hände in den Taschen seines karierten Pyjamas. »Ihr habt sie gefunden. Hallo, Tess. Alle unverletzt?«

Wir stiegen zum Uferstreifen hinunter. »Hört mal, Leute«, sagte ich. »Es tut mir wirklich leid. Ich habe aus dem Wald ein lautes Knacken gehört und bin gucken gegangen. Ich dachte nicht, dass ihr davon wach werdet. Ich wollte keine Aufregung verursachen.«

»Dachte schon, etwas Schlimmes wäre passiert«, sagte Mike. »Ich bin mächtig erleichtert.«

»Ihr habt es auch gehört, ja? Etwas Großes.«

Es folgte peinliches Schweigen. Alex strich sich die Haare aus der Stirn. »Ich habe nur dich gehört. Du warst ziemlich laut.«

»Es hat Zweige zerbrochen.« Ich hatte erwartet, dass sie mir glauben. Taten sie das mit Absicht? Vinny im Bund mit Alex genau wie bei dem Festplatten-Rätsel? »Ihr müsst es gehört haben«, beharrte ich. »Etwas Großes. Ich habe es aufgenommen. Allerdings nur verschwommen.« Ich öffnete die App, spulte die Aufnahme zurück und hielt das Display hoch. Es war nicht viel, musste ich zugeben. Ein nasser Bildschirm und umgeben von Blautönen eine orangefarbene Wolke, die in der Mitte weiß war, eine Amöbe, die rasch anschwoll und verschwand. »Das ist in Kopfhöhe aufgenommen«, sagte ich, »es handelt sich also nicht um eine Ratte. Seht, wie groß es ist.«

»Okay, das ist wirklich groß«, sagte Vinny. Ich wusste, was er dachte: *Das ist der, den ich heute Nachmittag gesehen habe.* Er runzelte ängstlich die Stirn. »Was *ist* das?«

»Tess, auch Felsen strahlen Wärme ab«, sagte Mike freundlich. »Das ist wahrscheinlich ein frei stehender Felsbrocken auf einer Lichtung. Der hat den ganzen Tag Sonne abbekommen, bevor der Nebel aufzog.«

Das kränkte mich. »Es hat sich aber bewegt«, erwiderte ich.

»Oder du hast dich bewegt«, sagte Alex. »Da oben am Hang hat man kaum sicheren Stand. Hör zu. Das ist ein alter Wald, der nicht bewirtschaftet wird, okay? Das sind uralte Bäume. Wir hören bloß tote Äste abbrechen und aufschlagen. Kommt jetzt, lasst uns schlafen gehen.«

Jeder ging auf sein Zelt zu. Einmal drehten wir uns alle um, weil es im Wald knackte, und schauten abwartend zu den Bäumen. »Siehst du?«, sagte Alex. »Totes Holz.«

Bevor Alex in ihr Zelt verschwand, hielt sie Vinny das GPS-Gerät hin. »Das hast du unterwegs verloren.«

Vinny sah hin. »Ist nicht meins.«

»Mike?« Alex wollte es weiterreichen. »Dein Gerät.«

Ich erstarrte, da ich die Antwort schon kannte. »Ich war nicht im Wald«, sagte er. »Das muss deiner sein.«

Alex starrte das Ding an. »Tess?« Ihr Gesichtsausdruck schwankte zwischen Hoffen und Verzweifeln. Ich schüttelte den Kopf und sah sie ein anderes GPS-Gerät aus der Hosentasche ziehen. »Tja, dieses gehört mir nicht.« Sie hielt beide nebeneinander und verglich sie. Sie sahen identisch aus. »Seht in eurem Zelt nach«, sagte sie verblüfft. »Es muss einem von euch gehören.«

Vinny und Mike öffneten ihr Zelt und beugten sich hinein. Die Zeltbahnen waren von Tropfen beperlt, die herabliefen, als die Männer ihre Taschenlampe einschalteten und suchten. Alex und ich beobachteten ihren Schattenriss, während sie ihr Zeug durchwühlten. Schließlich kamen sie heraus, jeder mit einem GPS-Gerät in der Hand. In meiner Magengrube sammelte sich Kälte.

»Ich muss wohl zwei eingepackt haben«, sagte Alex. »Oder habe es noch vom letzten Mal im Rucksack gehabt. Das sieht aus wie eins von unseren.« Sie lachte auf. »Jetzt muss ich mich entschuldigen. Das waren ein paar harte Tage.«

Unser Grinsen, das bestenfalls gezwungen war, verging schnell.

Vinny war etwas aufgefallen. Er war weggeschlendert vom Lager und den Kabeln gefolgt, die vom Versorgungszelt zum Transceiver verliefen. Jetzt kniete er davor und beugte sich über das Gerät.

Die beiden GPS-Tracker in den Händen, drehte Alex sich zu ihm hin. »Was ist los, Vin?«

»Merda«, brummte er, bevor er über die Schulter blickte. »Leute. Ich denke, wir haben noch ein anderes Problem.«

35

»Was ist denn?«, fragte Alex noch mal. Vor drei Tagen in Funchal war sie sorglos, voller Tatendrang und bestens gelaunt gewesen. Jetzt klang sie resigniert.

Ich spürte, dass Mike schon ahnte, was los war, während wir auf Vinnys Rücken starrten. Der Kollege kniete vor dem Gerät, sein T-Shirt war hochgerutscht und enthüllte den Wulst der mittleren Jahre. Seine Wanderstiefel waren nach innen gedreht und berührten sich an den Spitzen, die Profilrillen waren mit rotem Morast zugesetzt. Mit seiner Körperhaltung wirkte er plötzlich verletzbar.

Mike ging zu ihm. »Was ist los, Kumpel?«

Er hockte sich neben ihn. Sie steckten die Köpfe zusammen, die Pose des ratlosen Technikers, während Vinny an der Schaltfläche herumprobierte. Mir war leicht übel, und ich verschränkte die Arme vor der Brust und kämpfte dagegen an. Es nutzte nichts. Alex und ich gingen zu ihnen.

Ich sah sofort, dass das Gerät tot war. Im Licht von Vinnys Stiftlampe blieben die Anzeigen des Satellitentransceivers schwarz. »Vielleicht liegt es an der Feuchtigkeit«, meinte ich. »Durch den Nebel.«

Vinny löste die Abdeckung mit dem Schraubenzieher seines Taschenmessers. »Vorhin hatten wir genug Helligkeit für die zusätzliche Nutzung«, brummte er. »Wir haben es ein bisschen übertrieben, ihn aber nicht ruiniert.« Er leuchtete über die Kabel bis zum Versorgungszelt, dann ging er daran entlang. »Hängt alles an dieser Leitung?«

»Du meinst, wir haben Probleme mit der Stromversorgung?«, fragte Mike und untersuchte die Solaranlage.

»Vielleicht.« Vinny wandte sich wieder dem Transceiver zu und schraubte eine der Seitenplatten ab, um ins Gehäuse zu schauen.

»Erzähl mir nicht, er ist kaputt«, sagte Alex.

»Er ist kaputt«, sagte Mike halb im Scherz. »Wir haben keinen Saft mehr.«

Vinny setzte die Platte wieder ein und saugte an den Zähnen, sichtlich unglücklich, weil er das Erhoffte nicht gefunden hatte. »Das gefällt mir nicht.«

Ich spürte ein kaltes Rinnsal in mir, wie Winterregen am Fenster hinabläuft. Wenn das Vinnys Werk war, dann war er genau der Richtige, um es zu entdecken. War das ein ausgeklügeltes Schauspiel, bei dem er unschuldig den Schaden untersuchte, den er selbst angerichtet hatte? Und hatte Alex dasselbe mit meiner Festplatte gemacht?

In Gedanken trug ich meine Erkenntnisse zusammen. Clay hatte Vinnys Dienstausweis in seinem Portemonnaie gehabt. Gestern war Vinny heimlich bei der Leiche gewesen, wahrscheinlich um etwas zu suchen – einen Hinweis auf seine Beteiligung an dem Verbrechen. Jetzt hatte er die Satellitenkommunikation gestört, sodass wir Leo nicht kontaktieren konnten. Vielleicht hatte Vinny den Mord an Clay verpfuscht. Er wusste, dass die Leiche eines Tages auftauchen würde. Er kannte die hiesigen Strömungen gut und wusste von belastenden Indizien, die er unbedingt beseitigen musste.

Alex tippte ihm auf die Schulter. »Versuchen wir das zu reparieren«, sagte sie. Sie klang ruhiger und freundlicher als vorher. »Lass dir Zeit, Vinny. Kein Problem, okay?«

»Die *Auk* kann gar nicht früh genug hier sein«, sagte er. Dann rieb er sich die Augen und meinte: »Hier gehen wirklich seltsame Dinge vor. Am liebsten würde ich sofort von hier verschwinden.«

»Seltsame Dinge?« Alex hob die Hände. »Hör zu. Wir versuchen nur, das mit Anstand zu Ende zu bringen. Es waren schreckliche Tage. Bleiben wir einfach konzentriert.«

»Scheiß drauf«, blaffte Vinny. Wir wichen alle wortlos zurück. Die Brandung rauschte. Das wirkte nicht gespielt, das war ein Mann in Not. »Warum sprechen wir es nicht an? Da war vorhin jemand im Lager, ich habe ihn gesehen. Jetzt die Geräusche im Wald. Und dann das hier.«

»Du meinst, das hängt zusammen?«, fragte Mike. »Junge, das ist bloß Pech, okay? Hier ist doch niemand, der uns sabotiert.«

Vinny wischte sich mit dem Unterarm die Stirn. Seine Schläfen glänzten vor Schweiß. »Wer immer da war, er hat seinen GPS-Tracker verloren.«

»Das war ich«, sagte Alex ruhig. »Ich habe zwei mitgenommen, ohne es zu merken.«

Vinny zeigte mit dem Finger auf sie. »Ich will keine Erklärungen. Ich habe jemanden gesehen, klar? Und Tess hat ihn im Wald gefilmt.« Er schnaubte frustriert. »Jetzt hat er sich an unserem Transceiver zu schaffen gemacht. Wir müssen von der Insel runter.«

»Nur noch eine Schicht«, sagte Alex. »Wir müssen morgen Vormittag noch unsere Arbeit tun. Am Nachmittag kommt Arnaldo …«

»Eine Schicht?« Vinny deutete zum Meer. »Sieh dir den Nebel an. Bei dem Wetter wird er nicht kommen.«

Die grauenhafte Möglichkeit, auf der Insel festzusitzen, wisperte durch den Dunst. Alex riss die Augen auf und rang die Hände. »Wenn wir noch ein, zwei Tage hierbleiben müssen, ist das kein Problem. Wir haben genug Vorräte.«

»Vielleicht können wir das reparieren.« Mike wandte sich

wieder dem Transceiver zu. »Komm, Vinny«, sagte er mit aufgesetzter Fröhlichkeit. »Denken wir nach. Es ist, wie Tess gesagt hat: Bei hoher Luftfeuchtigkeit fallen die Dinger manchmal aus. Wenn wir es abschalten, reinigen und wieder zusammenbauen, wer weiß, vielleicht können wir einen Notruf absetzen oder Arnaldo bitten, jetzt schon zu kommen.«

»Keine Chance«, sagte Vinny. »Nicht bei diesem Nebel.«

»Lasst uns jetzt schlafen gehen«, sagte Alex. »Mitten in der Nacht sind wir nicht sonderlich leistungsfähig. Wie wär's, wenn wir uns das morgen früh noch mal ansehen, wenn wir ausgeschlafen sind?«

Niemand rührte sich vom Fleck, auch Alex nicht. Ich schaute übers Wasser und schätzte unsere Chancen ab, dass die *Auk* durch den dichter werdenden Nebel fahren würde, um uns abzuholen. Plötzlich hatte ich das Gefühl zu ersticken. Es zog mir die Brust zusammen, und ich bekam Sodbrennen.

»Los jetzt«, sagte Alex ungeduldig. »Wir klären das morgen.«

Ich würde so bald nicht einschlafen, das merkte ich, während ich mich auszog, und so packte ich das Wärmebildmodul weg und suchte noch einmal vergeblich nach der Festplatte. Schließlich lag ich auf dem Rücken und lauschte auf die nächtlichen Geräusche, halb in der Erwartung, wieder jemanden durch den Wald laufen zu hören.

Doch ich hörte nur den feuchten Atem des Ozeans, Wasser, das gegen Felsen klatschte, wie es das in den letzten fünfzig Jahren auch getan hatte.

Zur Beruhigung wiederholte ich Alex' Versprechen wie ein Mantra – nur noch eine Schicht – und starrte an das Zeltdach. Es wirkte nicht. Vielmehr setzte sich ein anderer Gedanke mit der unheimlichen Gewissheit einer Vorahnung in mir fest.

Die *Auk* würde nicht kommen.

36

Vor dem Zelt zischte jemand meinen Namen.

Fröstelnd stemmte ich mich auf die Ellbogen, mit Kälte in den Gliedern. Ich hatte noch nicht lange geschlafen. Meine Muskeln waren noch ausgelaugt von der Anstrengung und mein Verstand langsam und verwirrt. »Hallo?«

»Tess, Gott sei Dank, du bist hier«, hörte ich Alex sagen.

Der Satz erschreckte mich. Wo sollte ich sonst sein? »Ist es schon Morgen?«, fragte ich heiser, obwohl ich wusste, dass das nicht sein konnte. Ich war noch kraftlos und übermüdet, und außerdem tanzte der Lichtfleck einer Taschenlampe über die Zeltwand.

»Komm raus«, flüsterte Alex. »Hier stimmt was nicht.«

Nicht schon wieder. Ich wischte mir übers Gesicht. Meine Augen brannten.

Ich warf mir den Hoodie über, zog mir eine Cargoshorts über die müden Beine und versuchte dabei, mich zu beruhigen. *Nur noch ein paar Stunden, dann sind wir hier weg*, sagte ich mir. *Bitte lass den Nebel weg sein. Bitte mach, dass der Himmel klar ist und die Sonne oder die Sterne scheinen. Bitte lass die Auk kommen und uns abholen.* Vergebliche Wünsche, das war klar. Sie klangen noch genauso hohl wie in meiner Einschlafphase. Ich öffnete das Zelt.

Alex beugte sich zu mir, ihr Atem roch noch stark nach Brandy. »Er ist weg.«

Zwei Dinge fielen mir sofort auf, beide waren schlecht.

Es war noch dunkel, und der Nebel hatte sich weiter herabgesenkt, da die Nachttemperatur gefallen war. Wir waren umgeben von waberndem Dunst, der alles beige-grau machte.

Ich zog mir die Socken an, die ich in meine Wanderstiefel geknüllt hatte. Sie fühlten sich klamm an. Mir taten die Füße weh, und ich hatte Hunger. »Was soll das heißen?«

»Vinny ist weg.«

Ich band mir die Schnürsenkel zu und richtete mich auf. Alex war anders, das merkte ich schnell. In den letzten drei Tagen hatte sie ihre ruhige Professionalität schon ein paarmal verloren, aber jetzt war davon gar nichts mehr zu spüren. Sie schaute mit aufgerissenen Augen umher, war unruhig und schreckhaft. Das war für sie so ungewöhnlich, dass ich genauso nervös wurde. Es gab zwei, denen ich den Mord an Clay zutraute, und genau die beiden wirkten jetzt angesichts unserer Lage ziemlich aufgelöst. Alex leuchtete mit der Taschenlampe über die Zeltdächer. Unsere Welt war zu diesem kleinen Lager zusammengeschrumpft. Ringsherum bewegten sich geisterhafte Schwaden durch die Dunkelheit.

»Komm und sieh selbst«, drängte sie.

»Er ist bloß pinkeln gegangen«, meinte ich. Das hatte er auch in der ersten Nacht getan, und wenn Mike recht hatte, dann auch in der Nacht von Clays Verschwinden.

Wir gingen zu Vinnys Zelt. Innerhalb von Sekunden hingen Tropfen an meinen Wimpern und sammelten sich in den Falten meiner Kleidung. Es war wie in einem Floating-Tank. Der Lichtkegel machte Tausende winziger Tröpfchen sichtbar, und außerdem zeigte er, dass Vinnys Zeltklappe offen herabhing und sich in der feuchten Brise träge hin und her bewegte, die Feuchte in den Rinnen sammelte und auf den Zeltboden tropfte. Ich bückte mich und schlug sie nach drinnen auf.

Alex leuchtete ins Zelt. »Ich glaube, seine Stiefel fehlen.«

Das Fußende seiner Isomatte schaute unter dem zerwühlten Schlafsack hervor. Außerdem sah ich sein Päckchen Chesterfield und ein Feuerzeug, zwei auf links gedrehte T-Shirts und ein Taschenbuch. »Hey, Vinny«, flüsterte ich. Ich schaute nach seinem Rucksack. Der lag mit offenen Reißverschlüssen da.

»Wo ist er hin?«, fragte Alex. »Was tun wir jetzt?«

Ich ging in die Hocke. Meine Waden fühlten sich hart an, mir schwirrte der Kopf von zwanzig widerstreitenden Überlegungen. Was, wenn Clay damals die Deserta Grande nicht allein mit dem Boot verlassen hatte, sondern zusammen mit Vinny? Das würde ebenfalls erklären, warum Mike ihn nicht im Zimmer angetroffen hatte. Vinny war mit Clay zusammen abgehauen, hatte ihn erstochen, die Leiche über Bord gehievt und war zur Forschungsstation zurückgekehrt. Dann erst war ihm aufgefallen, dass er seinen Dienstausweis nicht mehr hatte. Von da an befand er sich in einer kniffligen Lage, die ihn quälte – an einem künftigen Leichenfundort würde sich ein Gegenstand befinden, der ihn belastete. Wenn das der Fall war, würde er jede Gelegenheit, die Inseln noch mal zu betreten, sofort ergreifen und das Beweisstück an sich bringen. Deshalb war er nach unserem Besuch in der Bucht noch allein bei dem Toten geblieben. Er wollte seine Spuren beseitigen. Nur leider hatte ich den Ausweis schon gefunden und mitgenommen. Er war gezwungen gewesen, nochmals hinzugehen und die Leiche abzusuchen. Alles passte zusammen.

»Tess. Wir gehen ihn suchen, ja?«

Und dann stellte ich auch noch heikle Fragen. Und filmte. Das machte mich für ihn gefährlich. Panik trieb meinen Puls in die Höhe. Wer konnte wissen, wozu er fähig war, wenn er sich von mir in die Enge getrieben fühlte? Mein Zelt bot keinerlei Schutz, gab allenfalls ein bisschen Privatsphäre, wie es die Konvention verlangte. Dass ich gegen diese Konvention gerade verstieß, indem ich mir Vinnys Schlafplatz ansah, unterstrich nur die Fragilität.

»Tess?«

Ich ließ die Zeltklappe los und richtete mich auf. Auf meiner Haut schimmerte der Niederschlag, und ich wischte mir das Gesicht. Sollte ich Alex in meinen Verdacht einweihen? Besser nicht, denn vielleicht steckte sie mit drin. Vinny könnte Clay auf ihre Anweisung getötet haben. Andererseits war sie durch die Vorfälle der letzten drei Tage ziemlich erschüttert. Der Sabotageakt von gestern Abend hatte ihr das letzte bisschen Zuversicht geraubt. Vinny war es damit genauso gegangen. Er hatte Angst und wollte unbedingt von der Insel weg. Waren beide unschuldig? Wenn ja, dann blieb noch Mike als Täter. Vielleicht war es ein schwerer Fehler gewesen, ihm von der Stichwunde zu erzählen.

»Wir müssen Mike wecken«, sagte ich. »Es ist sicherer und geht schneller, wenn wir zu dritt suchen.«

Wir gingen um die Feuerstelle herum zu seinem Zelt. Alex zischte seinen Namen und bekam keine Reaktion. Sie schwenkte den Lichtkegel über die Zeltfront und beschien glitzernde Feuchtigkeit und Tropfenbahnen, die darauf hindeuteten, dass die Plane bewegt worden war. Ich beugte mich zu dem geschlossenen Reißverschluss. »Mike. Wach auf.«

Wir warteten ein paar Augenblicke, ob er reagierte, dann zischte Alex noch mal seinen Namen. Nichts rührte sich. Ich klopfte an die Zeltwand und löste ein Rinnsal aus. »Hey, Mike. Wir brauchen deine Hilfe.«

»Öffne es«, sagte Alex.

»Gib ihm noch einen Moment.«

Das taten wir. Ich horchte, hörte aber nur die Wellen. »Mike, ich öffne jetzt die Zeltklappe, okay?«

Ich zog den Reißverschluss auf, schlug die Zeltklappe zurück, und Alex leuchtete hinein.

Mikes Zelt war ebenfalls leer.

37

Vier Leute allein auf einer abgelegenen Insel, und plötzlich waren es nur noch zwei.

Ich zog den Kopf aus dem Zelt und ging mit Alex zur Feuerstelle. Sie trat von einem Bein aufs andere und leuchtete ringsherum gegen die schwebenden grauen Wände unseres Gefängnisses. »Was geht hier vor sich?«

»Vinnys Zelt war offen, Mikes geschlossen«, sagte ich. »Verrät uns das etwas? Vielleicht, dass Vinny es hastig verlassen hat?«

»Was nutzt uns das?« Alex' Brillengläser waren besetzt mit Wassertropfen. Sie gab mir die Taschenlampe und versuchte, die Gläser am Sweatshirt trocken zu wischen. Ihre Hände zitterten.

»Ich will mir nur ein Bild machen. Ist er mit Mike zusammen weggegangen oder ist einer dem anderen hinterhergegangen?«

Alex nickte begreifend. »Richtig. Okay. Vinny würde sein Zelt nicht offen lassen, höchstens ganz kurz. Er will nicht, dass seine Zigaretten feucht werden. Er kann nicht weit sein.«

»Ich habe keinen der beiden gehört. Du?« Alex schüttelte stumm den Kopf. »Ich hole schnell mein Zeug.«

Es ist seltsam, wie oft folgenreiche Ereignisse passieren, ohne dass sie sich irgendwie ankündigen. Dies sollte das letzte Mal sein, dass ich mein Zelt betrat, und was ich einsteckte, war schließlich alles, was ich später von der Insel mitnahm. Gott sei Dank griff ich mir die gesamte Ausrüstung: die Kameratasche samt den Objektiven und den GPS-Tracker.

»Vinny hat vor ein paar Stunden noch gesagt, dass er keinen Tag länger hier verbringen will. Also, was ist sein Plan? Was hat er mitgenommen, und was hat er dagelassen?«

»Seine Jacke fehlt«, stellte Alex fest.

»Sieh bei Mike nach, was fehlt. Ich schaue ins Versorgungszelt.«

Das Versorgungszelt verriet einiges. Jemand hatte es durchwühlt. Auf dem Zeltboden lag allerhand zerstreut, ein Laptop, ein Haufen Konservendosen, die Powerbox war umgekippt. Ich wusste nicht, was ich daraus schließen sollte, und ein paar von den Dingen würden wir brauchen, also nahm ich die Tasche von der Schulter und packte Trockenfrüchte, Nüsse, zwei Flaschen Wasser ein und nahm mir auch das Seil, das Mike und ich beim Aufstieg zum Leuchtturm benutzt hatten.

Dann traf mich ein Gedanke wie ein Schlag zwischen die Schulterblätter.

Clays Handy. Ich ging zur Powerbox und entwirrte die Ladekabel. Mikes Handy fehlte, Vinnys war noch da. Clays war weg. Ich überprüfte noch zweimal, ob es wirklich Vinnys war, als könnte es sich in das Gerät verwandeln, das ich mir wünschte. Das passierte nicht. Ich schob alles beiseite und suchte. Ich wusste genau, dass ich es an die Strippe gehängt und versteckt hatte, doch mir fielen ein Dutzend fadenscheinige Erklärungen ein, wieso es noch da sein könnte: Es war versehentlich woandershin getreten worden, Vinny hatte es mit seinem verwechselt und eingesteckt, ich hatte es vielleicht ganz woandershin gelegt. Ich suchte in den durcheinandergeworfenen Gerätetaschen. Die Taschenlampe machte ständig neue potenzielle Verstecke sichtbar.

Kurz darauf musste ich es einsehen: Jemand hatte Clays Handy gefunden, seine Bedeutung erkannt und es eingesteckt.

Also Vinny oder Mike. Ich brummte allerhand Flüche und ein wütendes Nein-nein-nein. Damit hatte ich wahrscheinlich meine beste Informationsquelle verloren. *Tess, du Idiot.*

Der heiße Schwall der Selbstverachtung versiegte rasch, und nackte Angst überschwemmte mich. Jemand hatte das Handy genommen, weil er wusste, was darauf zu finden war. Und derjenige könnte auch vermuten, dass ich mir den Inhalt schon angesehen hatte. Somit war ich in Gefahr.

Doch ohne das Handy könnte ich meinen Film nicht fertigstellen. Ohne Handy kein Film. Ich musste es mir zurückholen. Und wenn ich deshalb jemanden zwingen musste, es mir zu geben, dann würde ich das tun.

Ganz langsam aufgrund meiner Müdigkeit kam mir die Idee, dass wir die Harpune mitnehmen sollten.

Ich suchte danach, aber die war auch verschwunden.

»Alex?«, rief ich, und als sie aus Mikes Zelt kam: »Vinnys Harpune?«

»Da drinnen«, sagte sie.

Ich schaute aus dem Zelt. »Hier ist sie nicht.«

Alex sah mich groß an, dann begriff sie. »O Gott!«

Beim Gedanken an die Harpune brach mir der Schweiß aus, und schließlich hörte ich auf, danach zu suchen. Einer der beiden Männer hatte sie. Fühlte sich derjenige so bedroht, dass er sich damit schützen wollte? Oder hatte er sie mitgenommen, um jemanden zu ermorden? Noch einmal suchte ich hastig das Zelt ab. Scheiße. Die beiden Männer hatten es vielleicht aufeinander abgesehen. Oder einer davon auf mich. Wenn ich Clays Handy wieder an mich bringen wollte, brauchte ich eine Waffe. Signalkugeln. Ich suchte nach den beiden orangefarbenen Pistolen, die Mike und ich zum Leuchtturm mitgenommen hatten. Sie fehlten ebenfalls. Bei meiner Suche brach sich die hektische Verzweiflung Bahn, die ich seit dem Leichenfund unter dem Deckel gehalten hatte. Ich musste mich zwingen, aufzuhören und durchzuatmen. Die neue Entwicklung legte nahe, dass Alex nicht die Bedrohung war. Ich hatte die ganze Ausrüstung abgesucht: keine Harpune, keine Signalpistolen. *Denk nach, Tess. Was könnten wir benutzen?*

Ich kramte in der Kiste mit der Robbenausrüstung, schob die übrig gebliebenen Peilsender beiseite, wühlte in Blisterpäckchen und Tupfern, bis ich die Ampullen und Injektionsstifte fand.

Alex kam und beugte sich ins Zelt. »Mikes Sachen sind weg.«

»Was? Alle?«

»Klamotten, Stiefel, Wasser.«

»Sein Handy auch«, sagte ich und richtete mich auf. Ich hielt die Ampullen und Injektionsstifte hoch. »Die sollten wir mitnehmen.«

»Die Sedative? Wozu?«

»Zu unserem Schutz.« Als ich ihren Gesichtsausdruck sah, sagte ich: »Alex. Die Expedition ist sowieso am Arsch.« Sie schluckte sichtlich, wollte etwas erwidern, schwieg aber. »Bei eurer letzten hat jemand Clay ermordet.«

»Wie bitte? Tess, er ist ertrunken.«

»Willst du wirklich darauf beharren? Na komm. Er wurde erstochen, ich habe die Einstichstelle gesehen.« Darauf war sie still. Auf ihrer blassen Haut sammelten sich Tropfen.

»Steven wurde erstochen …«, sagte sie benommen und schauderte.

»Du weißt das doch.«

Sie richtete ihren Blick auf mich, schaute aber ins Leere. Sie stand unter Schock. »Ich habe etwas vermutet«, sagte sie, und dann straffte sie die Schultern, ein würdevoller Versuch, Mut und Kraft zusammenzuraffen. »Gib mir die Injektionsstifte.«

Ich hatte sie in meiner Tasche bei den anderen Sachen verstaut. »Wieso?«

»Ich nehme die Sedative und die Injektionsstifte. Das ist Eigentum von Seawild und gefährliches Zeug.« Einen Moment lang starrte ich sie nur an. Derweil hielt sie fordernd die Hand auf. Mein zaghaftes Vertrauen in sie war noch fragil. Ich wollte die Behelfswaffen nicht rausrücken. »Na los, Tess«, sagte sie. »Du musst mit jemandem zusammenarbeiten, du kannst das nicht allein bewältigen. Und ich bin keine Mörderin.« Die Hand noch ausgestreckt, sah sie mich unbeugsam an. Sie wackelte mit den Fingern. »Wenn wir uns nicht vertrauen, können wir morgen früh tot sein.«

Es war Mike oder Vinny, der die Harpune und Signalpistolen mitgenommen hatte. Einer von ihnen hatte auch Clays Handy bei sich und uns beide zurückgelassen. Das war nicht Alex' Werk. Und ich brauchte eine Verbündete. Ich gab ihr das Verlangte. Sie nickte knapp, dann nahm sie ihren GPS-Tracker in die Hand. »Okay. Lass uns aufbrechen.«

Wenn einer der Männer es auf mich abgesehen hatte, sollte ich besser in Bewegung bleiben. Trotzdem kam es mir vor, als wäre ich im Zeltlager sicherer als in der Wildnis. Wir gingen ein Stück weit landeinwärts, dann schauten wir zurück. Schon war unser kleines Zuhause außer Sicht, verborgen hinter einem dichten Nebelvorhang. Ich schaute am Waldhang vorbei zum Bergrücken hoch. Es war, als blickte ich auf nasse Baumwolle. Irgendwo dahinter leuchtete der Mond wie eine hochgeworfene Münze.

»Du hast etwas vermutet?«, hakte ich nach. »Was glaubst du, was hier vorgeht, Alex?«

»Das weiß ich nicht so genau. Ich habe bisher versucht, mich nicht in Schwierigkeiten zu bringen, verstehst du? Aber jetzt geht alles den Bach runter.«

Der milchige, wabernde Nebel machte es schwer, eine Gefahr frühzeitig zu erkennen. Der Lichtkegel reichte nicht weit, und mein Magen schrumpfte zu einem kalten Klumpen zusammen. »Was geht den Bach runter?«

Sie ging langsamer, räusperte sich und drehte sich zu mir um. Ihre Körperhaltung verriet mir, noch bevor sie ein Wort sagte, dass sie mir etwas Beschämendes anvertrauen würde. »Nach der letzten Expedition haben wir beide eine Abmahnung bekommen«, sagte sie, und sofort glänzten Tränen in ihren Augen. »Vinny und ich. Keine tolle Erfahrung. Ich wurde vor ein Gremium zitiert. Der CEO war da. Sie gaben uns die Schuld an Stevens Tod, also hauptsächlich mir. Sie sagten, ich hätte schlecht geplant, meine Risikoeinschätzung wäre armselig, ich wäre nachlässig gewesen.« Sie kniff die Lippen zusammen und wischte sich die Tropfen von der Brille. »Das war nicht wahr. Ich hatte meine Sache gut gemacht. Wenn Leo sich nicht für uns eingesetzt hätte, wären wir entlassen worden.«

Mike hatte mir bei unserer Muschelsuche ein bisschen darüber erzählt. Plötzlich empfand ich brennendes Mitgefühl für sie. Dass sie sich stur an die Sicherheitsvorschriften halten wollte, unsere Tage detailliert durchplante, mir streng verbot, noch mal in die Bucht zu gehen, all das hatte nur verhindern sollen, dass sich das Desaster wiederholte, das sie beruflich ins Schleudern gebracht hatte.

Allen Widrigkeiten zum Trotz versuchte sie, wieder ins Gleis zu kommen, ihre Selbstachtung und ihren guten Ruf wiederherzustellen.

Ich wusste sehr genau, wie es einem dabei ging. Ich hatte zehn Jahre lang dasselbe versucht.

38

Im September nach unserer McKittrick-Reise reichten Gretchen und ich den Rohschnitt von *Spill* ein. Dann setzten wir uns zusammen, um unseren letzten Recherchetrip zu planen, nämlich zu einem Onshore-Gasterminal bei Saltfleet an der nordöstlichen Küste Englands. Das sollte für Chase Industries der letzte Sargnagel werden. Wir würden einen Skandal aufdecken, der sich in unserem Land abspielte, und aus dem neu gesammelten Filmmaterial würden die entscheidenden Schlussszenen entstehen.

Doch eine E-Mail änderte alles. Sie wurde von Channel 4 weitergeleitet und stammte vom Referenten eines Kabinettsmitglieds.

Auch nach all den Jahren möchte ich den Namen des Abgeordneten, der seinen Vertreter zu uns schickte, lieber nicht nennen. Es handelt sich um eine prominente Person des öffentlichen Lebens, einen Kabinettsminister, der regelmäßig in Rundfunk und Fernsehen zu Gast war. Wir waren am späten Vormittag mit seinem Referenten in einem Restaurant verabredet, das in Pimlico zwischen georgianischen Reihenhäusern versteckt liegt. Wir waren die ersten Gäste. Ich weiß noch, dass ich mit Gretchen an einem Fenstertisch saß, die Kamera auf dem Schoß, das Handy aufnahmebereit, und wir die vorbeifahrenden Autos beobachteten. Wären wir mit dem Minister selbst verabredet gewesen, hätten wir ihn vor dem Hereinkommen entdeckt – jeder Passant hätte ihn sofort erkannt –, aber wir wussten nicht, nach wem wir Ausschau halten mussten. Während wir warteten und teures Mineralwasser tranken, war die Spannung zwischen uns groß.

»Wir sind jemandem auf die Zehen getreten«, sagte sie. »Der Typ wird uns ganz schön abkanzeln. Das könnte Gold wert sein.«

Sie zappelte vor Schadenfreude, doch die Aussicht auf eine öffentliche Schimpfkanonade machte mich nervös, und dass meine Partnerin ihren Grundsatz, kein Handy mitzunehmen, außer Acht ließ, machte den Ernst der Situation umso deutlicher.

Was dann passierte, hätte ich nie erwartet. Es war wie in einem Film.

Ein glänzender schwarzer Wagen fuhr in eine Haltebucht gegenüber, und ein Mann und eine Frau stiegen aus. Die Frau – Hosenanzug, stahlgraues Haar, kantiges Kinn – ging voraus, der Mann hinter ihr. Er telefonierte und trug eine dunkle Sonnenbrille und einen knielangen Mantel gegen das kalte, sonnige Wetter. Sie warteten eine Lücke im Verkehr ab, überquerten die Straße und betraten das Restaurant.

Der Mann nahm die Sonnenbrille ab, steckte sie in die Brusttasche und kam an unseren Tisch. »Alles liegen lassen«, sagte er. »Meine Kollegin wird darauf achtgeben.«

Die Frau, die diskret mit Ein-Wort-Sätzen und Gesten kommunizierte, befahl uns, die Handys auszuschalten, zusammen mit der Kamera auf den Tisch zu legen und unsere Taschen zu leeren. Wir mussten die Arme heben, und sie tastete uns ab. Danach nickte sie ihrem Partner zu, übernahm unseren Tisch und scrollte in ihrem Handy.

Der Mann deutete mit dem Kopf zum Wagen. Uns stand eine Autofahrt bevor. Mit weichen Knien und einem mulmigen Gefühl stieg ich ein. Wir fuhren ziellos im dichten Verkehr und kamen höchstens auf Radfahrgeschwindigkeit. Ich sah die

Victoria Station und einen Pub in Belgravia, in dem ich mal gewesen war, aber die meiste Zeit war ich zu verängstigt, um die Außenwelt wahrzunehmen.

Der Mann drehte sich zu uns um. »Ich muss sagen, ich bewundere Ihre Hartnäckigkeit. Sie haben uns ziemliche Kopfschmerzen bereitet. Wir werden entsprechende Maßnahmen ergreifen, damit keine weiteren staatlichen Gelder veruntreut werden, und wir freuen uns, dass Ihr Film größtenteils ausgestrahlt werden kann.« Er lächelte so kalt, dass die Temperatur um ein Grad fiel. »Umso bedauerlicher wäre es, wenn Sie die drei Jahre Arbeit in den Sand setzen. Wenn Sie jetzt aufhören, kann der Film so, wie er jetzt ist, das Licht der Welt erblicken.«

Ich war starr vor Angst und erst mal sprachlos. Mein Verstand funktionierte dennoch gut. Der eingereichte Rohschnitt und somit die gesamte Sequenz, die wir in Kern County gefilmt hatten, war demnach für ihn akzeptabel. Folglich lag das Problem bei dem Material, das wir erst noch filmen wollten, nämlich bei unserem Besuch der Gasterminals bei Saltfleet. Das wiederum bedeutete, dass der Mann wusste, was wir als Nächstes vorhatten, und dass er angewiesen war, uns daran zu hindern.

»Wir sind noch nicht fertig«, sagte Gretchen. Ich hatte bisher meine Probleme mit ihr gehabt, aber jetzt zeigte sich die Person, für die ich als Teenager geschwärmt hatte, und ich glühte vor Stolz. »Uns fehlt noch eine Sequenz.«

Der Mann bleckte die Zähne. »Besser, Sie betrachten den Film in seiner jetzigen Form als abgeschlossen. Die Enthüllungen sind drastisch genug. Und die Berichterstattung wird dem Erfolg keinen Abbruch tun.«

»In seiner jetzigen Form«, Gretchen äffte seinen Tonfall nach, »ist er eben nicht abgeschlossen. Wir müssen noch die Schlusssequenz drehen.«

Endlich fand ich die Sprache wieder. »Die Spur führt noch woandershin«, sagte ich unter dem Eindruck, es ihm erklären zu müssen. »Alles, was wir entdeckt haben, deutet dorthin. Die Öffentlichkeit muss davon erfahren. Jetzt aufzuhören wäre Verrat.«

»Jetzt aufzuhören würde bedeuten, dass der Film ausgestrahlt wird«, erwiderte er geduldig. »Weitermachen könnte dazu führen, dass wir die Überprüfung verlängern müssen.« Er neigte den Kopf zur Seite und blickte spöttisch an uns vorbei. »Ich spekuliere jetzt nur, aber ich würde sagen, unsere Rechtsabteilung kann Zugang zu Ihren entscheidenden Unterlagen, Filmaufnahmen und Gerichtsakten verlangen. Wir müssen sicher sein, dass Sie alle Informationen rechtmäßig erlangt haben. Wir wollen keine Probleme mit Ihren Anträgen auf Akteneinsicht oder mit der Haftung. Und Sie möchten doch am Ende auf keinen Fall mit einer teuren Verleumdungsklage dastehen, nicht wahr?«

Ich hatte keine Kraft in den Beinen, spürte meinen Körper kaum. Jahrelange Arbeit umsonst.

Er lächelte. »Die Überprüfung kann sich hinziehen. Sehr lange.«

»Das Risiko gehen wir ein«, erwiderte Gretchen scharf.

»Ich bin befugt, einen angemessenen Vergleich zu schließen«, sagte er völlig unbeeindruckt und zog ein Schriftstück aus einem Umschlag. »Nehmen Sie sich einen Moment Zeit.«

Er wandte sich ab und lehnte sich in seinen Sitz.

Es war nahezu unmöglich, vier Seiten Kleingedrucktes mit der gebotenen Sorgfalt zu lesen, während wir uns auf der Sloane Street durch den Verkehr bewegten, doch ich blätterte zu der Seite, auf der die Summe des erwähnten Vergleichs stand. Gretchen war schon vor mir an die Stelle gelangt, und ich hatte die Zahl kaum erfasst – sie explodierte hinter meinen Rippen wie eine Leuchtkugel –, als Gretchen auflachte. »Es tut mir leid, aber das ist lächerlich. Sie haben gehört, was Tess eben sagte: Wir gehen einer wichtigen Sache auf den Grund.«

»Nehmen Sie sich einen Moment Zeit«, sagte er noch einmal.

»Danke, aber nein danke«, sagte Gretchen. »Wir möchten jetzt aussteigen.«

»Ich möchte Sie bitten …«

»Ich sagte, wir möchten jetzt aussteigen.«

Er seufzte und fasste sich an die Stirn. »Wie Sie wünschen.«

Wir standen gerade an einer Ampel vor einem Patek-Philippe-Outlet, und ich erinnere mich noch lebhaft, dass ich kurz darauf mit weichen Knien und schweißgebadet auf dem Bürgersteig vor der glitzernden Auslage stand und dachte, dass ich gerade einen Batzen Geld abgelehnt hatte, mit dem ich meine Schulden zweimal hätte tilgen können.

Gretchen tippte mir auf den Arm. »Ich wette, sein Boss hat einen Haufen Chase-Aktien. Hat ein Honorar für die Beratung hingeblättert, sitzt bei denen im Vorstand oder dergleichen.« Sie grinste. »Eins ist sicher.« Sie setzte die Sonnenbrille wieder auf. »Das bedeutet, dass wir wirklich an etwas dran sind.«

Wir mussten weit laufen, um unsere Handys wiederzubekommen. Und wir haben die ganze Zeit geschwiegen.

VIERTER TAG

39

Alex war in einer ganz anderen Situation als ich, aber ein Unterschied stach besonders heraus.

Während ich vor alten Fehlentscheidungen geflüchtet war, neu angefangen hatte und meine Vergangenheit begraben wollte, hatte Alex den Mut und den Anstand aufgebracht, sich ihrer zu stellen. »Und seit dem Anschiss hast du Ärger vermieden«, sagte ich.

»Und du hast mir das extrem schwer gemacht.« Sie seufzte. Ich gab ihr meine Taschenlampe, schaltete die Kamera ein und prüfte die Aufnahmequalität. »Damit zum Beispiel«, meinte sie und deutete darauf.

»Da war ich aber nicht die Einzige, nicht wahr?« Wir wanderten am Waldrand entlang, unsere Schritte waren gedämpft. Ich beobachtete die graue Welt, die sich im Wind bewegte.

»Steven hatte etwas herausgefunden.« Alex seufzte. »Bevor du fragst: Ich weiß nicht, was. Etwas, das ihm nicht gefiel. Er wollte es mir nicht sagen.«

Clay hatte etwas herausgefunden. Natürlich. Durch das richtige Objektiv betrachtet, wurden die schwammigen Ränder unzusammenhängender Formen plötzlich klar, und alles fügte sich zu einem verständlichen Bild. Einem Bild, das eine ganz andere Geschichte erzählte. Clay war gar nicht an einem Verbrechen beteiligt gewesen. Er hatte zu einem Verbrechen recherchiert. Er hatte seine afrikanischen Kontakte und seine Ortskenntnis genutzt, um etwas aufzudecken, das mit Goldminen und Schmuggel zu tun hatte. Er hatte Lukas Larsen für die Story begeistert – was nicht schwer war, denn Larsen kämpfte für das Gute –, und zusammen hatten sie versucht, Vinny zu gewinnen. Sie hatten ihn überredet, ihnen seinen Dienstausweis zu überlassen, mit dem sie bei Seawild eindringen konnten. Welches Geheimnis dort auch aufzudecken war, es hing mit unserem Fund im Leuchtturm zusammen und war heikel genug, um dafür zu töten. Doch konnte es wirklich sein, dass Alex keine Ahnung hatte, was für Nachforschungen er anstellte? »Ich nehme an, du hast ihm schließlich geholfen«, sagte ich versuchsweise.

»Ein wenig. Aber als wir zuletzt hier waren, bekam er Angst. Ich drängte ihn immer wieder, sich mir anzuvertrauen, aber er wollte nicht. Er hatte wirklich Angst bekommen. Er wollte Vinnys Dienstausweis. Wir haben uns am Ende gestritten.«

Larsens Blogeintrag stimmte also. Gespannte Stimmung, Ärger, Alkohol, Streit. Ich versuchte, die neuen Erkenntnisse ins Bild einzufügen. Clay hatte herausgefunden, dass jemand an einem Schmugglerring beteiligt war. Jemand aus dem Team. Wenn ich recht hatte, dann war Mike der Hauptverdächtige. Mike oder Vinny.

Und beide hatten sich aus dem Staub gemacht.

»Verdammt«, zischte Alex. »Wir werden hier nie etwas finden.«

Sie klemmte sich die Taschenlampe zwischen Wange und Schulter, und wir zogen unsere GPS-Geräte zurate. Die Insel war ein strukturloser blaugrüner Keil, der vor Feuchtigkeit glitzerte. Ohne Wanderkarte konnte man sich mit dem Gerät nur grob orientieren und die Entfernung zum Wasser bestimmen. Der Leuchtturm war nicht mal markiert.

Ich wischte das Display meines Handys trocken. »Wieso wollte Steven Vinnys Dienstausweis?«

»Weil er damit in das Seawild-Labor reinkonnte«, sagte

Alex. »Vinnys hatte mehr Befugnisse. Aber Vinny wusste auch, wenn die Leitung jemals die Zugangsdaten abrufen würde, dann stünde da sein Name, nicht Stevens. Er wollte sich keine Schwierigkeiten einhandeln und weigerte sich. Zumindest …« Sie spielte mit der Unterlippe und blickte unruhig umher. »Anfangs hat er sich geweigert. Aber Steven hatte den Ausweis bei sich, als wir ihn fanden, also nehme ich an, Vinny hat ihn schließlich doch hergegeben.«

»Oder er wurde ihm gestohlen.«

Alex überlegte. »Das wird Vinny uns sagen können, wenn wir ihn finden. Sag mal, wie sollen wir vorgehen? Wir könnten uns aufteilen. Du gehst nach Norden zur Kolonie, ich nach Süden unterhalb der Steilfelsen?«

Ich musste mich entscheiden. Bisher war mir Alex glaubwürdig erschienen. Doch das hieß nicht, dass ich ihr vertraute. Von den dreien hatte sie am eifrigsten versucht, meine Nachforschungen zu unterbinden. Sie könnte ihren Ruf wiederherstellen und ihre Stelle retten wollen, aber genauso gut könnte sie Stevens Mörderin sein. Der Gedanke, allein unterwegs zu sein, behagte mir nicht. »Ich sage, wir bleiben zusammen.«

»Da bin ich aber erleichtert, wenn ich ehrlich sein soll.« Sie lächelte mich nervös an. »Ich habe keine Lust, mich im Nebel zu verirren.«

Interessante Antwort. »Also, was meinst du, wo sie hinwollen?«

»Nach dem, was Vinny gestern Abend gesagt hat, würde ich annehmen, dass er zum Boot geht.«

»Du meinst, sie wollen abhauen?«

Sie antwortete nicht. Der wabernde Nebel machte es schwierig, sich zu orientieren, sodass wir immer wieder stehen blieben und anhand der blauen Punkte im Schein der Taschenlampe abschätzten, wo wir uns befanden. Ziemlich bald bewegte sich meiner nicht mehr. Meine Bewegung wurde nicht mehr erfasst. Signalprobleme. Links von uns schälte sich das Geröllfeld unterhalb der Steilfelsen aus dem Grau und machte klar, dass wir zu weit landeinwärts gegangen waren. Ich orientierte mich ab und zu mithilfe des Kameramonitors, weil ich die schaurige Stimmung der Aufnahmen prüfte. Das Gelände vor uns wurde jeweils in Drei-Meter-Abschnitten klar erkennbar.

Nach ein paar Minuten Fußmarsch entlang der Steilfelsen – von dem Boot war noch nichts zu erkennen – sah ich eine einsame Robbe auf den Steinen liegen, die sich nicht bewegte.

Sie lag weit vom Wasser entfernt.

»O mein Gott«, rief Alex.

Ihr Entsetzen sagte mir, dass sie etwas ganz anderes sah als ich. Ich blickte vom Monitor auf. Die Form war anders.

Da lag keine Robbe.

Da lag Vinny.

40

Er war auf dem Rücken gelandet, sein Hinterkopf auf den Steinen zerschmettert. Blut hatte sich in öligen Rillen gesammelt. Arme und Beine waren ausgestreckt und sein Torso verdreht, die Wirbelsäule disloziert und seine Augen matt wie Meerglas.

»O mein Gott«, krächzte ich. Taumelnd wich ich zurück und blieb wie betäubt stehen. Ich starrte auf Vinnys offenen Mund. Mein Blut pulsierte heiß, pochte bis in die Fingerspitzen, während ich meine Beine beschwor, sich zu bewegen. Mein Magen bäumte sich auf. Ich brachte gerade noch die Beherrschung auf, um mich wegzudrehen und auf hölzernen Beinen wegzutorkeln, dann fiel ich auf die Knie und übergab mich in einen Felsspalt, während mir der Schweiß von der Stirn tropfte.

Ich hörte Alex schluchzen. »Vinny!«

In meinem Kopf war nur schwammige Leere, doch allmählich formte sich ein einzelner Gedanke, der den Nebel durchschnitt wie ein Leuchtturmsignal. Nimm das auf! Ich kroch zu dem Stein, auf dem die Kamera lag – es war, als müsste ich jemand anderen zwingen, die Arme zu bewegen –, und schaffte es irgendwie, sie hochzuhalten und auszurichten. Ich machte eine Reihe wackliger Aufnahmen. Aber dabei bekam ich einen klaren Kopf. Mein Körper kühlte ab, da der Wind meine feuchte Haut trocknete, und ich fing an zu frieren. Mein schweißfeuchtes Sweatshirt klebte mir am Kreuz.

Alex, bleich und fassungslos, spähte in den Nebel über uns. »Er muss ausgerutscht sein«, flüsterte sie.

Ich saß auf dem Hintern, die Beine vor mir ausgestreckt,

die Kamera auf dem Schoß. Sosehr ich wollte, ich konnte den Blick nicht von Vinny lösen. Der Aufprall hatte ihm eine neue Gestalt gegeben, die der menschlichen Anatomie widersprach. »Er hatte die Signalpistolen«, sagte ich. »Er wollte zum Leuchtturm.«

Alex unterdrückte ein Schluchzen und folgte meinem Blick. Eine war beim Aufprall zerbrochen – Federn und Gehäusesplitter lagen umher. Die andere steckte noch in seinem Gürtel unterhalb der gebrochenen Rippen. »Er wollte Hilfe rufen. Ein Notsignal abgeben.«

In meinem Magen wallte es erneut hoch, und ich drehte mich weg, mein Herz schlug Trommelwirbel. Vinny hatte die Leuchtpistolen. Das hieß wahrscheinlich, Mike hatte die Harpune. »Und wenn ihn jemand gestoßen hat?«

Wir mochten sonst wo am Ufer sein, doch ich erinnerte mich, dass der Pico da Chaminé irgendwo da oben war, und der Pfad, der am Abgrund entlangführte. Den war ich mit Mike gegangen, aneinandergeseilt. Wenn ich an Vinnys Sturz dachte, kroch es mir eiskalt über den Rücken. Möglich, dass er den Halt verloren hatte und abgestürzt war, doch viel wahrscheinlicher war, dass jemand nachgeholfen hatte.

Alex las es mir vom Gesicht ab und nickte entschieden. »Vinny sagte, es wäre noch jemand außer uns auf der Insel.«

Mit ernstem Gesicht stellte sie sich meinem Blick. Erst gestern Abend hatte sie das abgetan, argumentiert, es sei eine optische Täuschung gewesen oder jemand von einem Fischerboot, das angelegt hätte. Wenn sie jetzt umschwenkte, dann weil sie etwas wusste, das mir noch nicht bekannt war. »Das zusätzliche GPS-Gerät«, sagte ich. »Das ich im Wald gefunden habe. Du hast vor allen behauptet, es sei deins. Du hättest zwei eingepackt.«

»Ich wollte nur Vinny beruhigen«, hauchte sie und wischte

sich die Augen. »Es gehört mir nicht. Hier ist tatsächlich jemand, Tess. Am frühen Abend war derjenige im Wald. Und Vin sah ihn gestern Nachmittag. Er muss Vin im Lager beobachtet haben.« Sie schauderte und holte tief Luft.

Also waren noch zwei Leute irgendwo in dem Nebel unterwegs, Mike und der Fremde? Und einer machte Jagd auf den anderen? Mike war vielleicht von Geräuschen im Wald aufgewacht, hatte sich die Harpune geholt und denjenigen verfolgt. Vinny könnte das gehört haben und Mike gefolgt sein.

»Wer immer es ist«, flüsterte Alex, »er hat unseren Transceiver zerstört. Und ich habe Vinny nicht geglaubt«, keuchte sie, und die Tränen strömten von Neuem.

Ich legte einen Arm um ihre Schultern, tröstete sie so gut ich konnte und ließ sie weinen. Wir waren nur noch ein Zweierteam, eingeschlossen von kriechendem Dunst. Jenseits der Nebelbank waren die nächsten Menschen fünfzig Kilometer weit weg. Wenn wir laut schrien, trügen unsere Stimmen nicht die zehn Kilometer bis zur nächsten Insel. Könnten wir das Beiboot nehmen und zur Forschungsstation auf Deserta Grande fahren? Dort war zwar niemand, aber da mochte noch Ausrüstung stehen. Wir könnten uns da verkriechen und auf die Polizei warten. Ich traute mir zu, das Boot zu rudern, wenn das Wasser einigermaßen ruhig war. Doch wie würden wir navigieren?

Ich drehte mich auf die Knie und kroch zu dem toten Vinny. »Wir brauchen sein Zeug«, sagte ich. »Komm her.«

Sie sah mich an, mit dunklen Ringen unter den Augen und verweint, aber sie kam.

Ihn zu durchsuchen ging zum Glück schnell. Die Taschen seiner Shorts vorne und hinten. Es war grotesk, seine Brust abzuklopfen, aber er könnte etwas Nützliches im Brustbeutel haben. Dann die Taschen seines Seawild-Hoodies.

Die Harpune lag nicht bei ihm, und Clays Handy hatte er auch nicht.

Ich zog die intakte Signalpistole aus seinem Gürtel und hielt sie hoch. Alex, die neben mir hockte, griff danach. Dabei rutschte ihr etwas aus der Hosentasche und fiel auf die Steine.

Als ich das Ding sah, wurde mir heiß in der Brust.

Ich blickte auf ein rechteckiges Gerät, das ich so gut kannte, da brauchte ich nicht zweimal hinzusehen. Nur meine Verblüffung verhinderte, dass ich sofort danach griff. Das Blut pulsierte hinter meinen Augen, so stark, dass ich Sterne sah. Alex hatte meine Festplatte.

Sie starrte darauf, dann sah sie mich an. »Tess«, sagte sie.

Und ich floh.

Obwohl ich steif voranstolperte, als wären meine Knie arretiert, war Alex zwei Sekunden später schon nicht mehr zu sehen. Der Nebel war dicht, die Welt verschob sich und wallte von fremdartigen Kräften, sodass ich allein war, bevor sie sich hochgestemmt hatte. Ich floh ohne jegliche Orientierung, nur darauf konzentriert, aufrecht und in Bewegung zu bleiben. Der Wind hatte aufgefrischt, und die Nebelwände trieben schneller. Selbst wenn ich es riskierte anzuhalten, kurz zu verschnaufen, kam es mir vor, als wäre entweder ich oder die Insel unter mir noch auf der Flucht. Die einzigen Orientierungspunkte waren die Steilwand, an deren Fuß Vinny lag, und das Rauschen der Wellen. Mein Instinkt trieb mich zum Wasser.

Etwas später fiel mir zweierlei auf. Erstens: Alex hatte nach mir gerufen. Ich konnte sie jetzt nicht hören – nur die Brandung –, aber hatte sie nicht eben noch mal nach mir gerufen? Ich glaubte sie gehört zu haben. Oder halluzinierte ich? Und zweitens: Ich war im Besitz der Signalpistole.

Ich hielt sie in der Hand, fest gepackt. Mein Verstand arbeitete wieder. Ich musste irgendwie von der Insel runter, das Beiboot finden, sagte ich mir, und sobald ich sicher auf dem Wasser war, eine Leuchtkugel abfeuern. Schwindlig und übel war mir, meine Beine eine weiche Tonmasse, aber ich lief weiter und stellte mir vor, wie ich der glutroten Leuchtspur des aufsteigenden Geschosses nachschaute, die die Wolkenwand teilte, sah die Stiefel der Retter, die mich auflasen. Ich wischte mir die Stirn mit dem Ärmel. »Auf geht's, Tess«, flüsterte ich, um meinen letzten Mut zusammenzuraffen.

In den nächsten fünf Minuten wurde das Meeresrauschen immer lauter, und schließlich schälte sich vor mir etwas Hohes aus dem Nebel, das Verbotsschild am Ufer, das wir gesehen hatten, als wir an Land gingen.

Also war ich zu weit gelaufen, hatte das Boot verfehlt. Ich dachte daran zurück, wie wir es vor drei Tagen langsam auf den Strand getragen hatten, schnaufend und prustend, jeweils zu zweit an jeder Seite. Diese triumphalen Augenblicke voll guter Laune waren jetzt so fern wie die Feststraßen in Funchal. Stattdessen war in mir etwas eingepfercht und gärte.

Ich machte kehrt, und dabei dämpfte sich der Lärm in meinem Kopf zu Gemurmel. Ich konnte wieder denken. *Alex hat mir die Festplatte geklaut.* Wie gut sie geschauspielert hatte, als ich vor der Gruppe das Fehlen bekanntgab – wie mitfühlend sie sich gab, als sie meine Verzweiflung sah, wie forsch und zielstrebig sie die Suche anging, wie sie mich ermahnte, als ich ihr ständig widersprach. Tatsächlich hatte sie die SSD die ganze Zeit in der Tasche gehabt. Was sollte ich verdammt noch mal davon halten? Ich versuchte, einen Ablauf zu konstruieren, bei dem sie Clay erstach und ihn ins Meer warf. Vielleicht hatte er mithilfe von Larsen Alex' Rolle bei einer Goldschmuggeloperation erkannt. Da sie sich entlarvt sah, beschloss sie, ihn zu töten. Nach der Tat fuhr sie mitten in der Nacht mit dem Boot zurück zur Deserta Grande und legte sich ins Bett, um am nächsten Morgen die Polizei anzurufen. Sie war eindeutig in der Lage, die gestresste Teamleiterin zu spielen. Sie war schon die ganze Woche überzeugend gewesen.

Aber warum lag Vinny dann zerschmettert am Fuß des Pico da Chaminé? Er musste auch etwas gewusst haben. Alex und Mike waren Komplizen und hatten ihn zum Schweigen gebracht. Sie hatte meine Filmaufnahmen, er Clays Handy. Jetzt brauchten sie nur noch mich loszuwerden.

Ich musste das Boot finden. Es konnte nicht weit sein, außer, ein anderer hätte es sich schon genommen. Bei dem Gedanken wurde ich noch nervöser und ging zu dem Schild zurück, um es als Ausgangspunkt zu nehmen. Ich ging im Kreis um es herum, kehrte dahin zurück und ging dann einen größeren Kreis, sodass ich den Suchradius peu à peu ausdehnte. Und nach jeder Rückkehr zum Schild wurde mir mulmiger.

Da lag es endlich. Wenigstens brauchte ich jetzt nicht mehr zu enträtseln, was hier eigentlich vorging, sondern konnte mit dem Boot ein Stück hinausfahren, die Signalpistole abfeuern, und bald …

Das Boot lag nicht so da, wie wir es verlassen hatten.

Wir hatten es vor drei Tagen in Windrichtung auf den Bauch gedreht und Vorratstaschen darunter verstaut. Jetzt lag es irgendwie anders da. Doch ich versäumte es, meine überbordende Hoffnung zu dämpfen, und ging darauf zu. Ich legte die Signalpistole hin und griff mit rutschigen Fingern unter den Bootsrand, um es umzudrehen. Es war, als wollte ich einen Riesenkäfer retten, der auf den Rücken gefallen war. Meine Hände rutschten auf dem nassen, glatten Holz, als ich es mühsam bis auf Kniehöhe anhob. Dann bemerkte ich, was mir gleich hätte auffallen müssen.

Ich fühlte meine Angst im ganzen Körper, kalt wie durchnässte Kleidung.

Das Boot hatte ein Loch.

41

Ich senkte das Boot wieder ab. Die Finger im Nacken verschränkt, die Ellbogen zur Seite gerichtet, starrte ich in das Grau und lauschte den Wellen, die sich gegen das Ufer dieses Schreckensortes warfen.

Ohne Taschenlampe hatte ich den Schaden nicht sofort entdeckt, aber jetzt war er nicht mehr zu übersehen. Jemand hatte mit etwas Schwerem, vermutlich einem großen Stein, auf den Rumpf geschlagen, mit roher Kraft, bis das Holz splitternd nach innen brach. Das Loch war doppelt faustgroß und ließ mich an Vinnys zerschmetterten Schädel denken. Ich war mit Alex zusammen gewesen, seit sie mich geweckt hatte, also musste das Mikes Werk sein.

Ein paar Minuten lang überließ ich mich dem düsteren, hoffnungslosen Nichts. Er war zum Boot gelaufen, während ich schlief – Mann, jeder von ihnen konnte das schon gestern getan haben –, und rechnete damit, dass ich ebenfalls hierherkommen würde … Mir wurde eiskalt. Mike und Alex wussten, wo ich mich aufhielt. Vielleicht schlichen sie sich gerade an mich an. Panisch starrte ich ringsherum in den Nebel, überzeugt, dass ich beobachtet wurde, dann kehrte meine Obsession zurück und gab den neuen Takt vor.

Ich war entschlossen, meine Festplatte zu finden, Clays Handy an mich zu bringen und die Insel auf anderem Wege zu verlassen.

Das hieß, ich brauchte einen Plan. Ich kniff mir in die Nasenwurzel und blinzelte meine Müdigkeit weg. *Na los, Tess.*

Welche Mittel stehen zur Verfügung? Ich schwang die Tasche von der Schulter und zwischen die Füße, zog den Reißverschluss auf und schaute hinein. Wasser und Trockenfrüchte. Der Peilsender, den Mike mir vor drei Tagen gegeben hatte. Ein defektes GPS-Gerät, meine Kamera und die Signalpistole. Eine Patrone steckte in der Kammer. Wenn ich wollte, dass jemand die aufsteigende Leuchtkugel sah, und ich sie nicht auf dem Wasser abfeuern konnte, dann musste ich sie auf einem möglichst hohen Punkt der Insel abfeuern. Das hieß, bei Nebel und ohne Taschenlampe auf einen der Picos steigen. Dem Pfad zum Leuchtturm zu folgen war in vielerlei Hinsicht gefährlich, eröffnete aber allerhand Möglichkeiten – zum Beispiel könnte ich das Leuchtfeuer anzünden und auf diese Weise Rettung herbeirufen. Und da ich nicht einmal wusste, vor wem ich davonlief, könnte ich mich da oben einschließen, mich vor Alex und Mike schützen. Und mich verstecken.

Ich überlegte, ob sich das Problem noch anders lösen ließe, doch so angestrengt ich nachdachte, mir fiel nichts weiter ein. Der Leuchtturm war die beste Idee.

Ich aß Nüsse und Aprikosen, hob einige für später auf und trank ein wenig Wasser. Die Nahrung stärkte meine Nerven. Ich packte meine Tasche aus und wischte die Objektive trocken. Unter der Ausrüstung befand sich eine Kameraleuchte. Sie strahlte nicht besonders hell, aber immerhin. Ich durfte nur die Batterie nicht zu schnell verbrauchen. Filmen war tröstlich, genau wie essen, und gab mir das Gefühl von Normalität. Ich filmte nur eine Bergwanderung, das war alles. Das Wetter war eine Herausforderung, aber ich hatte schon unter schlechteren Bedingungen gearbeitet. Ich konnte das schaffen.

Und so wanderte ich wieder landeinwärts und suchte mir einen Weg durch den Nebel. Der Berg war eine unsichtbare Präsenz irgendwo rechts von mir, während ich auf den Pfad zuhielt, den ich gestern Morgen mit Mike gegangen war. Vom Adrenalin hatte ich Gliederschmerzen wie bei einer Grippe, und weil Alex mir irgendwo auflauern könnte, war ich permanent angespannt. Eine weitere Sorge: Allmählich fühlte ich mich seltsam losgelöst, als schwebte ich irgendwo über mir. Ich fragte mich, ob ich die Nerven behalten würde. Es war ein langer Aufstieg, und ich würde irgendwie einen Zusammenbruch verhindern müssen.

Als ich am Wald entlangging, ließ ein Geräusch meine Gedanken verstummen.

Wieder diese Verzweiflung in mir. Wenn Alex kam, um mich zu töten, dann hatte ich nicht die Kraft, mich zu wehren.

Das Geräusch war nah, und es kam von links. Ich wusste, was es verursachte. Bewegung. Ein Rascheln im Unterholz, umknickende Farnwedel.

Ich starrte zwischen die Bäume. Eine Gruselkulisse aus verschlungenen schwarzen Streifen und wabernden Nebelfetzen. Instinktiv duckte ich mich, als wäre ich dann schlechter zu erkennen. Ich ortete das Geräusch, richtete die Kamera darauf und zog mich auf dem Weg zurück, den ich gekommen war. Es drängte mich unwiderstehlich von dort weg.

Dann ein anderes Geräusch, ein leises Knistern von trockenem Laub. Dann klickte es. Licht schien durch den Nebel.

Mike kam zwischen den Bäumen hervor, der Lichtkegel seiner Taschenlampe hüpfte. Er strahlte mich damit an. »Mein Gott, Tess. Was machst du hier draußen?«

Er hielt nichts weiter in den Händen, nur die Taschenlampe, doch er hatte seinen Rucksack auf, die Riemen schnürten in sein feuchtes Sweatshirt. Seine Erscheinung war untypisch derangiert. Mir fiel auf, dass seine Stiefel nass waren, aber die unteren Hosenbeine waren nicht bis zum Knie vollgesogen, was bedeutete, dass er nicht durch das nasse Unterholz im Wald gestreift, sondern wie ich am Waldrand entlanggegangen war. Er wusste, ich war beim Boot gewesen, denn das war der einzige Rückweg von dort. »Dasselbe könnte ich dich fragen«, erwiderte ich, und meine Angst wuchs.

Er trat vorsichtig auf das nasse Gras und kam näher. Da ich meine Körperhaltung änderte und er das richtig deutete, bewegte er sich langsamer. »Das kommt dir bestimmt verrückt vor.«

»Ein bisschen.«

Sein Blick schweifte. »Bist du allein?«

»Ich habe Alex verloren«, sagte ich und fügte in verzweifeltem Kalkül hinzu: »Schon vor einiger Zeit. Wir haben dich gesucht.«

»Es gibt keine angenehme Art, das zu tun.« Er kam noch einen Schritt näher. »Ich werde also einfach ehrlich sein. Aber zuerst schalte die Kamera aus.«

Ich war verstört genug, um fast jeder Aufforderung zu gehorchen, doch nicht dieser. Irgendwie schaffte ich es zu widersprechen. »Das kann ich nicht tun.«

Seit er vor mir aufgetaucht war, suchte ich an ihm die Harpune, sah sie aber nirgends. Dabei hoffte ich insgeheim – und flehte mein gewohntes *Bitte-lieber-Gott* –, dass er sie nicht hatte. Wie sich herausstellte, hatte er sie am unteren Rücken zwischen die Rucksackriemen geschoben. Er ließ die Taschenlampe fallen, zog die Harpune hervor und trat auf mich zu.

Dann stieß er mir den Kolben an den rechten Schulterknochen und mit einer Wucht, bei der sich sein Gesicht hässlich verzerrte.

Ein gleißender Schmerz streckte mich nieder. Ich ließ die Kamera fallen, krümmte mich zusammen, und mein Arm brannte wie Feuer. Ich nahm meine Umgebung noch halbwegs wahr und sah, wie Mike mit ungehemmter Wut auf die Kamera einschlug. Wieder und wieder stieß er mit dem Kolben zu, häufiger als nötig, um das Gehäuse aufzubrechen und das Innenleben zu zerschmettern, dass die Bestandteile nach allen Seiten sprangen. Als er fertig war, glich sein Gesicht einer schwitzenden Fratze. Doch mir war es gleichgültig, da der Schmerz in meiner Schulter wütete.

Schnaufend richtete er sich auf und grinste dann. »Das wollte ich schon lange tun«, keuchte er abgehackt, »schon sehr lange.«

Er drückte den Lauf der Harpune zwischen seinen Füßen auf den Boden, und mit einem raschen Handgriff spannte er das dicke Gummiband und hakte es ein. Das Gummi war alt und rissig, doch es hielt, straff gespannt, bereit, den Pfeil aus dem Lauf zu treiben. Er hob die Waffe, setzte sich den Kolben an die Schulter und zielte auf mich. Der grausame, mit Widerhaken besetzte Pfeil war auf meine Brust gerichtet. Nur der Boden unter mir würde seine Wucht stoppen. Ich würde in meinen letzten Augenblicken an einen Felsen gespießt sein.

»Du wirst jetzt tun, was ich verlange«, sagte er noch immer heftig atmend. »Gib mir die Festplatte.«

Welchen Sinn ich vielleicht noch zusammengeklaubt hätte, welche Bedeutung ich meinem Tod noch hätte geben können, solche Gedanken verstummten angesichts seiner Forderung. »Die habe ich nicht mehr«, stammelte ich.

Mike lachte gehässig. »Ist praktischerweise verschwunden, hm? Glaub mir, den Trick habe ich von Anfang an durchschaut. Stell deine Tasche zur Seite.« Die am Boden liegende Taschenlampe sorgte für eine groteske Hintergrundbeleuchtung, und ich sah nur durch einen Tränenschleier. Er deutete mit dem Harpunenlauf darauf. »Stell die verdammte Tasche hin.«

Dazu musste ich mir jedoch den Riemen von der schmerzenden Schulter ziehen. Ich tat es ganz langsam. Der Schmerz kam in Wellen, und die Flut trieb Glassplitter durch Schulter und Arm, als ich ihn anhob, dann den Riemen nach unten zog. Es dauerte eine Ewigkeit, bis ich ihn los war.

Nachdem das geschafft war, zerrte Mike gierig am Reißverschluss, kippte den Inhalt aus und starrte wütend auf die Gegenstände. Er war ein völlig anderer Mensch. Hinter seiner freundlichen Fassade verbarg sich ein grausames Gesicht mit eiskalten Augen. »Wo ist sie?«

Ich war zu fertig, um noch Widerstand zu leisten. »Alex hat sie.«

Er richtete sich auf und zielte mit der Harpune auf mich. »Schluss mit dem Lügen, Tess.«

Und dann teilte sich hinter ihm der Nebel.

Ein Arm schnellte aus dem Dunkel, und Mike ließ die Harpune sinken und griff sich in den Nacken. »Scheiße«, zischte er, dann drehte er sich um. Ich war blind vor Tränen, aber ich hörte gut genug. Seine Stimme klang jetzt anders, langsamer, mühsamer. »Was hast du getan?«

Er meinte nicht mich.

Dann Geräusche eines Kampfes, ein Stoß und ein dumpfer Aufschlag. Im nächsten Moment ein Gesicht über mir. Alex stand kreidebleich über mich gebeugt, die Brillengläser von Tropfen überzogen, und fragte, ob es mir gut ginge.

Ich verneinte das mit den drastischsten Worten, die ich auf Lager hatte.

42

Alex hob Mikes Taschenlampe auf – deren Helligkeit schon nachließ – und drückte Schmerztabletten aus einem Blisterstreifen. »Sieht aus, als wäre dein Arm ausgekugelt. Ich schätze, vier Stück können wir riskieren.«

»Wo ist Mike?«

»Er liegt da.« Ihr Ton war beruhigend, ihr Blick deutete in den Nebel. »Alles gut. Er ist nur betäubt.«

Das Robbenbetäubungsmittel. »Nachtschwester für Robben«, sagte ich.

Müde lächelnd fasste sie hinter meine gesunde Schulter und half mir, mich aufzusetzen, dann gab sie mir die Tabletten und Wasser. Ich wollte aufstehen, aber sobald ich mich bewegte, kreischte meine Schulter, ich solle das lassen. »Er wollte die Festplatte«, ächzte ich, während ich mich neben meinem verstreuten Zeug auf die Knie drehte.

Alex nahm die Hand von meinem Schulterblatt. »Ich bereue das, Tess. Ich weiß, es wirkt übel.« Sie wischte sich mit dem Unterarm die Stirn und rieb sich die Augen. Ich wartete. Es wäre besser, sie überzeugte mich jetzt. Einen Moment später räusperte sie sich. »Nachdem Steven verschollen war, verlor ich die Zuversicht. Zwei Jahre lang habe ich versucht, das zu ändern, alles richtig zu machen, keine Fehler zu machen. Ich war mir nicht mal sicher, ob ich an der Expedition teilnehmen sollte. Als ich hörte, du würdest dabei filmen …« Sie fasste sich an die Lippen und blinzelte heftig. »Ich habe retten wollen, was von meiner Karriere noch übrig ist.«

Ich hörte zu, dachte nach – soweit das mit meiner um Aufmerksamkeit heulenden Schulter möglich war – und betrachtete meine Schnüffelei aus ihrer Warte. Ich hatte Verständnis für sie. Das Desaster bei der Deserta-Grande-Expedition, der Anschiss hinterher, der geschädigte Ruf. Und als ihr klar wurde, was ich vorhaben könnte, musste sie mich notgedrungen aufhalten.

»Ich musste mich vergewissern, was du vorhast«, sagte sie. »Ich habe mir das Material noch nicht angesehen. Es interessiert mich auch nicht mehr. Du kannst es zurückhaben.«

Sie legte die Festplatte zwischen uns auf die Steine und schob sie zu den anderen Sachen. Ich nickte einsichtig. Etwas an der Einsamkeit der Insel, die Distanz zwischen uns und dem Festland und die ständige Angst und Schutzlosigkeit brachten mich dazu, ihr zu vertrauen. »Hör zu. Das ist nicht deine Schuld«, sagte ich, um Frieden zu schließen. »Du hast hier alles richtig gemacht. Hast das Team zusammengehalten. Hast uns zur Schnecke gemacht und auf Linie gebracht. Mike ist der Saboteur.«

Alex hob die Taschenlampe. »Spielt keine Rolle mehr. Alles ist ruiniert.« So schien es. Ich streckte den gesunden Arm hin, damit sie mir aufhalf. »Ich habe furchtbare Angst«, gestand sie und zog mich auf die Beine.

Dass wir beide so erschöpft und verzweifelt waren, machte uns milde. »Ich auch.«

»Du? Wirklich?« Sie sah mich mit Tränen in den Augen unsicher an und schniefte. »Ich habe *Spill* gesehen. Die Sequenz in den kalifornischen Ölfeldern.«

»Das ist lange her.«

»Wenn man jung ist, ist es leichter, mutig zu sein«, meinte sie. »Man nimmt Gefahr ganz anders wahr.«

In gewisser Weise stimmte das. Trotz der Begegnung mit

dem Referenten des Ministers hatten Gretchen und ich weiter nachgeforscht. »Nach *Spill* hätte ich beinahe ganz aufgegeben«, gestand ich.

Sie sah mich halb mitfühlend, halb mitleidig an. »Ich habe etwas über deine Partnerin gesehen.«

Das war nicht weiter überraschend. Wenn man die richtigen Reddit-Threads kannte, fand man immer noch jede Menge Spekulationen über Chase Industries. Die meisten Threads wurden schon lange nicht mehr fortgeführt – ab und zu quälte ich mich noch damit, indem ich nachsah –, aber es gab Vermutungen über Gretchen, Klatsch und Tratsch über bestimmte Vorstände und Informationen über gescheiterte Klagen.

Dort war mein Name ein Dreck.

»Es tut mir leid«, sagte Alex. »Ich hätte nicht davon anfangen sollen.«

»Wir müssen zum Leuchtturm«, sagte ich. »Wir haben die Signalpistole. Wir können die Höhe nutzen. Vielleicht können wir sogar das Leuchtfeuer anzünden und damit auf uns aufmerksam machen.«

Alex atmete tief durch. Sie schluckte sichtlich und wischte sich mit den Handrücken die Wangen. »Wenn wir da raufwollen«, sie leuchtete mit der Taschenlampe in die Richtung, »dann brauchen wir ein Seil.«

Da wollte ich nicht widersprechen. Selbst bei glasklarem Sonnenschein war der Aufstieg zum Gipfel gefährlich. Wir wickelten das Seil zwischen uns ab und stellten uns nebeneinander wie Mike und ich am vorigen Morgen. Er hätte mich in den Abgrund schubsen können, dachte ich, doch das hatte er nicht getan. Warum? Da hatte ich Clays Stichwunde noch nicht entdeckt. Und sein Handy …

»Durchsuch ihn.« Ich deutete auf Mike. »Hat er was Nützliches bei sich?«

Alex bückte sich, tastete seine Beine ab, während ich die Augen schloss, um die Schmerzen in der Schulter zu ertragen. Die Flut überschwemmte mich gerade und brachte die Glassplitter mit. Nach ein paar Sekunden ließ der Schmerz nach, und ich blinzelte Tränen weg.

»Nichts, das wir brauchen«, sagte sie. »Karten, Schlüssel, ein paar Euro. Handy.«

Mein Herz machte einen Satz. »Seins?«

»Sieht so aus.« Sie hielt es hoch. Schickes neues Modell, nicht Clays. Dann sah ich sie erstarren. »Was ist?«

Sie hielt den Peilsender hoch, der zwischen meinen Sachen gelegen hatte. »Den hat Mike mir gegeben. Bei der Überfahrt. Ich hätte ihn längst wieder zu den …«

»Er ist eingeschaltet.«

»Was?«

»Er hat deine Bewegungen verfolgt, Tess. O mein Gott, Mike, was hattest du vor?«

Das erklärte, dass er mich am Waldrand abfangen konnte. Er hatte gewusst, dass ich beim Boot war und diesen Weg entlangkam. Was noch? Der Rückweg vom Leuchtturm, mein Abstecher in die Bucht. Und natürlich hatte ich gestern Abend seinen Verdacht bestätigt, indem ich ihm alles erzählte, was ich entdeckt hatte.

»Wir müssen los«, sagte Alex. »Midazolam wirkt nicht ewig.«

»Die Harpune«, sagte ich. »Lass die nicht bei ihm. Und zieh das Gummi weg. Das sieht aus, als ob es gleich reißt und den Schuss auslöst.« Alex nickte und sammelte zitternd unsere Sachen ein. »Und kannst du mir helfen, die Bruchstücke der Kamera aufzuheben?«

Sie sah mich zweifelnd an. »Ist dir entgangen, was er damit gemacht hat?«

Ich schüttelte den Kopf und hielt gegen die nächste Schmerzwelle den Atem an. Sie war schon schwächer. Halleluja, die Tabletten wirkten. »Die Speicherkarte ist vielleicht noch zu retten. Pack einfach ein, was du an Teilen findest.«

Sie legte beiseite, was wir nicht mehr brauchten oder für das wir keinen Platz hatten – Ersatzakkus, Wandersocken, Peilsender, das defekte GPS-Gerät. Wir tranken eine Flasche Wasser aus und ließen sie neben Mike liegen. Alex packte meine Tasche, zuerst die zertrümmerte Kamera, und ich passte auf, vergewisserte mich, dass sie meine SSD dazupackte. »Die kannst du nicht tragen«, sagte sie und nahm die Harpune in die Hand. »Ich nehme sie. Du hast die Signalpistole, Müsliriegel, das letzte Wasser. Ich nehme das GPS-Gerät und die Karte.«

Als alles eingepackt war, wandten wir uns dem Seil zu. Das Ende locker in der Hand, versuchte ich mich an dem Gordingstek. Wie ging er noch mal? Nach links drüber weg, drunter weg nach rechts, dann über beides und durchschieben? Ich brauchte Alex, um mich zu erinnern. Sobald wir angeleint waren, schauten wir auf ihr GPS-Display und drehten uns, bis wir den Bergpfad im Norden vor Augen hatten.

Es wurde ein Kampf zwischen sterbender Taschenlampe und atlantischer Nebelbank in der Geisterstunde. Ein grauer Dunst strich uns katzenhaft um die Beine. Der Mond schloss immer wieder sein Auge. Wir gingen los, das Seil locker zwischen uns, und warfen unser Geisterlicht auf den nassen Felsboden.

Es war ein langer Aufstieg, und die Schmerzen begannen in die Arme auszustrahlen, tasteten sich in die Hände und Finger vor. Wie sich herausstellte, war Reden die beste Ablenkung. Daher holte ich tief Luft und erzählte Alex meine Geschichte.

Seit der ersten Ermittlung der Polizei vor zehn Jahren hatte ich nicht mehr darüber gesprochen. »Du weißt vermutlich, dass meine Partnerin ihr Leben verlor«, begann ich.

Alex nickte. »Das tut mir leid. Leo und ich haben einen Backgroundcheck gemacht. Ich dachte, du bist zu gut für diesen Auftrag. Eine erfolgreiche Dokumentarfilmerin möchte Robben filmen? Das fand ich seltsam. Aber jetzt verstehe ich das.«

»Gretchen und ich waren im Begriff, für die Schlusssequenz zu filmen«, erzählte ich weiter.

Und das öffnete die Schleusen. Ich erzählte ihr alles, was sich bei den Saltfleet-Gasterminals und im Sumpfland an der Küste abgespielt hatte.

43

Gretchen und ich übernachteten in einem schilfgedeckten Pub gegenüber einer Grundschule. Die Gegend war so ländlich, wie man es sich bei Sonnenschein gern vorstellte: Spinat- und Kohlfelder, lange, einspurige, gerade Straßen mit Entwässerungsgräben rechts und links, Dorfanger, Kirchen.

Wenn die Sonne untergegangen war, hatte das Dorf jedoch etwas Düsteres an sich.

Wir waren nur ein paar Kilometer von der Küste entfernt, und als die Dämmerung einsetzte, schlug ein böiger, salziger Wind an unsere Zimmerfenster. Auf dem weiten Sumpfland und den Äckern gab es nichts, das ihn abfing. In der Ferne konnte ich die Schornsteine der Raffinerie im Dunkeln lodern sehen.

Als wir am Morgen an den Gasterminals vorbeigefahren waren, hatten wir die Sicherheitsvorkehrungen in Augenschein genommen, die üblichen hohen Zäune, Wachposten und Torschranken, die nur mit Ausweis passiert werden konnten. Darum warteten wir bis zur Dunkelheit. Im Hinblick auf *Spill* sah die Sache gut aus. Auf der Chase-Website standen seitenweise aufwendige Grafiken, die das Verfahren der Kohlenstoffabscheidung veranschaulichten. Auch wurde die Vergabe von fünfzig Millionen Pfund aus einem staatlichen Forschungs- und Innovationsfonds gefeiert. Mit dem Umbau des Terminals habe man im vergangenen Jahr begonnen, hieß es, und man wolle »die Region dekarbonisieren und bei der Erreichung des Nettonull-Emissionsziels der Regierung eine Schlüsselrolle spielen«.

Doch schon im Vorbeifahren war klar erkennbar gewesen, dass die Bauarbeiten noch nicht im Gang waren. Stattdessen sahen wir durch den Zaun ein aufgelassenes Industriegelände, das von Gebüsch überwuchert war, und den rissigen Asphalt des leeren Parkplatzes.

Zu der Zeit arbeitete ich schon seit über zwei Jahren an *Spill*, und das Treffen mit dem Referenten des Ministers hatte meinem Projekt den letzten Zauber genommen. Gretchen hatte sich inzwischen auch weiterentwickelt. Ihre Recherchen zu dem Telefonabhörskandal standen kurz vor dem Abschluss, und sie saß jeden Abend bis spät in die Nacht am Laptop und entschied über jede Kleinigkeit. Seit jenem Tag auf den Ölfeldern von Kern County verstanden wir uns nicht mehr so gut, und unsere Beziehung sah dem Ende entgegen. Wir redeten nur noch das Nötigste, und lange Autofahrten vergingen in kühlem Schweigen. Ich bin mir sicher, dass sie es kaum erwarten konnte, *Spill* endlich fertigzustellen und mich loszuwerden, damit sie sich auf ihren eigenen Film konzentrieren konnte, der in Kürze rauskommen sollte.

In jener Nacht, als es anfing zu regnen, war ich nicht in der Stimmung, um auf verbotenes Gelände vorzudringen, und meine Anspannung, von der ich schon den ganzen Tag einen verkrampften Rücken hatte, machte mich noch mürrischer. Wir hatten geplant, einer Schotterstraße durch Felder zu folgen, die von nassen Wegen durchzogen waren, und dass Gretchen im Auto bleiben und Schmiere stehen sollte, während ich Aufnahmen machte. Als ich also aus dem Auto stieg, mein Handy aufs Armaturenbrett warf und mir die Jacke bis zum Kinn zuzog, ahnte ich nicht, wie schlimm es werden würde.

Ich lief bis in den hinteren Teil des Geländes, denn dort würde sich zeigen, dass ich mit meinen Vermutungen über

Chase recht hatte. Das tat ich vor allem für mich, zu meiner eigenen Genugtuung.

Wie erwartet gab es auf dem Gelände keine Baustelle. Die alten Terminals waren mit Graffitis besprüht, die Metallverkleidung hatte Blasen bekommen, und die erreichbaren Fensterscheiben waren eingeworfen. Die Rohrleitungen des alten Umspannwerks rosteten seit Jahren vor sich hin. Überall eroberte die Natur zurück, was ihr gestohlen worden war. Birkenschösslinge waren zu einem Wäldchen gewachsen, Moose quollen aus Ritzen, Sommerflieder hatte sich in Regenrinnen und an Schornsteinen angesiedelt.

Ich begann zu filmen, hielt das Licht niedrig und fing dunkle Silhouetten ein, während ich das Gelände erkundete. Dabei wurde ich nervös, als ich jenseits des Haupttors Reifen quietschen hörte. Ich hielt den Film an und packte die Kamera weg, weil ich glaubte, gleich erwischt zu werden oder schlimmer. Ich überlegte ernsthaft, ob Regierungsbeamte, von dem winzigen Licht meiner Kamera angelockt, auf das Gelände kamen. Sobald sich mein Puls beruhigt hatte, schlich ich zur Vorderseite des Gebäudes.

Plötzlich heulte in der Nähe ein Motor auf, Reifen knirschten laut im Kies.

Etwas prallte hart gegen etwas anderes, dann sah ich Lichter. Ein Land Rover fuhr vorbei, schaukelte über die Schlaglöcher der Zufahrtsstraße, seine Scheinwerferkegel strahlten in die Bäume. Er preschte um die Ecke und verschwand. Wie es sich anhörte, entfernte er sich, anstatt in meine Richtung zu kommen. Der Wagen war nicht auf der Suche, sondern auf der Flucht.

Dann rannte ich los, hinter dem Gebäude entlang und zurück zu dem Loch im Zaun, das ich hineingeschnitten hatte, zwängte mich hindurch und sprintete über den nassen Schotter zu der Stelle, wo unser Auto stand. Die Innenbeleuchtung war eingeschaltet, aber ich sah Gretchen nicht. Die Fahrertür stand offen, sodass es auf den Sitz regnete. Keuchend kam ich am Wagen an und schaute vorne und hinten nach. Er war unbeschädigt – eine gute Neuigkeit, da ich eine Kollision gehört hatte. Aber keine Spur von Gretchen. Und keine Reaktion, als ich sie rief. Ich ging um den Wagen herum und schaute in die nasse Dunkelheit. Sie war weg. *Sie muss in dem fliehenden Auto gesessen haben. Aber warum?* Ich beugte mich auf der Fahrerseite hinein und schaltete die Scheinwerfer ein. Es regnete inzwischen stärker, und die Tropfenschnüre schimmerten im Licht.

»Gretchen?«

Es kam mir albern vor, sie zu rufen. Es wäre besser, zu ermitteln, warum sie abgehauen war, und sie zu kontaktieren. Als ich mein Handy vom Armaturenbrett griff, kam mir ein Gedanke, bei dem es mich kalt überlief. Was, wenn sie sich auf einen Deal eingelassen hat? Nichts konnte den Referenten des Ministers davon abhalten, uns gegeneinander auszuspielen. Gretchen hatte zugesagt, mich mitten im Dreh zu verlassen und mich in eine Falle laufen zu lassen, die ich nur noch nicht sehen konnte. Ich bekam eine Gänsehaut, als ich die leere Straße entlangschaute. *Vergiss die Regel mit der Funkstille. Ruf Gretchen an!*

Die Regentropfen auf meinem Display erschwerten es, aber ich tippte auf ihre Nummer. Als der Anruf durchging, wurde schrecklich klar, was Sache war. Ich hörte Gretchens Handy klingeln, dann sah ich es im Entwässerungsgraben aufleuchten.

In der Nähe, wo das Handy lag, war die Grasnarbe aufgerissen, und im nackten Erdreich glänzte eine Reifenspur. Glitschige Schlammschlieren zeigten, dass etwas die Böschung hinunter in den Graben gerutscht war. Ich näherte mich.

Am Grund des Grabens lag Gretchen Harris auf dem Bauch

im Wasser. Sie regte sich nicht, nur ihre Haare wallten in der Strömung.

Ihre Beine waren gebrochen.

Ich konnte Gretchen auf der Bahre noch vor mir sehen, den geschlossenen Leichensack, wo sich in den Vertiefungen der Regen sammelte. Ihre Kamera war beim Aufprall zersplittert. Bruchstücke und Bauteile lagen verstreut und glänzten im Licht des Rettungswagens.

Das Filmmaterial aus jener Nacht wurde nie verwendet.

44

Alex beugte den Kopf, wischte sich den Niederschlag aus dem Gesicht und schüttelte die Taschenlampe, bis sie wieder heller leuchtete. »Das tut mir leid. Das muss furchtbar gewesen sein.«

»Ja. Und die Polizei ermittelte.«

Meine Gefährtin lächelte erschöpft. »Das kenne ich irgendwoher.«

Als wir bei der Wegbiegung vor dem eingefallenen Zaun ankamen, ruhten wir uns kurz aus und sahen zu, wie Baumskelette den Nebel mit ihren dürren Fingern zerteilten. Mir war so schwindlig, dass ich fürchtete, ohnmächtig zu werden. Sobald wir verschnauft hatten, drehten wir den Kopf in dieselbe Richtung. Jenseits der Bäume führte der Pfad zu der Bucht hinunter, in der Steven lag. Wäre ich an dem zweiten Tag nicht hinuntergestiegen, hätten wir von alldem nichts erfahren.

»Alex«, sagte ich. »Ich hatte Stevens Handy.«

Sie sah mich entgeistert an und wich vor mir zurück, bis das Seil straff gespannt war. Dann legte sie die Fingerspitzen an die Nasenflügel, hob die Brille an und wischte sich die Augen. »Verdammte Scheiße, Tess«, sagte sie schließlich.

»Ich bin auf dem Rückweg vom Leuchtturm noch mal runtergestiegen. Da fand ich dann eine Gürteltasche an seiner Schulter, eine wasserdichte. Darin lag das Handy. Ich war dabei, es peu à peu aufzuladen, aber jetzt ist es verschwunden.«

Sie kniff die Augen zusammen. »Deshalb passiert das hier alles? Du hast die ganze Sache ausgelöst?«

Meine Obsession flammte auf. »Nicht ich, sondern Clay. Er hat etwas herausgefunden, und dafür hat ihn jemand ermordet.«

»Aber was? Was hat er herausgefunden?«

»Das werden wir dem Handy entnehmen können. Aber Mike hatte es nicht bei sich.«

»Also, ich habe es auch nicht«, entgegnete sie trocken. Dann holte sie tief Luft. »Vinny etwa?« Sie sah mich den Kopf schütteln. »Das heißt, es gibt jemanden, auf den wir noch nicht gestoßen sind.«

»Genau.« Vinny hatte Clays Handy nicht. Mike hatte es nicht. Folglich gab es noch einen Besucher auf der Insel. Und ich musste mir das Handy wiederbeschaffen, wer immer es hatte. »Ein Grund mehr, zusammenzuhalten und zum Leuchtturm zu gehen.«

Eine halbe Stunde lang stiegen wir langsam bergauf. Meine nasse Kleidung scheuerte, und meine Füße waren wundgelaufen. Mein Arm brannte unter dem Deckel der Medikamente weiter. Ich schauderte jedes Mal vor Angst, wenn sich der Nebel teilte.

Bis zum Pico da Chaminé war es nicht mehr weit. Das erkannte ich daran, wie der Pfad zur Felskante hin abschwenkte. Wir gingen langsamer und begutachteten schweigend den Pfad, die Felskante und die gespenstische Nebelkammer dahinter. Ich glaube, wir dachten beide an Vinny. Wir gingen seitwärts an der Kante entlang und hielten uns an der Hand. Meine Gefährtin zitterte in einem fort, ein klares Zeichen, dass sie genauso litt wie ich. Als der Pfad endlich vom Abgrund wegführte, erwartete ich eine gewisse Entspannung, doch die trat nicht ein. Wie machten Halt und beobachteten das kriechende, gleitende Grau. Die Schmerzflut kehrte zurück, mein Arm pochte im Takt meines Herzens.

Ein paar Minuten später war die Batterie der Taschenlampe leer. »Wenigstens dämmert es bald«, brummte Alex.

Wir ließen sie am Hang des verdammten Berges zurück und leuchteten von da an mit den Handys.

Als die Steigung flacher wurde, wusste ich, dass wir kurz vor dem Ziel waren, aber wegen des Nebels konnte ich nichts Genaueres sagen. Das GPS-Gerät war keine Hilfe. Wir waren ein blauer Punkt auf einer Insel ohne Topografie. Da es keine Orientierungspunkte gab, wären wenigstens ein paar Umrisse hilfreich gewesen, aber wir hatten nichts außer unserem Verstand und dem Seil zwischen uns.

Bald wurde klar, dass wir vom Kurs abgekommen waren, denn wir kletterten über einen Felsen, den ich nicht kannte, und suchten uns einen Weg durch ein gespenstisches Feld von Knöchelbrechern. Wir hatten uns verirrt. Wir näherten uns einer Felskante und staunten, wie steil der Boden plötzlich abfiel. Über dem Abgrund waberte Nebel. Das Wasser unten klang hungrig.

Wir machten kehrt und kämpften uns weiter voran, strebten im trüben Mondschein der Sicherheit des Leuchtturms entgegen.

Ich war so mit meiner Schmerzbewältigung beschäftigt – tief atmen, an Schönes denken –, dass ich überrascht war, als wir plötzlich vor dem Leuchtturm standen. Wir waren aus einer anderen Richtung darauf zugegangen.

Der Nebel pulsierte, verhielt sich ein paar Momente lang irritierend still und zog dann sehr schnell weiter. Um nicht wieder vor einem unerwarteten Abgrund zu stehen, steuerten wir direkt auf den Turm zu und achteten bei jedem Schritt darauf, wohin wir traten. Um ein Gefühl der Kontrolle zurückzuerlangen, nutzte ich den Rest Akku und filmte mit dem Handy. Wieder stellte ich fest, dass es mir half, meine Angst zu überwinden, wenn ich die Welt durch ein Objektiv betrachtete. Das Filmmaterial war irrelevant, es kam nur auf den Akt des Filmens an. *Mach deine Arbeit und bleib ruhig, Tess.*

Das Felsplateau war in Wolken gehüllt, und ich fand den Ort noch seltsamer als beim letzten Mal. Wenn der Wind böig wurde, kam es mir vor, als wären wir am Grund eines Flusses unter einem grauen Strudel, der durch die schadhafte Kuppel strömte. Trotz meiner nassen, blasenübersäten Füße, meiner brennenden Schulter und der Benommenheit verspürte ich eine leise Hoffnung. Wir hatten unsere Zuflucht fast erreicht. So erschöpft wir waren, wir schleppten uns weiter. Ich fotografierte die Eisenleiter, die senkrecht unter dem rostigen Balkon hing, den halb eingestürzten Anbau, das kotbeschmutzte Mauerwerk und das eingemeißelte Baujahr. Als wir auf die Tür zuhielten, zitterte ich und suchte wie betäubt in meinen nassen Taschen nach dem Schlüssel.

»Warte«, sagte Alex. »Sie ist offen.«

Der Funken Hoffnung in mir erlosch.

Die Tür stand ein Stück weit offen, das Vorhängeschloss war nirgends zu sehen, die Räume waren den Elementen ausgesetzt. Vielleicht war Mike hier gewesen, während wir schliefen, hatte Vinny getötet und war dann durch den Wald zurückgelaufen. Das war eine lange Strecke. Oder aber – und der Gedanke jagte mir Angst ein – der Fremde hielt sich hier oben auf. Vogelknochen knackten unter unseren Sohlen, als wir an die Tür traten. Behutsam drückten wir sie weiter auf, um kein Geräusch zu machen.

Mike war zwar keine Gefahr mehr, dennoch empfand ich beim Eintreten ein wachsendes Grauen. Einen Moment lang war es dunkel, dann tauchte Alex' Handytaschenlampe alles in ein graublaues Licht, in dem Staub aufstieg. Alles war, wie ich es in Erinnerung hatte: die Fässer mit dem Waltran, die Dieselkanister, die gestapelten verschlossenen Kisten. Zur Rechten die Tür zu dem Raum mit den zerbrochenen Fliesen und dem verrottenden Teppich, in dem die Wendeltreppe nach oben führte …

Dann stockte mir der Atem.

Die Tür zur Linken, die in den Anbau führte, war beim vorigen Mal verschlossen gewesen.

Nun stand sie offen.

Alex sah meinen Gesichtsausdruck und erbleichte. Sie hob die Harpune, deren Gummizug zum Glück lose herabhing. »Ist jemand da drinnen?«

Ich war so angespannt, dass jeder Muskel schmerzte. Im Innern des mir unbekannten Raumes war es dunkel. Kein Laut kam aus dem Spalt zwischen Tür und Rahmen. Ich hatte den Raum von außen gesehen und wusste daher, dass er nur klein sein konnte. Trotzdem könnte er über einiges Aufschluss geben. Auch Clays Handy könnte da drin sein. »Richte das Licht dahin«, flüsterte ich.

Ich sah ihren schwachen Lichtstrahl, machte einen Schritt nach vorn und stieß die Tür auf. Als ich eintrat, breitete sich Angst in mir aus wie Blut in Wasser.

Zuerst war ich mir nicht sicher, was ich da sah. Das Handylicht geisterte über einen Schreibtisch und eine Lampe und dahinter über weiß getünchte Wände. Auf dem Schreibtisch stand lediglich eine schwere Taschenlampe mit der Linse nach unten. Doch das war kein Büro, sondern eher ein Labor. In der hinteren Ecke standen seltsame Gerätschaften. An der Wand lehnte ein flaches Tablett mit geriffeltem Boden, daneben stand so etwas wie ein kleiner Betonmischer, dessen Trommel allerdings Löcher hatte wie ein großes Nudelsieb. Das war also eine Maschine zum Sieben, die auf Rädern stand, und daneben sah ich Schraubgläser und Plastikflaschen mit Salzsäure. Meiner Einschätzung nach brauchte man solche Dinge für die Analyse von Gesteinsproben: also eine Schüttelmaschine, um Mischungen in ihre Bestandteile zu zerlegen, und Säure zum Reinigen. Ein Minilabor zur Beurteilung der Qualität des abgebauten Erzes. Abgesehen von diesen Dingen – die auf einer unbewohnten Insel so unerwartet kamen wie der tote Mann in der Bucht – kam mir der Raum irgendwie bekannt vor.

Obwohl mir das unmöglich erschien, hatte ich ihn schon mal gesehen.

Als das Handylicht zum zweiten Mal über die Wand strich und ich den langen Riss im Putz sah, kam mir die Erleuchtung. Er verlief senkrecht von der Decke bis zum Boden, und davor stand der Schreibtisch. Ich kannte den Riss. Ich hatte ihn im Schein der Anglepoise-Lampe gesehen, bevor Leo den Hintergrund unscharf stellte.

Dies war das Büro, aus dem er mich angerufen hatte.

45

Mit weichen Knien lehnte ich am Türrahmen.

Das war unmöglich. Leo war in Frankreich. Oder nicht? Ich hatte Mühe, die neuen Tatsachen zu verarbeiten. Die Beleuchtung, die Bücherregale, der Anzug – er war zu Anfang definitiv in Paris gewesen. Danach hatte sich die Lage geändert. Von wo hatte er danach angerufen? Von verschiedenen Orten. Beim ersten Mal war er zu Fuß unterwegs gewesen, dann in irgendeinem Bahnhof … nein, in einem Flughafen. Sobald er von Clay erfahren hatte, musste er einen Flug gebucht haben und hierhergekommen sein. Das hieß, er war mindestens seit vierundzwanzig Stunden auf der Insel. Die Gestalt in den GoPro-Aufnahmen. Am frühen Abend im Wald das Seawild-GPS-Gerät, das gehörte Leo. Und er war es, der für den Ausfall des Transceivers gesorgt hatte.

Jetzt sah ich auch den Grund für seine nachdrücklichen Anweisungen. Der Film war die Idee seines Chefs gewesen. Er selbst hatte nicht gewollt, dass ich auf der Insel drehte – natürlich nicht –, aber er hatte sich nicht dagegen durchsetzen können. Und da ich nun hier war, wollte er einen Dokumentarfilm, der die Gefährdung der Robbenpopulation hervorhob und neuen Ökotourismus verhinderte.

Die Insel sollte verlassen bleiben. Nicht nur, um die Tierwelt zu schützen.

Alex leuchtete erneut durch den Raum, über den Stuhl, den rissigen Putz, den Schreibtisch. »Tess. Was ist los?«

Er musste irgendwo ein Boot haben. Er musste es sein, der

Vinny in die Tiefe gestoßen hatte. Lag Stevens Leiche überhaupt noch in der Bucht? Vermutlich nicht. Leo dürfte schon erledigt haben, wozu er hergekommen war. Nur war er immer noch da, und das hieß, er war noch nicht ganz fertig. Er hatte Clays Handy. Er hatte, was er wollte, oder? Vielleicht wartete er darauf, abgeholt zu werden. Oder er war noch da, weil ich etwas hatte, das er …

»Tess?«

Leo hatte Mike geschickt, damit er ihm meine SSD beschaffte. Ich besaß den letzten Beweis für Steven Clays Ermordung. Leo wollte mein Filmmaterial. Und was er nicht wollte, waren Zeugen.

Ich ging in den Raum hinein. »Von hier aus hat Leo angerufen«, flüsterte ich. »Er ist auf der Insel.«

»O mein Gott«, hauchte Alex. »Leo?«

Ein Geräusch schreckte uns auf, dumpfe Schritte irgendwo über uns. Jetzt war Eile angesagt. Meine Schmerzflut war gerade vorbei, die Glassplitter weggeschwemmt. Ich hatte nur ein paar Sekunden, bis sie zurückkäme. Ich winkte Alex heran, damit sie mir leuchtete, und schaute in die Schubladen. In keiner lag Clays Handy. Die Chance war gering gewesen. Ich stellte meine Tasche zwischen meine Füße, holte die Signalpistole heraus und richtete mich auf, ohne dass ich vor Schmerzen aufschreien musste.

Alex schaute flehend, sodass ich mich ihr zuwandte. Sie zeigte mit der Harpune an die Decke. Über uns waren Schritte zu hören. »Wir müssen hier raus«, flüsterte sie.

»Ich kann nicht.« Ich schob mir die Signalpistole in die Hosentasche. »Ich brauche Clays Handy.«

Sie trat einen Schritt von mir weg, distanzierte sich also von mir. »Wie bitte? Das meinst du nicht ernst.«

»Hör zu«, zischte ich und rang darum, ein wenig Kontrolle

zurückzubekommen. »Wenn ich an Leos Stelle wäre, würde ich hier im Turm auf Mike warten. Der Nebel ist ziemlich dicht, aber ich wette, von da oben ist das Licht einer Taschenlampe zu sehen.«

»Wir müssen verschwinden. Sofort.«

»Aber unsere Taschenlampe hat nicht mehr geleuchtet. Wir haben uns vorhin verirrt und sind nicht aus der Richtung auf den Leuchtturm zugegangen, in die er Ausschau hält. Das heißt, er weiß nicht, dass wir hier sind. Ich muss jedenfalls bleiben. Du kannst gehen.«

»Tess, was soll das denn?«

Ich atmete durch, um mich zu beruhigen, versuchte die Obsession in mir zu dämpfen. »Auf dem Handy sind sämtliche Beweise gespeichert – ich weiß, das klingt verrückt, aber ich muss das tun. Du kannst helfen. Hör zu, Alex.« Ich hob die Hand, als könnte ich so meine aufgestaute Angst in die Luft ableiten. »Du kannst etwas Entscheidendes beitragen. Tu diese eine Sache für mich, dann kannst du gehen.«

Sie rang sich durch und nickte.

»Geh noch mal auf den Leuchtturm zu, aber frontal«, flüsterte ich. »Nein, hör mich an. Du benutzt die Taschenlampe, die hier steht. Du gehst ein Stück weit den Berg hinunter, schaltest sie ein und kommst aus dem Nebel hervor.«

Sie holte tief Luft und nickte. »Sodass er glaubt, ich wäre Mike?«

»Falsches Licht«, sagte ich. »Er kommt runter, um dich abzufangen.«

»Und was dann?«

Meine Schulter wählte ausgerechnet den Moment, um aufzulodern. Ich schloss die Augen gegen die Schmerzen. »Du legst die Taschenlampe auf die Steine und haust ab«, krächzte ich, sobald sie abebbten. »Geh den Berg runter. Die Taschenlampe wird ihn verwirren. In der Zwischenzeit steige ich in den Turm und zünde das Leuchtfeuer an.«

»Aber wenn Leo erkennt, dass es ein Trick war, wird er in den Turm rennen und dich angreifen. Wie willst du dann entkommen?« Sie strich sich die Haare aus der Stirn und blickte zur Taschenlampe auf dem Schreibtisch.

Mir fiel etwas ein. »Ich werde die Harpune brauchen.«

»Und mich unbewaffnet allein lassen?«

»Die legst die Taschenlampe hin und verschwindest sofort. Bleib nicht in seiner Nähe, dann wirst du keine brauchen. Komm, wir müssen dich von dem Seil befreien.«

Eine quälende Viertelstunde lang musste ich, immer auf dem Sprung, die Bewegungen über mir einschätzen und zugleich darauf achten, ob Alex' Taschenlampe aufleuchtete. Sie würde eine gewisse Zeit brauchen, um an die richtige Stelle zu gelangen. Wir hatten vereinbart, dass sie den Weg nahm, auf dem wir gekommen waren, um von Leo nicht bemerkt zu werden, und das hieß, sie musste eine tückische Schleife vor dem Gebäude und über schwieriges Gelände gehen, bevor sie sich von vorn dem Leuchtturm nähern sollte. Wir schätzten, dass sie mindestens zehn Minuten für den Hinweg brauchte, dann wäre sie durch den Nebel und die Krümmung des Berghangs vor Blicken geschützt, würde die Taschenlampe einschalten und Mikes umherirrenden Gang zum Plateau nachahmen.

Ich beobachtete, wie sich der Nebel zusammenzog, und probierte für den Arm verschiedene Haltungen aus, die allesamt nichts brachten, denn meine Schulter brannte weiter entlang des Schlüsselbeins.

Alex schien ewig zu brauchen. So lange, dass ich auf meinem Posten in der Tür allmählich dachte, sie hätte mich im Stich gelassen. Nichts brauchte sie davon abzuhalten, mit der

Taschenlampe bis in unser Lager zu laufen. Wieso hatte ich das nicht bedacht? *Herrgott noch, Tess.* Sie ließ mich hier oben allein.

Gerade als meine ängstliche Vermutung sich zur Gewissheit verhärtete, erschien ihr Lichtkegel. Er war hell und klar zu erkennen und tanzte hin und her wie die Laterne eines Strandräubers am Wasser. Ich tappte vorsichtig an dem Anbau entlang und duckte mich an der eingestürzten Mauer, um zu warten. Dunst verdichtete sich und waberte. Schließlich hörte ich Schritte auf der Wendeltreppe und sah jemanden aus der Leuchtturmtür kommen.

Es war Leo Bodin.

Er blieb auf der Schwelle stehen und blickte zu dem tanzenden Licht. Nach kurzem Überlegen ging er los, seine Windjacke blähte sich an der Taille und an den Handgelenken, und mit gebeugtem Kopf ging er in den Nebel.

46

Sobald ich mich sicher glaubte, lief ich am Anbau entlang zur Leuchtturmtür und ging hinein. Am Fuß der Wendeltreppe hielt ich inne. Die Luft fühlte sich anders an, und es war stiller.

Die Holzstufen – kaum zu sehen in der Dunkelheit – würden mich wieder die zwei Stockwerke hinauf in die Kuppel bringen. Bald war ich oben angelangt und stand innerhalb der beiden konzentrischen Kreise, in dem äußeren die alten Waltrantanks, im inneren die riesige Linse.

Ich legte die Harpune auf einen der Tanks und fand die Zugangsluke zur Leuchtfeueroptik. Tief gebückt, den schmerzenden Arm vor der Taille, zwängte ich mich hindurch. Dahinter richtete ich mich auf.

Jetzt stand ich innerhalb des Glaskörpers, der noch drehfähig war und um das Feuer rotieren sollte. Es war genug Platz für die Ölleitungen und für den Leuchtturmwärter, damit er sich im Innern der Optik bewegen konnte. Viel Platz nahm der zentrale Ölbrenner ein, der sich nach oben verjüngte und in ein Rohr überging, das in eine Glassäule mündete.

Das ganze Gerät sah aus wie ein riesiger Campingkocher. Sicher ließ sich herausfinden, wie man ihn anzündete. Das Metallgehäuse darunter, von dem die Farbe abblätterte, hatte eine Luke, die offen stand. Im Licht meines Handys erschien das Innere erschreckend kompliziert: ein Gewirr von Rohren mit runden Absperrhähnen, eine Art Lagerkammer, eine Gummikappe, die an einer Schütte befestigt war. Die glatten, flaschengrünen Kammern außerhalb der Linse dienten anscheinend der Zufuhr. Wie brachte man das Ding also zum Brennen? Ich schaute, wo das Ende des Rohrs an der dicken Glassäule rauskam. Es war zwanzig Zentimeter hoch und saß auf etwas, das wie ein Ventil mit zwei drehbaren Griffen zur Regulierung des Ölflusses aussah. Ich hob die Glasabdeckung an und schaute hinein. Auch dort ein schwer zu durchschauender Mechanismus, der nach Fisch stank.

Mit Kameras kannte ich mich aus, aber dieses Rohrleitungsknäuel war ein ganz anderes Feld.

Kribbelig vor lauter Zweifeln und vor Schmerzen schwitzend, hockte ich mich vor den unteren Mechanismus und drehte die beiden Absperrhähne hin und her. Nichts passierte. Ich klopfte gegen die Kammer, hörte Schwappen und den hohlen Widerhall. Nicht ganz leer. Okay, damit konnte ich arbeiten. Aber wie kam das Öl nach oben? Pressluft? Selbst wenn ich begreifen würde, wie das Ding funktionierte, wusste ich noch nicht, wie ich das Öl anzünden sollte, wenn es den Docht erreichte. Ich hatte keine Streichhölzer.

Meine Synapsen rasselten, brachten aber nichts zusammen.

Dann hörte ich ein Geräusch von unten.

Leo war zurückgekommen. Er musste die zurückgelassene Taschenlampe gefunden haben. Ihm dürfte jetzt klar sein, dass er auf ein Ablenkungsmanöver reingefallen war und sich noch jemand im Turm aufhielt. Wie hatte er so schnell zurückkehren können? Ich wusste nicht, was die Schnelligkeit zu bedeuten hatte, aber es konnte nichts Gutes sein. Eine bittere Verzweiflung ballte sich wie eine Faust unter den Rippen zusammen, und ich hatte das Gefühl zu fallen. Leos Schritte begannen zwei Stockwerke unter mir, langsam und schwer. Jetzt war ich auf mich allein gestellt. Mike würde bald zu sich kommen, und dann hieße es zwei gegen einen.

Ich versuchte, einen aufsteigenden Schluchzer zu schlucken,

aber es war alles zu viel, und er drang trotzdem hervor. Ich konnte nicht die Treppe hinunter – er hatte mir den Fluchtweg bereits abgeschnitten. Mir blieb keine Zeit mehr, um herauszufinden, wie diese Höllenmaschine funktionierte. Das hieß, kein Leuchtfeuer und keine Rettung. Die Schritte erreichten den ersten Stock und folgten der nächsten Treppenwindung.

Noch zwanzig Stufen, dann stünde er bei mir in der Kuppel. Ich spürte die Schweißperlen auf der Kopfhaut. Angst hämmerte gegen meine Rippen, während ich nach einem Ausweg suchte.

Ich würde die Harpune auf ihn abschießen, sobald er auf der Treppe erschien.

Ich überlegte nicht weiter, wie ich das Feuer entzünden könnte, sondern zwängte mich durch die Zugangsluke in den oberen Raum und griff nach der Harpune. Das angerostete Metall rutschte in meinen Händen. Ich würde den Gummizug spannen müssen. Ich zog daran. Das Gummi, das in der alten Kassette vor dem Wasser geschützt gewesen war, war zäh und schwer zu dehnen. Wie hatte Mike das geschafft? Ich hatte zu starke Schmerzen gehabt, um darauf zu achten. Ich zog noch mal daran, mit einer Hand, und versuchte, das Gummi so lang zu ziehen, dass ich es über den Haken spannen konnte. Mike hatte wohl beide Hände benutzt, das war der Trick. Die Mündung zum Boden richten, mit beiden Händen das Gummi nach oben ziehen und einhaken. Doch ich hatte nicht zwei Hände zur Verfügung.

Leo war jetzt nah. Mir blieben noch zehn Stufen Zeit.

Meine Angst loderte auf, sicher hell genug, um vorbeifahrende Schiffe aufmerksam zu machen.

Ich zog mit aller Kraft an dem widerspenstigen Gummi. Irgendwie gelang es mir, das Ding über den Haken zu führen. Aber das ging auf Kosten meines verletzten Arms, der aufbrüllte.

Und der Schmerz führte dazu, dass ich versehentlich den Abzug drückte.

Kaum hatte ich die Harpune gespannt, schnellte der Gummizug weg, und der Pfeil flog aus der Mündung.

Ich hatte nach unten gezielt.

Mann, das Ding war tödlich – der Pfeil traf einen der Waltrantanks und durchschlug das Metall mit einem harten Knall. Er war wenige Zentimeter über dem Boden eingeschlagen, und aus dem Loch quoll stinkender Waltran, breitete sich auf dem Boden zu einer Lache aus und schob sich als gebogenes Rinnsal um die Außenseite der Linse. Blind vor Tränen und angetrieben von einem Schrecken, der sich nicht um planvolles Vorgehen scherte, tat ich das Einzige, was mir einfiel. Ich ließ die nutzlose Waffe fallen und rannte zu der Halbtür. Ich schrammte mit dem Rücken an der Oberkante entlang, als ich mich gebückt nach draußen schob, um auf den Laufsteg zu kriechen.

Ich wandte mich nach rechts, den schmerzenden Arm vor dem Bauch, der andere zitterte, als ich mich damit abstützte. Im Licht von Leos Taschenlampe, das durch die leeren Fensterrahmen schien, als er die oberste Stufe erreichte, konnte ich erkennen, dass der Laufgang aus gebogenen Eisenteilen bestand, die miteinander verschraubt waren. Als ich durch das Bodengitter an der Leuchtturmwand zu der Klippe hinunterschaute und dann in den nebligen Abgrund darunter, verging ich fast vor Angst. Irgendwo in der Tiefe rauschte die Brandung gegen die Felsen. Die Witterung hatte das Eisen von der Farbe befreit, sodass es nackt und rau war. Es tat höllisch weh, darauf zu kriechen. Die linke Handfläche, mit der ich mich auf das Eisengitter stützte, stach, und die Knie meiner Jeans waren schnell zerfetzt.

»Tess«, sagte Leo Bodin. »Ich weiß, dass Sie hier oben sind.«

Mein Puls ging so heftig, dass mir die Finger wehtaten.

Selbst wenn ich hätte antworten wollen, ich hätte es nicht gekonnt, weil meine Stimme nicht funktionierte. Irgendwo, fiel mir ein, war die Leiter an der Außenwand befestigt. Hatte ich die richtige Richtung eingeschlagen? Sie hing an der Vorderseite des Turms neben dem Baujahr. Um hinzugelangen, würde ich um den Turm herumkriechen müssen.

»Tess«, sagte Leo wieder. Ich hörte das nasse Geräusch, wenn seine Sohlen in den Waltran tauchten. Er ging um die Linse herum. Sicher glaubte er, ich hätte mich im Innern der Leuchtfeueroptik versteckt. »Wir können uns die Sache leicht machen. Ich brauche Ihre Festplatte, und ich brauche Zugang zu seinem Handy. Ich wette, Sie kennen den Code. Geben Sie ihn mir, und wir kommen zu einer Vereinbarung.«

Ältere Handys verlangten eine vierstellige PIN. Ich hatte keine Ahnung, wieso er annahm, ich könnte die kennen, doch ich hatte größere Probleme. Es war nur eine Frage der Zeit, bis er die Tür entdeckte, die auf den Balkon führte. Trotz des Windes hörte ich das Gluckern des herausfließenden Waltrans und dass Leos lässige Schritte stoppten. Er lachte. »Das Loch in den Tank zu schießen war schon ziemlich dumm, aber wenn Sie da draußen sind, Tess, dann sind Sie noch dümmer, als ich dachte. Kommen Sie wieder rein und reden Sie mit mir. Wenn ich die Festplatte und den Code habe, können wir uns sicher über alles andere einig werden.«

Ich blieb, wo ich war. Die Ohren schmerzten mir vom Wind, und das rostige Eisen stach mir in die Knie. Die Halbtür lag bereits hinter der Biegung und den schnell ziehenden Nebelschwaden verborgen, aber ich hörte Leo herauskommen. Das Metallgitter sang unter seinen Sohlen, als er zwei Schritte machte. Mike hatte gemeint, das Gitter würde keine zwei Leute tragen.

Als Leo weiterredete, klang er schon näher, und er sprach

auch lauter wegen des Windes. »Ich vermute mal, dass eine gewisse Geldsumme ausreicht, um Ihr Schweigen zu erkaufen«, rief er und wartete darauf, wie ich auf den miesen Hieb reagierte. Er traf mich hart, und ich schloss die Augen, solange er in mir nachhallte. »Schließlich hat es das in der Vergangenheit auch getan, nicht wahr, Tess?«

Irgendwoher kannte er mein schändlichstes Geheimnis.

Einen Teil jener Geschichte hatte ich Alex nicht erzählt – noch niemandem –, doch der war sicher der Grund, wieso Leo mich engagiert hatte. Jetzt war klar, warum er mich so hastig kontaktiert und wieso ich den Auftrag so mühelos bekommen hatte. Er hatte mich nicht wegen meines berühmten Films oder meiner beruflichen Erfahrung gewollt.

Er hatte mich gewollt, weil er wusste, dass ich käuflich war.

47

Nach dem Treffen mit dem Referenten – nachdem Gretchen und ich aus dem Wagen ausgestiegen waren und eine immense Summe ausgeschlagen hatten – sah ich meine Partnerin zwei Wochen lang nicht wieder.

Ich ging zurück in meine Wohnung in Hackney und verbrachte die folgenden Tage damit, die Schlusssequenz von *Spill* zu planen. Dabei war ich extrem angespannt, aber auch alarmiert, weil nun die Recherche zu leisten war, die der Minister verhindern wollte. Außerdem war ich erschöpft und frustriert. Nach getaner Arbeit, wenn ich mich mental von dem Filmmaterial löste, trauerte ich dem abgelehnten Geld nach.

Als es Herbst wurde, hatte ich einen Meilenstein meiner Karriere erreicht – ein Jahr nach meinem Abschluss, ein Jahr, nachdem Channel 4 *Spill* übernommen hatte, und ein Jahr nach meiner Arbeit mit Gretchen Harris. Die meisten meiner ehemaligen Kommilitonen hatten einen festen Job. Damals waren wir alle noch auf Facebook, und in jenem Herbst, als die Gehaltsschecks hereinflatterten, trafen sie sich in immer teureren Bars und Restaurants. Ich bin mir nicht sicher, ob ich nach meinem Glücksfall bei der Graduate Show willkommen gewesen wäre, aber ich hätte nicht hingehen können, selbst wenn ich den Mut aufgebracht hätte. Ich war pleite. Ich hatte meinen Überziehungskredit erhöht, um meinem Vater das Geld zurückzuzahlen, war mit einer Mietzahlung im Rückstand und hatte Gretchen angepumpt, um meine Ausgaben zu decken, und Weihnachten war auch nicht mehr weit.

Vermutlich war der Referent über meine Verhältnisse informiert. Dazu brauchte man kein Genie zu sein. Ein Blick auf uns beide auf dem Rücksitz des Wagens dürfte genügt haben, um zu erkennen, wer von uns beiden das schwächere Glied war.

Als er also wieder Kontakt aufnahm, tat er das nur mit mir, und zwar telefonisch.

Diesmal meldete er sich mit dem Vornamen, als wären wir gute Freunde. »Hören Sie, Tess«, sagte er. »Lassen Sie uns offen sprechen. Das ist im Grunde Ihr Projekt. Denken Sie an die vielen Stunden, die Sie da hineingesteckt haben, an die Zeit, die Sie allein investiert haben, bevor Miss Harris ins Boot geholt wurde.« Dann sagte er instinktiv dasselbe wie Gretchen. »Ihr Name wird im Vorspann stehen, also sollten wir nicht vergessen, wer hier die Entscheidungen trifft, okay? Ich habe ein verbessertes Angebot für Sie.«

In meiner Wohnung war es kalt, und ich lief im Mantel auf und ab, um warm zu werden. »Ein verbessertes?«

»Ganz recht. Aber es gibt Vorbehalte. Ich fürchte, das Filmmaterial, das Sie bei Saltfleet drehen wollen – ja, wir wissen, dass Sie dorthin fahren –, wird so stark zensiert sein, dass es im Grunde unbrauchbar ist. Allerdings wird nicht verwendetes Filmmaterial, vielleicht mit einem von uns genehmigten Voiceover, sehr gut geeignet sein, um Ihre Nachforschungen abzuschließen. Sie verlieren weniger als fünf Minuten Film, und der Rest bleibt unangetastet. Dafür erhalten Sie eine großzügige Abfindung.«

Er nannte eine Summe, die doppelt so hoch war wie die erste.

Obwohl benommen, konnte ich mich zusammenreißen und sagen, ich würde es mir überlegen und er solle noch mal anrufen. An dem Abend schaute ich nach, wie weit meine Konten überzogen waren. Die Rechnung war glasklar. Ich würde alle Schulden tilgen können und noch viel Geld übrig haben. Genug, um eine eigene Produktionsfirma zu gründen. *Spill* wäre trotzdem eine journalistische Glanzleistung, ein Film, der Chase Industries zur Rechenschaft zog. Und mit dem Geld könnte ich weiter gegen Fehlverhalten vorgehen, weitere Unternehmen anprangern. War es da nicht richtig, auf das Angebot einzugehen – zumal der Hauptteil meines Films unzensiert bliebe? Mir selbst und meiner künftigen Karriere zuliebe?

Als er am nächsten Tag wieder anrief, war ich dazu bereit.

»Ich werde trotzdem nach Saltfleet fahren«, erklärte ich. »Ich muss die Sache abschließen.«

»Aber?«, fragte er mit leiser Hoffnung.

»Aber ich werde das Material nicht verwenden.«

Ich hörte ihn aufatmen. »Das ist eine sehr weise Entscheidung, Miss Macfarlane«, sagte er selbstzufrieden. »Bleiben Sie, wo Sie sind. Ein Kurier wird Ihnen ein Dokument zum Unterschreiben bringen. Sie sollten, noch bevor alles vorbei ist, eine Überweisung erhalten.«

Ich weiß nicht mehr, was ich darauf antwortete. Wahrscheinlich fiel mir nichts ein.

»Miss Macfarlane«, sagte er zum Abschluss. »Ich nehme an, Sie haben nicht vor, Ihrer Partnerin etwas davon zu erzählen?«

Ich schloss die Augen. »Nein. Nein, sicher nicht.«

Ich würde mit Gretchen nach Saltfleet fahren und so tun, als würde ich filmen. Das würde ich ganz bestimmt vor keinem Menschen zugeben. Dachte ich zumindest.

Auf Knien und einer Hand kroch ich langsam an der Turmwand entlang auf die Leiter zu, links neben mir der neblige Abgrund.

Ich hatte Gretchen Harris betrogen. Sie war ermordet worden, weil sie Aufnahmen machte, die ich mich verpflichtet hatte, nie zu veröffentlichen.

Die singende Vibration des Gitters verriet, dass Leo mir folgte und vorsichtig auftrat. Und noch ein Geräusch verriet mir etwas: Da schlug Metall gegen Metall. Eine Messerklinge, dachte ich. Sie klirrte gegen das Geländer, während er sich daran entlangbewegte.

»Tess. Kommen Sie wieder herein«, rief er. »Sie brauchen den Film nicht zu machen. Er ist die Mühe nicht wert.«

»Clay hat es herausgefunden«, rief ich. Ich kroch weiter und flehte, der Balkon möge halten und die Leiter gleich zu sehen sein. »Sie schmuggeln Gold, nutzen die Insel zum Umladen und Auftanken. Darüber kann ich nicht einfach schweigen.«

Darauf lachte er. Das hatte ich verdient. »Ich bin sicher, Sie können über alles schweigen, wenn das Geld stimmt«, rief er. Die Klinge schlug gegen das Geländer.

»Ist das das Messer, mit dem Sie Clay erstochen haben?«

»Und seinen Partner«, erwiderte er erschreckend unbekümmert.

Angst und Verwirrung benebelten meinen Verstand. *Seinen Partner?* Doch ehe mir einfiel, was ich darauf sagen könnte, neigte sich die Brüstung. Ich unterdrückte einen Schrei, an dem ich fast erstickte. Ich erstarrte und klammerte mich fest, als der Balkon mit einem kleinen Abwärtsruck absackte.

Metallteile knarrten.

Ich blickte zur Wand. Da hatte sich eine Niete aus dem Stein gelöst, und eine Halterung baumelte herab. Die Naht des Laufstegs unter mir ging auseinander, als sich der bewegliche Teil verschob. Mir strömten die Tränen, während ich mich mit dem Rücken an die Turmwand drückte und den pochenden Arm auf dem Schoß hielt. Ich wischte mir das Gesicht mit dem Unterarm und fragte mich, wie weit die Leiter noch weg sein konnte. Eigentlich musste sie ganz nah sein, aber ich konnte sie in dem Nebel nicht sehen. Ich musste hingelangen, bevor der Balkon abstürzte.

Im Dunst meiner Schmerzen nahm eine Idee Gestalt an. Ganz langsam wurde sie deutlich wie eine auftauchende Robbe. Das könnte funktionieren. Leo hatte mich hier draußen in die Enge getrieben. Ich würde nicht nach Madeira oder nach London zurückkehren. Ich würde DCI Rafiq versetzen. Ich war so gut wie tot. Und das rechtfertigte meinen Plan. Wenn ich es versuchte, würde es wenigstens viel Licht geben. Zumindest Alex würde ich noch retten können.

Ich brauchte nur zwei Dinge, damit der Plan aufging, und eins davon hing über meiner gesunden Schulter, das eine Ende war um meine Taille gebunden, das andere hing zwischen meinen Beinen herab. Das Seil. Geflochtenes Polyester, schmutzig weiß und gelb gesprenkelt, dünn, aber stark. Langsam und leise drehte ich mich um und musterte das Fenster über mir. Das Glas war schon lange weg, in dem Eisenrahmen steckten nur noch ein paar Zacken.

Leo musste einen weiteren Schritt gewagt haben, denn das Gitter des Laufstegs neigte sich noch ein Stück nach unten und riss quietschend auf. Ich musste die Stiefel gegen die Brüstung stemmen. Hinter mir lösten sich lange Metallstifte aus dem Mauerwerk und glitten von der Bewegung mitgerissen aus ihren Löchern.

Ich hörte Leo fluchen. »Niemand wird Ihren Film sehen, Tess. Ich gebe Ihnen doppelt so viel, wie Sie damit verdienen würden. Dazu brauchen Sie ihn nicht mal fertigzustellen.«

Beim letzten Mal, als ich mich kaufen ließ, schien es ein leichter Weg aus einer schwierigen Situation zu sein. Meine Schulden wurden durch eine Abmachung am Telefon aus der Welt geschafft. Doch das war zehn Jahre her. Ich glaubte, inzwischen klüger zu sein, doch kurz geriet meine Standhaftigkeit ins Wanken.

»Ich gehe wieder hinein«, sagte Leo. »Wir stürzen sonst beide ab.«

»Sie haben Vinny in die Tiefe gestoßen«, rief ich.

»Vinny und Steven sind mir zu nah gekommen. Sie wussten, wie gefährlich das war, und haben trotzdem weiter nachgeforscht. Sie sind anders, Tess, viel vernünftiger. Kommen Sie wieder rein. Geben Sie mir die Festplatte und den Code, und unsere Probleme verschwinden.«

Drinnen wäre ich in Sicherheit, hätte festen Boden unter den Füßen. Den Code zum Entsperren des Handys hatte ich zwar nicht, aber ich könnte einen Deal aushandeln. Ich käme aus dieser Todesfalle heraus. »Warten Sie«, rief ich. »Geben Sie mir eine Minute.«

Ich führte das lose Seilende um die Mittelstrebe des Fensterrahmens und zu mir zurück, bis ich genug zum Knüpfen hatte. *Gordingstek, Tess.* Nach links oben drüber, nach rechts drunter weg, über beide und dann so durch die Lücke und straffziehen. Das hörte sich einfach an, aber meine Angst machte eine einfache Handlungsfolge ungeheuer schwierig. Das Pochen in der Schulter spürte ich praktisch im ganzen Körper. Mein gutes Handgelenk fühlte sich seltsam gehemmt an, und meine Finger waren steif vor Aufregung. Nach links oben drüber, nach rechts drunter weg – was dann? Ich verfehlte immer wieder die Lücke und fand nicht genügend Kraft zum Straffziehen. Schließlich hatte ich einen Knoten geschlungen, aber er sah irgendwie falsch aus. Ich ließ ihn, wie er war, und begutachtete die Seilschlaufe, mit der ich nun am Fensterrahmen festgebunden war. Würde das halten? Auch bei Hitze? Wenn ich das falsch einschätzte, würde ich auf den Felsen zerschmettern wie Vinny.

Mehr konnte ich nicht tun, für mehr blieb keine Zeit.

Die Messerklinge klirrte am Geländer. »Tess, letzte Chance. Das Ding stürzt ab, wenn wir nicht nach drinnen gehen.«

Ich zog die Signalpistole aus dem Gürtel. Dieses Gerät gab keine Rätsel auf: klobiges Plastikgehäuse, Leuchtkugel in der Kammer, entsichern mit dem Daumen, abdrücken.

Ich drehte mich zur Wand hin, eine gefährliche Maßnahme, die ich in Etappen durchführen musste, da ich bei jeder Bewegung Gefahr lief, den Steg ganz aus der Verankerung zu reißen. Schließlich kniete ich vor dem Fenster, die gute Schulter an das Mauerwerk gedrückt, den Kopf unterhalb des Fensterrahmens. Von drinnen hörte ich den Waltran von den Treppenstufen tropfen.

Ich durfte nicht länger zögern. Leo zog sich weiter zu der Halbtür zurück und wollte im Turm sein, bevor der Balkon in die Tiefe stürzte.

»Tess«, rief er, schon weiter weg als eben.

Ich entsicherte die Signalpistole, hob den Kopf, zielte und drückte ab.

48

Zwei Sekunden lang kauerte ich unter dem Fenster und hörte die Leuchtkugel zischend auf dem Boden landen, lange genug, um mich zu fragen, ob ich einen schrecklichen Denkfehler begangen hatte.

Dann brach in dem Raum die Hölle los. Es gab ein gespenstisches Heulen, eine riesige Lunge saugte Luft ein und spuckte eine tosende Feuerwand aus. Der Balkon verschwand unter mir, und ich fiel – was mich wahrscheinlich rettete – ein Stück in die Tiefe und prallte gegen die Turmwand, meine Rettungsleine surrte und zitterte, während ich hin und her schwang. Meine Schulter brüllte, und meine Hüften stimmten mit ein. Das Seil schnitt in meine Körpermitte wie eine Glaskante. Ich hob einen Arm über den Kopf, als Gesteinssplitter auf mich herabregneten. Etwas traf mich an der Schläfe, und dann lief mir warmes Blut in die Augen. Ich prallte gegen die Wand und drehte mich am Seil, während die gesprengte Kuppel auf den Felsen aufschlug.

Die Leiter tauchte vor mir auf und zog sich wieder zurück, als ich in die andere Richtung pendelte. Ich schwang darauf zu und verfehlte sie erneut. Über mir entzündete sich noch etwas und explodierte. Eine Flammenfontäne ließ Glassplitter regnen. Die Leuchtturmoptik war explodiert. Ich verfehlte die Leiter zum dritten Mal. Winzige Glassplitter flogen herab wie heißer Schnee. Beim vierten Mal bekam ich die Leiter zu fassen und klammerte mich daran wie eine Schiffbrüchige. Kurz nachdem ich den guten Arm um eine Sprosse gehakt hatte, wurde mein Seil schlaff und fiel an mir vorbei, wirbelte nach unten und brannte wie ein Docht.

Ich stieg die Leiter hinunter, meine erhitzten Handflächen rutschten über den Rost, vorbei an dem eingemeißelten Baujahr bis zur untersten Sprosse. Es würde nicht mehr lange dauern, bis auch die Dieselkanister in Flammen aufgingen. Ich ließ mich auf das Dach des Anbaus fallen. Die Dachziegel knackten und rutschten unter meinen Füßen. Ich fiel auf den Rücken, rutschte abwärts und schaffte trotz meiner blutverschleierten Augen einen plumpen Sprung von der Dachkante auf den Felsboden. Ich band das Seil los.

Gott sei Dank war Leo woanders aufgeschlagen, mit dem Gesicht auf den Felsen zwischen den Vogelgerippen, und als ich ihn durchsuchte, stellte ich fest, dass er noch atmete. Ich tastete seine Taschen ab, strich an seinen Seiten entlang, bis ich etwas Flaches, Rechteckiges fühlte. Clays Handy. Ich zog es heraus und steckte es ein. Über mir brannte der enthauptete Leuchtturm, und ringsherum zogen Rauchschwaden in den Nebel. Ich packte Leo am Arm und schaffte es, ihn zwanzig Meter vom Leuchtturm wegzuziehen.

Keuchend warf ich einen Blick zur Leuchtturmtür, hinter der die Treibstoffkanister standen. Sobald die Decke darüber einstürzte – und das konnte nicht mehr lange dauern –, würde es eine weitere Explosion geben.

Ich kam wieder zu Atem, stand schwankend da und betrachtete das Bauwerk mit den leeren Fenstern, das im Dunst der aufsteigenden Hitzesäule flimmerte. 1857 war in den Stein gemeißelt. 1857 erbaut und heute vollständig zerstört. Ich sah die Ziffern schwarz werden. *1857*, dachte ich.

1857.

Ich zog Clays Handy hervor, drehte mich aus dem Wind und stellte fest, dass Leo es aufgeladen hatte. Er hatte es aufgeladen und versucht, den Bildschirm zu entsperren. Ich tippte die Zahlen ein.

Es funktionierte.

Durch die Feuchtigkeit auf dem Display, die Rauchschwaden und das Blut in meinen Augen konnte ich nicht viel darauf erkennen, nicht beurteilen, was ich gefunden hatte. Außerdem musste ich abhauen. Leo lag weit genug vom Leuchtturm weg, um nicht verbrannt zu werden, also ließ ich ihn dort liegen. Augenblicke später gingen die Dieselkanister hoch, und die freigesetzte Hitze und Energie rissen vorübergehend ein Loch in den Nebel. Ein paar Sekunden lang konnte ich auf dem Weg den Berg hinunter verfolgen, wie die rotbraunen Felsen von der Flammenwand in leuchtendes Orange getaucht wurden. Dann kehrte das Grau zurück und hüllte mich ein. Ich fragte mich, wie weit Alex inzwischen gekommen war.

Ich wischte das Handydisplay an meinem Oberteil ab und sah mir an, was darin gespeichert war. Es war ein unpersönliches Ding ohne bunte Bilder als Hintergrund für die App-Uhren und ohne Bildschirmschoner, ein Wegwerfhandy, vermutete ich, das nur für die Sammlung von Beweisen gegen Seawild verwendet wurde. Ich überflog die ungelesenen Nachrichten – es waren fast hundert – und schaute in den Fotospeicher. Da mir permanent Blut in die Augen lief, konnte ich nichts Genaues erkennen. Meine Stirn war blutverschmiert und klebrig, und Blut verklebte auch meine Augenlider. Ich wischte etwas mit dem Ärmel weg und sah erschrocken, wie viel ich jetzt auf dem Ärmel hatte. Um mich abzulenken, wandte ich mich wieder dem Display zu. Die Akkuladung sollte ausreichen, um die Fotosammlung durchzuscrollen. Screenshots von Google Maps, mit denen er wohl die Positionen der Goldminen festgehalten hatte. Es folgten Dutzende sorgfältig fotografierter Dokumente, die mir erst mal nichts sagten, aber sicher Entscheidendes über die Schmuggelrouten verrieten. Da waren Fotos von Lkws, die an Kontrollpunkten in der Wüste standen und an denen Sicherheitsteams die Dokumente prüften. Einige Fotos waren anscheinend nur gemacht worden, um festzuhalten, wer da wem die Hand schüttelte. Wahrscheinlich von Lukas Larsen, der sie dann an Clay geschickt hatte. Es gab Fotos von der Ausrüstung in dem verschlossenen Raum des Leuchtturms, auch ein Video, in dem das geriffelte Tablett erklärt wurde, das feste Partikel durch Schütteln aus Wasserproben abtrennte und auf das Vorhandensein von Gold prüfte. Es gab Nahaufnahmen von diversen Schiffsrümpfen, auf denen die Registriernummern zu sehen waren, und Fotos von Hafenarbeitern beim Verladen und von Seeleuten mit unbekümmerter Miene, die offenbar nichts von dem Beobachter ahnten. Ich sah die vielen Fotos mit den Augen der Dokumentarfilmerin. Dieses Material bildete eine zusammenhängende Datenspur.

Ich wusste, es würde mich beruflich sehr befriedigen, die Aussagen dieser Fotos zu einer schlüssigen Story zusammenzusetzen und zu zeigen, wie korrupt Leo Bodin war.

Die Taschenlampe wartete auf mich an einen Felsen gelehnt, und ihr Lichtkegel strahlte in einen wabernden, stinkenden Smog. Ich stieg weiter auf wackligen Beinen den Berg hinunter und beleuchtete den Weg mit der Taschenlampe. Erst als ich vierzig Minuten später den Uferstreifen erreichte, sah ich die Botschaft des Leuchtturms. Trotz Dunkelheit und Dunst sah ich das Feuer flackern und den Rauch aufquellen.

Ein Leuchtfeuer, das viele Meilen zu sehen war.

Es würde auf Madeira immer mehr Blicke anziehen, die von Taxifahrern und Schichtarbeitern und Nachtschwärmern. Und dann würde es nach und nach Leute in Bewegung setzen. Sie würden aus dem Bett steigen, sich Jacke und Stiefel anziehen, und schließlich würden Boote zur Insel fahren.

49

Am zweiten Abend im Zentralkrankenhaus von Funchal lenkten meine Ärzte endlich ein und erlaubten mir einen Spaziergang.

Ich wusste, wohin ich wollte. Unter meinem Fenster lag ein kleiner Garten, der an einen Wendehammer für Rettungswagen grenzte. Eine lange Stunde nach der anderen hatte ich neidisch zu den Bänken da unten geschaut und darauf gewartet, dass Clays Handy aufgeladen war, und mir den Lärm und die Gerüche in der Stadt vorgestellt.

Seit dem Morgen war ich von den Überwachungsgeräten befreit worden, da etliche Messwerte, von denen nur einige etwas über meine ausgekugelte Schulter und meine Kopfwunde aussagten, das medizinische Personal zufriedengestellt hatten. Trotz meiner Erschöpfung hatte ich seit der Nacht am Leuchtturm kaum schlafen können. Sobald ich die Augen schloss, sah ich flimmernde Filmaufnahmen von Vinnys zerschmettertem Körper, oder ich sah Leo aus der Leuchtturmkuppel fallen oder Clays Totenschädel, die salzkonservierten Sehnen straff gespannt über seinem Unterkiefer oder das ledrige Gewebe in seiner Brusthöhle und den Schlüssel darin. Meine zunehmend flache Atmung weckte mich, und ich lag verschwitzt im Bett und versuchte, mich zu beruhigen, obwohl ich panische Angst hatte. Wenn es nicht die Angst war, dann mein schmerzender Arm, der in einer zu engen Schlinge steckte, oder die brennende Naht an der Augenbraue oder der Schmerz, der mir unerklärlicherweise in die Beine fuhr, wenn ich zu lange still lag.

Alex war den Nachmittag über bei mir gewesen, hatte mir ein Ladekabel, Bananen, Orangensaft und ein Erdbeereis mitgebracht. Und sie hatte mich mit den neuesten Infos gefüttert, angefangen bei Mike, der unter polizeilicher Überwachung in einer Privatklinik lag. »Ein bewaffneter Polizist ist bei ihm, wurde mir gesagt. Er ist fast wieder genesen. Morgen wird er in eine Zelle verlegt.«

»Was ist mit Leo?«

Darauf zog sie die Brauen zusammen. »Das wollten sie nicht sagen. Ich hatte den Eindruck …« Sie stockte.

»Was?«

Sie zuckte die Achseln und nahm die Brille ab, um auf die Gläser zu hauchen. »Hatte den Eindruck, dass sie ihn nicht in Gewahrsam haben.«

»Er war noch am Leben, als ich ihn auf den Felsen zurückließ«, sagte ich.

»Wie gesagt, ist nur ein Eindruck, aber wenn ich raten müsste, würde ich sagen, sie haben ihn noch nicht gefunden.«

Am Ende der Besuchszeit ging sie, und ich wandte mich wieder Clays Handy zu und durchsuchte seine Fotos nach Hinweisen. Nachdem ich alles, was irgendwie ging, an meine eigene Nummer weitergeleitet hatte, nahm ich das Gerät mit und ging mit meinem Tropf die hellen Korridore entlang zu den Aufzügen. In weißen Pantoffeln und einem Pyjama unter dem rückenfreien Polyesterkittel wollte ich zum ersten Mal seit fünfzig Stunden an die frische Luft. An der Rezeption im Erdgeschoss sah ich mich zufällig in einer Fensterscheibe der Cafeteria gespiegelt und wäre beinahe umgekippt. Ich war nicht wiederzuerkennen, verängstigt und taumelig und zerzaust wie eine Vogelscheuche.

Draußen standen drei Betonbänke unbesetzt in der Abendsonne unter einer Reihe dekorativer Palmen. Ich ließ mich auf einer nieder, saugte die frische Luft ein und wandte mich Clays Handy zu, diesmal öffnete ich endlich an die hundert ungelesener Nachrichten, um zu sehen, ob darin eine Spur zu finden war.

Und ich sah etwas, bei dem mir schlagartig kalt wurde.

Weit oben in der Kolonne der ungelesenen befand sich eine Drei-Wort-Nachricht von einer unbekannten Nummer.

Zwei Worte davon waren mein Name.

Da stand: *Tess Macfarlane, erinnern Sie sich?*

Ich starrte darauf. Mein Verstand, noch benebelt vom Schock und den Medikamenten, konnte das nicht begreifen. Hatte Clay mit jemand anderem über mich kommuniziert? Unmöglich. Ich hatte bis vor ein paar Tagen noch nie von ihm gehört. Die Nachricht war die zweite von zweien. Mit zitternden Fingern öffnete ich die andere.

Da stand: *Rufen Sie mich an, wenn Sie einen Moment Zeit haben.*

Ich gaffte ins Abendlicht und konnte mir das nicht erklären.

Das waren meine beiden Kurznachrichten an Lukas. Steven Clay hatte demnach Lukas Larsens Handy bei sich gehabt.

Gegenüber meiner Bank glitzerten die Regentropfen vom Nachmittag in den Beeten, in denen orangefarbene Blumen üppig blühten, und auf der Straße jenseits der Ambulanzeinfahrt – ich musste vor zwei Nächten halb bewusstlos durch diese Tore gekommen sein – schlenderten lärmende Touristen den Hügel hinunter in die Stadt. Kurzärmelige Hemden, blasse Beine und Sandalen, sonnenverbrannte Nasen, Sommerkleider.

Reglos verblüfft saß ich da mit Clays Handy auf dem Schoß, als mein nächster Besucher ankam.

Der bärtige Mann mit dem Fotoapparat überquerte die Straße und hielt auf meine Bank zu. Der Mann, mit dem all das angefangen hatte – der mir in den Bus gefolgt war und mich auf dem Bahnsteig der Poplar gesucht hatte. Diesmal hatte er keinen Fotoapparat bei sich, aber er war es. Das hieß, er war auch derjenige, den ich auf dem Markt gesehen hatte an dem Morgen, als wir mit der *Auk* zu den Inseln fuhren. Er war mir von London hierher gefolgt.

Ich hatte keine Kraft mehr. Seit ich ihn zuletzt gesehen hatte, war ich permanent angespannt gewesen. Jetzt konnte ich mich in meiner Angst und Verwirrung nur noch innerlich zusammenziehen. Allein mein Muskelgedächtnis sorgte dafür, dass ich die Aufnahmefunktion des Handys einschaltete und mich nach Überwachungskameras umsah. Kurz flehte ich, die Überwachungskamera des Krankenhauses möge funktionieren, doch mein Besucher setzte sich auf die Nachbarbank, die von der Kamera nicht erfasst wurde. Raffiniert. Ich sah ihn mir genauer an. Er trug eine helle Chino, weiße Socken und Bootsschuhe, ein hellblaues Hemd und einen dichten grau melierten Vollbart. Er war groß und schlank, wirkte geschmeidig und hatte lebhafte braune Augen.

»Tess Macfarlane?«

Es war das erste Mal, dass ich ihn reden hörte. Er hatte eine trockene, ruhige Stimme. Ein britischer Polizist, vermutete ich. Er wirkte klüger, als ich zuerst gedacht hatte. In seiner Haltung und seinem Ausdruck lag eine lebhafte Intelligenz.

Es hatte keinen Sinn zu lügen, also nickte ich, noch immer sprachlos, und drehte das Handy zu ihm hin. Ein paar Augenblicke lang war er still. Zwei Taxis mit heruntergelassenen Fenstern und lauter Musik fuhren vorbei. Schließlich fragte ich: »Und Sie sind?«

Er atmete einmal tief durch, sah sich nach allen Seiten um und sagte: »Ich bin Steven Clay.«

50

Ich spürte es körperlich, wie meine Gedanken gegen den Stolperstein seines Vorhandenseins prallten.

Als ich endlich die Sprache wiederfand, zwängte ich ein schwaches »Sind Sie nicht.« durch eine schartige Kehle. Er wartete, schätzte mich schweigend ab, solange mein geistiges Getriebe umschaltete. »Also wenn – wer …«

Er blickte zu der Kamera über den Automatiktüren hinter uns, nur ein schneller Blick, dann räusperte er sich und redete mit gesenktem Kopf in seinen Bart. Selbst wenn wir von der Kamera erfasst wurden, würde nur ein körniges Bild von seinem Rücken zu sehen sein. Es gäbe keinen Beweis, dass wir uns unterhalten hatten. Ich folgte seinem Beispiel, und wir redeten leise. Für andere Leute sah es so aus, als ob wir einander gar nicht beachteten. »Der Tote auf Navigaceo ist mein Freund. Lukas Larsen.«

Lukas war also nicht untergetaucht. Obwohl – in gewisser Weise doch, tot auf einem Strand fünfhundert Kilometer von Afrika entfernt. Ich kratzte an meiner Naht. »Ich verstehe nicht.«

»Ich lernte ihn bei meiner Arbeit in Tunesien kennen. Er war dort, um für eine Dokumentation zu filmen. Ein verrückter Typ, schwer zu mögen, aber trotz meines ersten Eindrucks entwickelte sich eine Freundschaft. Darüber bin ich froh. Ich erzählte ihm schließlich von meinem Verdacht gegen Seawild. Fragte, ob er Interesse hätte, mir zu helfen.«

»Und das hatte er.«

Clay nickte. »Also fing er an zu recherchieren.«

»Mineralienschmuggel«, sagte ich. Er war also vor der Seawild-Expedition in Marokko gewesen, nicht danach. »Golderz kommt über die Ilhas nach Madeira.«

Er drehte kurz den Kopf zu mir. »Beeindruckend«, sagte er und lächelte mich traurig an. »Wenn Sie darüber Bescheid wissen, sind Sie nicht mehr sicher, wissen Sie. Lukas ist tot, und ich musste untertauchen.«

Da hat er ganze Arbeit geleistet, dachte ich. »Leo hat versucht, mich zu kaufen. Hat er das bei Ihnen auch probiert in jener Nacht auf Deserta Grande?«

Clay schwieg einen Moment lang und legte sich seine Worte sorgfältig zurecht, wie das jemand tut, der zwei Jahre darauf gewartet hat, seine Geschichte zu erzählen. »Ich habe Vinny überredet, mir seinen Dienstausweis zu leihen. Muss jetzt fast drei Jahre her sein, dass ich mir Zugang zu Bodins Büroräumen in Paris verschaffte. Da fand ich Unterlagen zu den Aktivitäten auf den Ilhas, die Schmuggelrouten, die Lade- und Transportarrangements und den Weg des Geldes. Ich habe seinen Leuchtturmschlüssel mitgenommen. Als dann die Expedition geplant wurde, habe ich mich beworben. Eine gute Gelegenheit, um näher an Navigaceo heranzukommen und mehr herauszufinden. Ich habe denen auch Lukas empfohlen. Da Leo den Schlüssel nicht mehr hatte, war klar, dass er kommen würde. Jede Nacht haben Lukas und ich auf ihn gewartet. Wir hatten eine versteckte Kamera bereit, um das Treffen zu filmen, und uns die Covid-Erkrankung ausgedacht. Lukas verschwand dann und schlief auf der Insel, um dort auf Bodin zu warten. In der Nacht, als er endlich kam, hatte ich Lukas das gesammelte Material übergeben für den Fall, dass etwas schiefgeht: Vinnys Dienstausweis, den Schlüssel – typisch für ihn, das Ding zu schlucken. Er wollte ganz sicher sein, dass Bodin ihn nicht in die Hände bekommt. Außerdem hatte er Zugang zu meinen Dateien, alles, um die Recherche beenden zu können. Und wir hatten uns einen Plan ausgedacht. Falls Bodin mich entführt, sollte Lukas uns folgen und alles filmen.« Clay schob seine dünnen Finger in den dichten Bart. »Wir waren also bereit, als Bodin kam, um sein Angebot zu machen. Er nahm mich mit zu einem Seawild-Boot in der Bucht. Lukas ruderte mit einem Beiboot hinter uns her. Bodin nahm mich mit ins Cockpit und fing an, über Geld zu reden.«

Diese Rede kannte ich, vielleicht in einer abgewandelten Version. »Was kam dann?«

»Lukas hat es vermasselt. Er bewegte sich immer recht schwerfällig. Jedenfalls ist er auf der Leiter ausgerutscht, Bodin hörte es und stürmte wütend aus dem Cockpit. Die beiden haben sich geprügelt, Lukas fiel auf das untere Deck und schlug sich den Kopf auf.« Clay kniff sich in die Nasenwurzel und verzog das Gesicht bei der Erinnerung an den Moment. »Er blutete stark. Bodin tobte. Ich hatte noch nie solche Angst. Plötzlich hatte er ein Klappmesser in der Hand und stieß es Lukas in die Brust. Hat ihn einfach über Bord gewälzt. Ich versuchte zu fliehen, aber er kriegte mich auch.«

Er hielt inne und fasste sich unsicher an die linke Seite. Ich wartete und stellte mir das chaotische Geschehen vor. Jetzt verstand ich Bodins Bemerkung. Oben im Leuchtturm hatte ich ihn gefragt, ob er mit dem Messer Clay umgebracht habe. *Und seinen Partner*, war seine Antwort gewesen. Das hatte mich derart entsetzt, ich hatte immer wieder daran denken müssen.

»Ich kann mich nur an wenig erinnern, was danach passierte. Ich hatte eine tiefe Stichwunde, so viel war klar, ich stand unter Schock und ging über Bord. Ich bin mir nicht sicher, ob ich fiel oder nur so tat. Das waren verzweifelte Momente, in denen ich versuchte, mich über Wasser zu halten. Es gelang mir, in der Dunkelheit zu verschwinden. Anfangs dachte ich, das kalte Wasser hilft gegen die Blutung …« Er nickte gedankenverloren, kaute auf der Unterlippe und holte tief Luft. »Diese Zeit im Wasser, du lieber Himmel.«

»Aber Sie wurden gerettet?«

»Das war reiner Zufall. Ein Fischerboot hat einen kreisenden Hai gesichtet, und ein heller Kopf hat sich gefragt, was den wohl angezogen hatte. Sie zogen mich aus dem Wasser. Und anschließend«, er deutete mit dem Kopf auf das Krankenhaus hinter uns, »habe ich auch ein paar Tage hier gelegen, die meiste Zeit ohne Bewusstsein. Sie haben mich zusammengeflickt. Sobald ich laufen konnte, bin ich abgehauen. Bin einfach zur Tür raus und habe ein neues Leben angefangen. Ich hatte Angst, Bodin könnte es herausfinden und nach mir suchen.« Er kreiste mit den Schultern. »Darum habe ich dafür gesorgt, dass ich meinen Mitarbeiterzugang zu den Seawild-Servern behalte. Sobald die etwas online stellen, erfahre ich davon.«

»Sie haben das Jobangebot gesehen und dass ich zum Vorstellungsgespräch eingeladen wurde.«

Er nickte. »Und es gab eine Pressemitteilung Ihrer Firma. Ich war in Großbritannien. Ich habe Sie beschattet.«

»Mich in Canning Town fotografiert.«

»Man sollte meinen, nach zwei Jahren Praxis würde ich mich unauffälliger an jemanden heranpirschen.«

»Ich habe Lukas' Handy.« Ich hielt es hoch. »Das ist vollgepackt mit Beweisen. Wenn ich Sie interviewen darf – anonym selbstverständlich, und wir können auch Ihre Stimme verzerren –, dann könnte ich die ganze Sache enthüllen.« Ich musste bewusst langsamer atmen, um die Enge in der Brust abzustellen.

Clay lächelte bitter. »Ich habe schon nach jemandem gesucht, der mir helfen kann, die Sache an die Öffentlichkeit zu bringen. Nach jemandem, der … ich weiß nicht, listig genug ist, entschlossen genug. Und der integer ist.«

Integer. Bei dem Wort erstarrte ich. »Das bin dann wohl nicht ich.«

Er zog überrascht die Brauen hoch. »Wie kommen Sie denn darauf? Ich finde, Sie sind genau die Richtige dafür.«

Zurück auf der Station, stellte ich fest, dass mein Handy voll aufgeladen war.

Ich speicherte die Nummer, die Steven Clay mir gegeben hatte, damit wir ein Treffen vereinbaren konnten, dann nahm ich eine Sprachnotiz auf. Das Handy vor dem Kinn, redete ich vier Minuten lang mit leiser Stimme, direkt und ehrlich.

Zehn Jahre lang hatte ich meine Schande für mich behalten. Das musste ein Ende haben. In den Reddit-Threads konnte man sowieso alles lesen. Man brauchte nur die richtigen Details der Vermutungen zusammenzufügen und kam auf die Wahrheit, so wie Leo Bodin. Als dessen Boss darauf bestand, die Expedition von einem Dokumentarfilmer begleiten zu lassen, muss Bodin wütend gewesen sein. Doch schließlich sah er sich nach einem um, der käuflich war. Der Schuld auf sich geladen hatte. Der für den Tod seines Projektpartners verantwortlich war.

Es war Zeit, diese Last abzulegen.

»DCI Rafiq«, sagte ich. »Hier ist Tess Macfarlane. Ich liege auf Madeira im Krankenhaus. Es tut mir leid, dass ich zu unserem Termin nicht erschienen bin. Aber es gibt etwas, das ich Ihnen sagen will, bevor wir einen neuen vereinbaren.«

Und darauf holte ich zitternd Luft und gab alles zu.

Hinterher war ich ausgelaugt, zwang mich aber, es zu Ende zu bringen. Ich hängte die Audiodatei an eine E-Mail an und sandte sie an DCI Rafiq. *In der Audiodatei erfahren Sie Details, auf die ich vor zehn Jahren bei den ersten Befragungen nicht eingegangen bin*, schrieb ich. *Ich habe mich geschämt. Ich weiß, ich hätte gegenüber den Ermittlern ehrlicher sein sollen, aber ich war jung und hatte große Angst. Nach meiner Rückkehr werde ich mehr dazu sagen.*

Der Politiker gehörte dem Kabinett nicht mehr an und stand auch nicht mehr im Fokus der Öffentlichkeit. Ich fragte mich, ob das die Angelegenheit leichter oder schwieriger machen würde. Ich verfolgte, wie die Nachricht gesendet wurde, bis sie aus dem Entwürfe-Ordner verschwunden war und im Gesendet-Ordner auftauchte. Nun gab es kein Zurück mehr.

Vielleicht habe ich es mir eingebildet, aber ein, zwei Augenblicke lang ließen meine Schmerzen etwas nach.

EPILOG

Brixton, Anfang Oktober.

Ich war seit drei Stunden im Polizeirevier, einem Betonklotz an der Kreuzung gegenüber einem Konzerthaus.

DCI Rafiq war eine kleine Frau mit durchdringendem Blick, die lächelnd und effizient vorging. Als sie ihre Sachen auf den Tisch legte – Notizbuch, Stift, Taschentücher, Kirsch-Menthol-Kaugummis – und dann in eine gewisse Ordnung brachte, war mir klar, dass ich es mit einer Frau zu tun hatte, für die systematisches, präzises Vorgehen an erster Stelle stand. Sie trug einen strengen Bob, der an die Flapper Girls der dreißiger Jahre erinnerte, und desinfizierte sich jedes Mal die Hände, nachdem sie den Tisch berührt hatte. Mit dieser konzentrierten Sorgfalt behandelte sie alles, was ich ihr erzählte. Hin und wieder unterbrach sie mich lächelnd und hob den Zeigefinger, wenn sie sich über etwas Klarheit verschaffen wollte. »Frage«, sagte sie dann, sodass ich innehielt.

Ich hatte von der Begegnung mit dem Berater des Ministers erzählt. (»Frage«, hatte sie gesagt und dann eine vollständige Beschreibung des Mannes sowie die Adresse des Restaurants verlangt.) Ich hatte ihr das zweite Treffen und die Geldübergabe geschildert – »Frage« –, und wir waren die Nacht in Saltfleet viermal durchgegangen. »Wenn es Ihnen nichts ausmacht, Miss Macfarlane«, sagte sie, sobald ich mit einer Geschichte durch war, »ich würde gern noch mal, äh, zurückspulen.« Und bei *zurückspulen* schmunzelte sie in sich hinein.

Schließlich war sie zufrieden. Sie nahm ihre Sachen eine

nach der anderen und steckte jede in die Tasche, aus der sie sie hervorgeholt hatte. Dann desinfizierte sie sich die Hände so rasch und effizient wie ein Arzt. Am liebsten hätte ich die Arme auf dem Tisch verschränkt, den Kopf daraufgelegt und ein wenig Schlaf nachgeholt, doch mein linker Arm steckte in einer Schlinge, und die Naht an der Augenbraue juckte stark.

Außerdem war ich noch nicht fertig. »Es gibt noch etwas, was ich gern mit Ihnen besprechen würde«, sagte ich, um die Gelegenheit zu nutzen. »Es hat nichts mit Ihrem Fall zu tun.«

DCI Rafiq verzichtete diesmal auf ihr Ritual mit den Taschentüchern und Kaugummis. Sie rutschte auf die Vorderkante des Stuhls, schaute auf ihre Uhr, ein zierliches goldenes Ding mit zwölf geschliffenen Steinen auf dem Zifferblatt, und legte die Hände in den Schoß. »In Ordnung. Fahren Sie fort.«

Dies war ein Moment von großer Tragweite. Wenn ich es richtig anstellte, würde ich die anschließende polizeiliche Ermittlung mitverfolgen, die Glaubwürdigkeit stärken, die Dramatik vertiefen und den Täter vor Gericht bringen können. »Ich bin gerade von Madeira zurückgekommen«, sagte ich. »Ich habe dort für eine Umweltstiftung namens Seawild gefilmt.«

Rafiq deutete mit dem Kinn auf meinen Arm. »Und es wurde unschön?«

»Genau. Ich mache darüber einen Dokumentarfilm.« Ich räusperte mich. »Ich möchte Sie auf einiges aufmerksam machen, das wir bei den Dreharbeiten entdeckt haben.«

Rafiq rückte auf ihrem Stuhl an die Lehne zurück. Sie schwebte nicht mehr auf der Kante, sondern saß, und sie bot mir einen Kaugummi an.

Ich nahm ihn, und einen Moment kauten wir einvernehmlich schweigend. »Sie möchten sich das vielleicht notieren«, sagte ich dann.

Sie holte ihr Notizbuch hervor, ließ das Gummiband wegschnappen und schraubte die Kappe von ihrem goldenen Füller. »Schießen Sie los.«

Ich war so erleichtert, ich fühlte mich fast schwerelos. »Okay«, begann ich plötzlich unbeschwert – wieder sauber und frei und voll von neugierigem Tatendrang. »Sagt Ihnen der Name Steven Clay etwas?«